I0655892

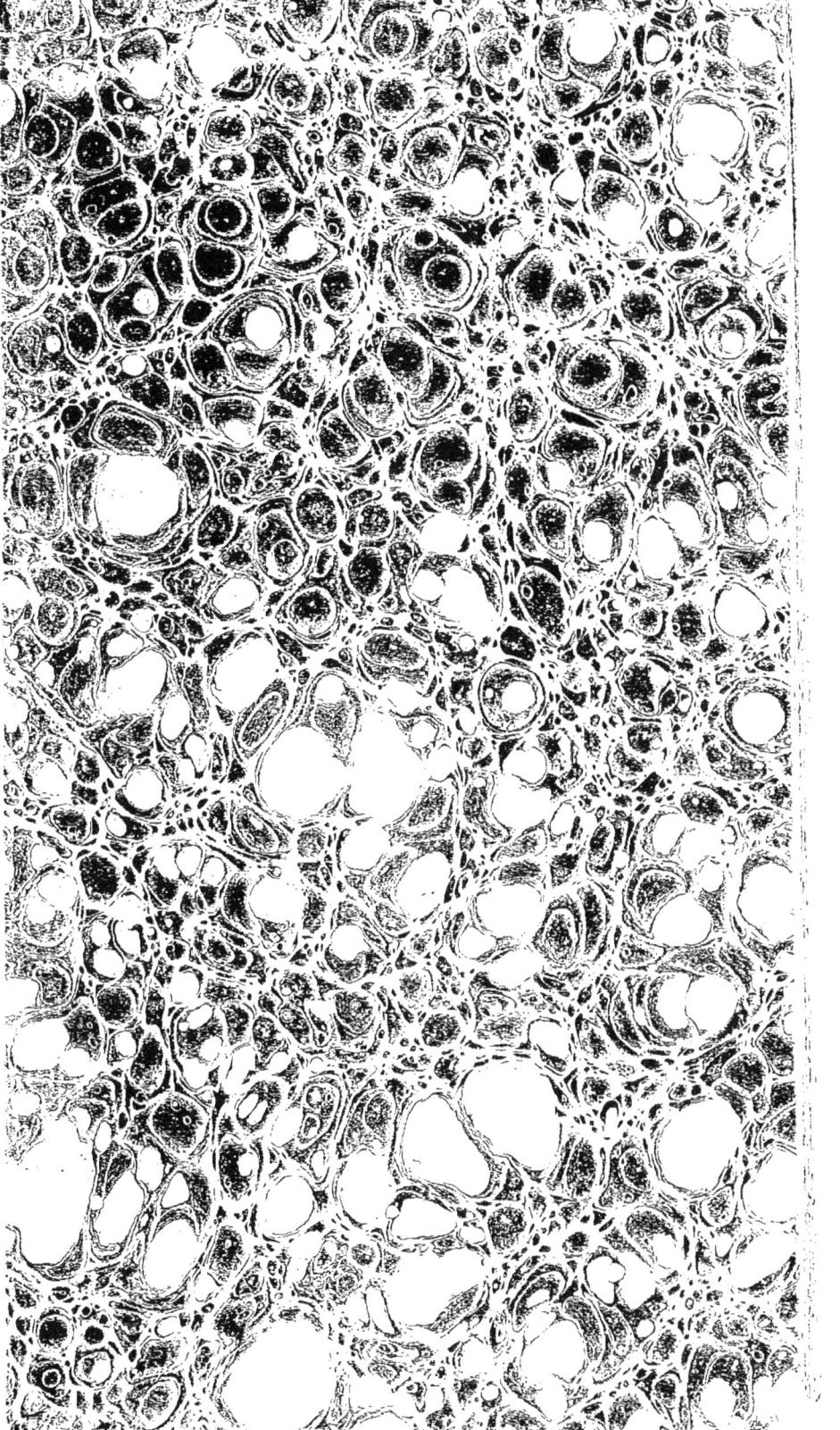

ESSAI

SUR LA

LITTÉRATURE

ANGLAISE.

PARIS. — IMPRIMERIE DE H. FOURNIER.
RUE DE SEINE, N° 14.

ESSAI

SUR LA

LITTÉRATURE

ANGLAISE

ET

CONSIDÉRATIONS

SUR LE GÉNIE

DES HOMMES, DES TEMPS ET DES RÉVOLUTIONS.

PAR

M. DE CHATEAUBRIAND.

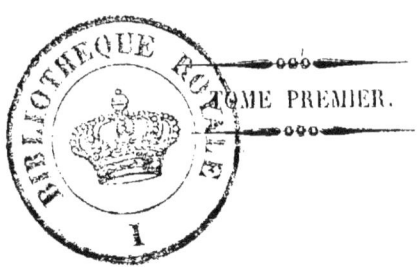

PARIS,

FURNE ET CHARLES GOSSELIN,

ÉDITEURS.

M DCCC XXXVI.

AVERTISSEMENT.

AVERTISSEMENT.

L'*Essai sur la littérature anglaise* qui précède ma traduction de Milton se compose :

1° De quelques morceaux détachés de mes anciennes études, morceaux corrigés dans le style, rectifiés pour les jugemens, augmentés ou resserrés quant au texte ;

2° De divers extraits de mes *Mémoires*, extraits qui se trouvaient avoir des rap-

ports directs ou indirects avec le travail
que je livre au public ;

3° De recherches récentes relatives à la
matière de cet Essai.

J'ai visité les Etats-Unis ; j'ai passé huit
ans exilé en Angleterre ; j'ai revu Londres comme ambassadeur, après l'avoir vu
comme émigré : je crois savoir l'anglais
autant qu'un homme peut savoir une langue
étrangère à la sienne.

J'ai lu en conscience, tout ce que j'ai dû
lire sur le sujet traité dans ces deux volumes ;
j'ai rarement cité les autorités, parce qu'elles
sont connues des hommes de lettres, et que
les gens du monde ne s'en soucient guère :
que font à ceux-ci Warton, Evans, Jones,
Percy, Owen, Ellis, Leyden, Edouard
Williams, Tyrwhit, Roquefort, Tressan,
les collections des Historiens, les recueils
des poètes, les manuscrits, etc. ? Je veux
pourtant mentionner ici un ouvrage français, précisément parce que les journaux

me semblent l'avoir trop négligé : on con-
sacre de longs articles à des écrits futiles ; à
peine accorde-t-on une vingtaine de lignes
à des livres instructifs et sérieux.

Les *Essais historiques sur les Bardes*,
les Jongleurs, etc., de M. l'abbé de La
Rue, méritent de fixer l'attention de quiconque aime une critique saine, une érudition puisée aux sources et non composée
de bribes de lectures, dérobées à quelque
investigateur oublié. Un de mes honorables
et savans confrères de l'Académie française,
n'est pas toujours, il est vrai, d'accord
avec l'historien des Bardes ; M. de La Rue
est *Trouvère* et M. Raynouard *Troubadour:* c'est la querelle de la langue d'Oc et
de la langue d'Oil (1).

L'Idée de la poésie anglaise (1749) de

(1) Au moment même où j'écris cet éloge de l'abbé de
La Rue, dont je ne connais que les ouvrages, je reçois,
comme un remerciement, le *billet de part* qui m'annonce
la mort de cet ami de Walter Scott.

l'abbé Yart, la *Poétique anglaise* (1806)
de M. Hennel, peuvent être consultées avec
fruit. M. Hennel sait parfaitement la langue
dont il parle. Au surplus, on annonce diverses collections ; et pour les vrais ama-
teurs de la littérature anglaise, la *Bibliothèque anglo-française*, de M. O'Sullivan,
ne laissera rien à désirer.

J'ai peu de chose à dire de ma traduction. Des éditions, des commentaires, des
illustrations, des recherches, des biogra-
phies de **Milton**, il y en a par milliers. Il
existe en prose et en vers une douzaine de
traductions françaises et une quarantaine
d'imitations du Poète, toutes très bonnes ;
après moi viendront d'autres traducteurs,
tous excellens. A la tête des traducteurs en
prose est Racine, le fils ; à la tête des traducteurs en vers, l'abbé Delille.

Une traduction n'est pas la *personne*, elle
n'est qu'un *portrait* : un grand maître peut
faire un admirable portrait ; soit : mais si

l'original était placé auprès de la copie, les spectateurs le verraient chacun à sa manière, et différeraient de jugement sur la ressemblance. Traduire, c'est donc se vouer au métier le plus ingrat et le moins estimé qui fut oncques ; c'est se battre avec des mots pour leur faire rendre dans un idiome étranger un sentiment, une pensée, autrement exprimés, un son qu'ils n'ont pas ' is la langue de l'auteur. Pourquoi donc ai-je traduit Milton ? Par une raison que l'on trouvera à la fin de cet *Essai*.

Qu'on ne se figure pas d'après ceci que je n'ai mis aucun soin à mon travail ; je pourrais dire que ce travail est l'ouvrage entier de ma vie, car il y a trente ans que je lis, relis et traduis Milton. Je sais respecter le public ; il veut bien vous traiter sans façon, mais il ne permet pas que vous preniez avec lui la même liberté : si vous ne vous souciez guère de lui, il se souciera encore moins de vous. J'en appelle au sur-

plus aux hommes qui croient encore
qu'*écrire* est un *art* : eux seuls pourront
savoir ce que la traduction du *Paradis
perdu* m'a coûté d'études et d'efforts.

Quant au système de cette traduction,
je m'en suis tenu à celui que j'avais adopté
autrefois pour les fragmens de Milton,
cités dans le *Génie du christianisme*.
La traduction littérale me paraît toujours la meilleure : une traduction inter-
linéaire serait la perfection du genre, si
on lui pouvait ôter ce qu'elle a de sauvage.

Dans la traduction littérale, la difficulté
est de ne pas reproduire un mot noble par
le mot correspondant qui peut être bas, de
ne pas rendre pesante une phrase légère,
légère une phrase pesante, en vertu d'expressions qui se ressemblent, mais qui
n'ont pas la même prosodie dans les deux
idiomes.

Milton, outre les luttes qu'il faut soutenir contre son génie, offre des obscurités

grammaticales sans nombre; il traite sa langue en tyran, viole et méprise les règles : en français si vous supprimiez ce qu'il supprime par l'ellipse ; si vous perdiez sans cesse comme lui votre *nominatif*, votre *régime;* si vos *relatifs* perplexes rendaient indécis vos *antécédens*, vous deviendriez inintelligible. L'Invocation du *Paradis perdu* présente toutes ces difficultés réunies : l'inversion suspensive qui jette à la césure du septième vers le *Sing*, *heavenly Muse*, est admirable ; je l'ai conservée afin de ne pas tomber dans la froide et régulière invocation grecque et française, *Muse céleste, chante*, et pour que l'on sente tout d'abord qu'on entre dans des régions inconnues : Louis Racine l'a conservée également, mais il a cru devoir la régulariser à l'aide d'un gallicisme qui fait disparaître toute poésie : *c'est ce que je t'invite à chanter, Muse céleste.*

Milton, après ce début, prend son vol,

et prolonge son Invocation à travers des
phrases incidentes et interminables , lesquelles produisant des régimes indirects,
obligent le lecteur à des efforts d'attention,
antipathiques à l'esprit français. Point d'autre moyen de s'en tirer que de couper l'Invocation et l'Exposition , de régénérer le
nominatif dans le nom ou le pronom. Milton, comme un fleuve immense, entraîne
avec lui ses rivages et les limons de son lit,
sans s'embarrasser si son onde est pure ou
troublée.

On peut s'exercer sur quelques morceaux
choisis d'un ouvrage, et espérer en venir à
bout avec du temps; mais c'est tout une
autre affaire, lorsqu'il s'agit de la traduction complète de cet ouvrage, de la traduction de 10,467 vers, lorsqu'il faut suivre
l'écrivain, non seulement à travers ses beautés, mais encore à travers ses défauts, ses
négligences et ses lassitudes; lorsqu'il faut
donner un égal soin aux endroits arides et

ennuyeux, être attentif à l'expression, au style, à l'harmonie, à tout ce qui compose le poète ; lorsqu'il faut étudier le sens, choisir celui qui paraît le plus beau quand il y en a plusieurs, ou deviner le plus probable par le caractère du génie de l'auteur ; lorsqu'il faut se souvenir de tels passages souvent placés à une grande distance de l'endroit obscur, et qui l'éclaircissent : ce travail, fait en conscience, lasserait l'esprit le plus laborieux et le plus patient.

J'ai cherché à représenter Milton dans sa vérité ; je n'ai fui ni l'expression horrible, ni l'expression simple, quand je l'ai rencontrée : le Péché a des chiens aboyans, ses enfans, qui rentrent dans leur *chenil*, dans ses entrailles ; je n'ai point rejeté cette image. Ève dit que le serpent ne voulait point lui *faire du mal, du tort*, je me suis bien gardé de poétiser cette naïve expression d'une jeune femme qui fait une grande révérence à l'arbre de la Science après avoir mangé du fruit : c'est comme cela que j'ai senti Milton. Si je n'ai pu rendre les beautés du *Paradis perdu,* je n'aurai pas pour excuse de les avoir ignorées.

Milton a fait une foule de mots qu'on ne trouve pas dans les dictionnaires : il est rempli d'hébraïsmes, d'hellénismes, de latinismes : il appelle, par exemple, un Commandement, une Loi de Dieu, *la première fille de sa voix;* il emploie le nominatif absolu des Grecs, l'ablatif absolu des Latins. Quand ses mots composés n'ont pas été trop étrangers à notre langue dans leur étymologie tirée des langues mortes ou de l'italien, je les ai adoptés : ainsi j'ai dit *emparadisé, fragrance,* etc. Il y a quelques idiotismes anglais que presque tous les traducteurs ont passés, comme *planet-struck :* j'ai du moins essayé d'en faire comprendre le sens, sans avoir recours à une trop longue périphrase.

Au reste les changemens arrivés dans

nos institutions, nous donnent mieux l'intelligence de quelques formes oratoires de Milton. Notre langue est devenue aussi plus hardie et plus populaire. Milton a écrit comme moi, dans un temps de révolution, et dans des idées qui sont à présent celles de notre siècle : il m'a donc été plus facile de garder ces tours que les anciens traducteurs n'ont pas osé hasarder. Le poète use de vieux mots anglais, souvent d'origine française ou latine ; je les ai *translatés* par le vieux mot français, en respectant la langue rhythmique et son caractère de vétusté. Je ne crois pas que ma traduction soit plus longue que le texte ; je n'ai pourtant rien passé.

Je me suis servi pour cette traduction d'une édition du *Paradis perdu*, imprimée à Londres chez Jacob Tonson en 1725, et dédiée à lord Sommers, qui tira le fameux poëme d'un injurieux oubli. Cette édition est conforme aux deux premières, faites sous les yeux de Milton et corrigées par lui : l'orthographe est vieille, les élisions des lettres fréquentes, les parenthèses multipliées, les noms propres imprimés en *petites capitales*.

J'ai maintenu la plupart des parenthèses, puisque telle était la manière d'écrire de l'auteur : elles donnent de la clarté au style. Les idées de Milton sont si abondantes, si variées, qu'il en est embarrassé; il les divise en compartimens, pour les coordonner, les reconnaître et ne pas perdre l'idée-mère dont toutes ces idées incidentes sont filles.

J'ai aussi introduit les *petites capitales* dans quelques Noms et Pronoms, quand elles m'ont paru propres à ajouter à la majesté ou à l'importance du personnage, et quand elles ont fait disparaître des amphibologies. Pour le texte anglais imprimé en regard de ma traduction, on s'est servi de l'édition de sir Egerton Brydges, 1835 : elle est d'une correction parfaite et convient mieux aux lecteurs de ce temps-ci.

Enfin j'ai pris la peine de traduire moi-même de nouveau jusqu'au petit article sur les *vers blancs*, ainsi que les anciens argumens des livres, parce qu'il est probable qu'ils sont de Milton. Le respect pour le génie a vaincu l'ennui du labeur ; tout m'a paru sacré dans le texte, parenthèses, points, virgules : les enfans des Hébreux étaient obligés d'apprendre la Bible par cœur depuis *Bérésith* jusqu'à *Malachie*.

Qui s'inquiète aujourd'hui de tout ce que je viens de dire ? qui s'avisera de suivre une traduction sur le texte ? qui saura gré au traducteur d'avoir vaincu une difficulté, d'avoir pâli autour d'une phrase des journées entières ? Lorsque Clément mettait en lumière un gros volume à propos de la traduction des *Géorgiques*, chacun le lisait et prenait parti pour ou contre l'abbé Delille : en sommes-nous là ? Il peut arriver

cependant que mon lecteur soit quelque
vieil amateur de l'école classique, revivant
au souvenir de ses anciennes admirations,
ou quelque jeune poète de l'école romantique allant à la chasse des images, des
idées, des expressions, pour en faire sa
proie, comme d'un butin enlevé à l'ennemi.

Au reste, je parle fort au long de Milton
dans *l'Essai sur la littérature anglaise*,
puisque je n'ai écrit cet Essai qu'à l'occasion du *Paradis perdu*. J'analyse ses divers
ouvrages; je montre que les révolutions
ont rapproché Milton de nous; qu'il est devenu un homme de notre temps; qu'il était
aussi grand écrivain en prose qu'en vers :
pendant sa vie la prose le rendit célèbre,
la poésie après sa mort; mais la renommée
du prosateur s'est perdue dans la gloire du
poète.

Je dois prévenir que dans cet *Essai*, je
ne me suis pas collé à mon sujet comme
dans la *traduction* : je m'occupe de tout,

du présent, du passé, de l'avenir; je vais
çà et là; quand je rencontre le moyen-
âge, j'en parle; quand je me heurte contre
la Réformation, je m'y arrête; quand
je trouve la révolution anglaise, elle me
remet la nôtre en mémoire, et j'en cite
les hommes et les faits. Si un royaliste
anglais est jeté en geôle, je songe au logis
que j'occupais à la Préfecture de police.
Les poètes anglais me conduisent aux
poètes français; lord Byron me rappelle
mon exil en Angleterre, mes promenades
à la colline d'Harrow et mes voyages
à Venise; ainsi du reste. Ce sont des mé-
langes qui ont tous les tons, parce qu'ils
parlent de toutes les choses; ils passent de
la critique littéraire élevée ou familière, à
des considérations historiques, à des récits,
à des portraits, à des souvenirs généraux
ou personnels. C'est pour ne surprendre
personne, pour que l'on sache d'abord ce
qu'on va lire, pour qu'on voye bien que la

littérature anglaise n'est ici que le fond de
mes stromates ou le canevas de mes bro-
deries; c'est pour tout cela que j'ai donné un
second titre à cet Essai.

INTRODUCTION.

DU LATIN

COMME SOURCE DES LANGUES DE L'EUROPE LATINE.

Lorsqu'un peuple puissant a passé; que la langue dont il se servait n'est plus parlée, cette langue reste monument d'un autre âge, où l'on admire les chefs-d'œuvre d'un pinceau et d'un ciseau brisés. Dire comment les idiomes des peuples de l'Ausonie devinrent l'idiome latin; ce que cet idiome retint du caractère des tribus sauvages qui le formèrent; ce qu'il perdit et gagna par la conversion d'un gouvernement libre en un gouvernement despotique, et plus tard par la révolution opérée dans la religion de l'Etat; dire comment les nations conquises et conquérantes apportèrent une foule de locutions étrangères à

cet idiome ; comment, les débris de cet idiome
formèrent la base sur laquelle s'élevèrent les
dialectes de l'ouest et du midi de l'Europe moderne, serait le sujet d'un immense ouvrage de
philologie.

Rien en effet ne pourrait être plus curieux et
plus instructif que de prendre le latin à son
commencement, et de le conduire à sa fin à travers les siècles et les génies divers. Les matériaux
de ce travail sont déjà tout préparés dans les
sept traités de Jean Nicolas Funck : *de Origine
linguæ latinæ tractatus ; de Pueritiá latinæ linguæ tract.; de Adolescentiá latinæ linguæ tract.;
de virili Ætate latinæ linguæ tract. ; de immi-
nenti latinæ linguæ Senectute tract. ; de vegetá
latinæ linguæ Senectute tract.; de inerti et de-
crepitá latinæ linguæ Senectute tractatus.*

La langue grecque dorique, la langue étrusque
et osque des hymnes des Saliens et de la Loi des
Douze Tables dont les enfans chantaient encore
les articles en vers du temps de Cicéron, ont produit la langue rude de Duillius, de Cæcilius et
d'Ennius, la langue vive de Plaute, satirique de
Lucilius, grécisée de Térence, philosophique,
triste, lente et spondaïque de Lucrèce, éloquente
de Cicéron et de Tite-Live, claire et correcte
de César, élégante d'Horace, brillante d'Ovide,
poétique et concise de Catulle, harmonieuse

de Tibulle, divine de Virgile, pure et sage de Phèdre.

Cette langue du siècle d'Auguste (je ne sais à quelle date placer Quinte-Curce) devint, en s'altérant, la langue énergique de Tacite, de Lucain, de Sénèque, de Martial, la langue copieuse de Pline l'ancien, la langue fleurie de Pline le jeune, la langue effrontée de Suétone, violente de Juvénal, obscure de Perse, enflée ou plate de Stace et de Silius Italicus.

Après avoir passé par les grammairiens Quintilien et Macrobe; par les épitomistes Florus, Velléius Paterculus, Justin, Orose, Sulpice Sévère; par les Pères de l'Église et les auteurs ecclésiastiques, Tertullien, Cyprien, Ambroise, Hilaire de Poitiers, Paulin, Augustin, Jérôme, Salvien; par les apologistes, Lactance, Arnobe, Minutius Félix; par les panégyristes, Eumène, Mamertin, Nazairius; par les historiens de la décadence, Ammien Marcellin, et les biographes de l'*Histoire auguste;* par les poètes de la décadence et de la chute, Ausone, Claudien, Rutilius, Sidoine Apollinaire, Prudence, Fortunat; après avoir reçu de la conversion des religions, de la transformation des mœurs, de l'invasion des Goths, des Alains, des Huns, des Arabes, etc., les expressions obligées des nouveaux besoins et des idées nouvelles; cette langue retourna à une autre barbarie dans le premier historien de ces Francs qui commencèrent une autre langue, après avoir détruit l'empire romain chez nos pères.

Les auteurs ont noté eux-mêmes les altérations successives du latin de siècle en siècle : Cicéron affirme que dans les Gaules on employait beaucoup de mots dont l'usage n'était pas reçu à Rome : *verba non trita Romæ ;* Martial se sert d'expressions celtiques et s'en vante ; saint Jérôme dit que, de son temps, la langue latine changeait dans tous les pays : *regionibus mutatur;* Festus, au cinquième siècle, se plaint de l'ignorance où l'on est déjà tombé touchant la construction du latin ; saint Grégoire-le-Grand déclare qu'il a peu de souci des solécismes et des barbarismes ; Grégoire de Tours réclame l'indulgence du lecteur pour s'être écarté, dans le style et dans les mots, des règles de la grammaire dont il n'est pas bien instruit : *non sum imbutus ;* les sermens de Charles-le-Chauve et de Louis-le-Germanique nous montrent le latin expirant ; les agiographes du septième siècle font l'éloge des évêques qui savent parler *purement* le latin, et les conciles du neuvième siècle ordonnent aux évêques de prêcher en langue *romane rustique.*

C'est donc du septième au neuvième siècle, entre ces deux époques précises, que le latin se métamorphosa en *roman* de différentes nuances et de divers accens, selon les provinces où il était en usage. Le latin correct qui reparaît dans les historiens et les écrivains à compter du règne de Charlemagne, n'est plus le latin *parlé*, mais le latin *appris*. Le mot *latin* ne signifia bientôt plus que *roman* ou *langue romance*, et fut pris ensuite pour le mot *langue* en général : *les oiseaux chantent en leur* LATIN.

Une langue civilisée née d'une langue barbare diffère, dans ses élémens, d'une langue barbare émanée d'une langue civilisée : la première doit rester plus originale, parce qu'elle s'est créée d'elle-même, et qu'elle a seulement développé son germe ; la seconde (la langue barbare), entée sur une langue civilisée, perd sa sève naturelle et porte des fruits étrangers.

Tel est le latin relativement à l'idiome sauvage qui l'engendra ; telles sont les langues modernes de l'Europe latine, par rapport à la langue polie dont elles dérivent. Une langue vivante qui sort d'une langue vivante, continue sa vie ; une langue vivante qui s'épanche d'une langue morte, prend quelque chose de la mort de sa mère ; elle garde une foule de mots expirés : ces mots ne rendent pas plus les perceptions de l'existence que le silence n'exprime le son.

Y a-t-il eu, vers la fin de la latinité, un idiome de transition entre le latin et les dialectes modernes, idiome d'un usage général de ce côté-ci des Alpes et du Rhin? La langue *romane rustique*, si souvent mentionnée dans les conciles du neuvième siècle, était-elle cette langue *romane*, ce *provençal* parlé dans le midi de la France? Le provençal était-il le *catalan*, et fut-il formé à la cour des comtes de Barcelone? Le *roman* du nord de la Loire, le *roman* wallon ou le *roman des trouvères* qui devint le français, précéda-t-il le *roman* du midi de la Loire ou le *roman des troubadours?* La langue d'Oc et la langue d'Oil empruntèrent-elles le sujet de leurs chansons et de leurs histoires à des *lais armoricains* et à des *lais gallois?* Matière d'une controverse qui ne finira qu'au moment où le savant ouvrage de M. Fauriel aura répandu la lumière sur cet obscur sujet.

LA LANGUE ANGLAISE

DIVISÉE EN CINQ ÉPOQUES.

———

Parmi les langues formées du latin, je compte la langue anglaise, bien qu'elle ait une double origine; mais je ferai voir que, depuis la conquête des Normands jusque sous le règne du premier Tudor, la langue franco-romane domina, et que, dans la langue anglaise moderne, une immense quantité de mots latins et français sont demeurés acquis au nouvel idiome.

La langue *romane rustique* se divisa donc en deux branches : la langue d'Oc et la langue d'Oïl. Quand les Normands se furent emparés de la province à laquelle ils ont laissé leur nom, ils apprirent la langue d'Oil : on parlait celle-ci à Rouen; on se servait du danois à Bayeux. Guillaume porta les deux idiomes *françois* en Angleterre, avec les aventuriers accourus des deux côtés de la Loire.

Mais dans les siècles qui précédèrent, tandis que les Gaules formaient leur langage des débris du latin, la Grande-Bretagne d'où les Romains s'étaient depuis long-temps retirés, et où les nations du Nord s'étaient successivement établies, avait conservé ses idiomes primitifs.

Ainsi donc, l'histoire de la langue anglaise se divise en cinq époques :

1° L'époque anglo-saxonne de 450 à 780. Le moine Augustin, en 570, fit connaître en Angleterre l'alphabet romain;

2° L'époque danoise-saxonne de 780 à l'invasion des Normannds. On a principalement de cette époque les manuscrits dits d'Alfred et deux traductions des quatre évangélistes;

3° L'époque anglo-normande commencée en 1066. La langue normande n'était autre chose que le neustrien, c'est-à-dire la langue française de ce côté-ci de la Loire, ou la langue d'Oil. Les Normands se servaient, pour garder la mémoire de leurs chansons, de caractères appelés *runsta-bath*; ce sont les lettres runiques : on y joignit celles qu'Ethicus avait inventées auparavant, et dont saint Jérôme avait donné les signes;

4° L'époque normande-française : lorsque Éléonore de Guienne eut apporté à Henri II les provinces occidentales de la France, depuis la Basse-Loire jusqu'aux Pyrénées, et que des princesses du sang de saint Louis eurent successivement épousé des monarques anglais, les États, les propriétés, les familles, les coutumes, les mœurs, se trouvèrent si mêlés, que le français devint la langue commune des nobles, des ecclésiastiques, des savans et des commerçans des deux royaumes. Dans le Domesday-Book, carte topographique, et cadastre des propriétés, dressé par ordre de Guillaume-le-Conquérant, les noms des lieux sont écrits en latin, selon la prononciation française. Ainsi une foule de mots latins entrèrent directement dans la langue anglaise par la religion, et par ses ministres dont la langue était latine, et indirectement par l'intermédiaire des mots normands et français. Le normand de Guillaume-le-Bâtard retenait aussi des expressions scandinaves ou germaniques que les enfans de Rollon avaient introduites dans l'idiome du pays frank par eux conquis;

5° L'époque purement dite anglaise, quand l'*anglais* fut écrit et parlé tel qu'il existe aujourd'hui.

Ces cinq époques se trouveront placées dans les cinq parties qui divisent cet Essai.

Ces cinq parties se rangent naturellement sous ces titres.

1° *Littérature sous le règne des Anglo-Saxons, des Danois et pendant le moyen-âge ;*

2° *Littérature sous les Tudor ;*

3° *Littérature sous les deux premiers Stuarts, et pendant la république ;*

4° *Littérature sous les deux derniers Stuarts.*

5° *Littérature sous la maison d'Hanovre ;*

Lorsqu'on étudie les diverses littératures, une foule d'allusions et de traits échappent, si les usages et les mœurs des peuples ne sont pas assez présens à la mémoire. Une vue de la littérature, isolée de l'histoire des nations, créerait un prodigieux mensonge : en entendant des poètes successifs chanter imperturbablement leurs amours et leurs moutons, on se figurerait l'existence non interrompue de l'âge d'or sur la terre. Et pourtant, dans cette même Angleterre dont il s'agit ici, ces concerts retentissaient au milieu de l'in-

vasion des Romains, des Pictes, des Saxons et
des Danois; au milieu de la conquête des Normands, du soulèvement des barons, des contes-
tations des premiers Plantagenètes pour la couronne, des guerres civiles de la Rose rouge
et de la Rose blanche, des ravages de la Réformation, des supplices commandés par Henri VIII,
des bûchers ordonnés par Marie; au milieu des
massacres et de l'esclavage de l'Irlande, des désolations de l'Écosse, des échafauds de Charles Ier
et de Sidney, de la fuite de Jacques, de la pro-
scription du Prétendant et des jacobites; le tout
mêlé d'orages parlementaires, de crimes de cour
et de mille guerres étrangères.

L'ordre social, en dehors de l'ordre politique,
se compose de la religion, de l'intelligence et de
l'industrie matérielle : il y a toujours chez une
nation, au moment des catastrophes et parmi les
plus grands évènemens, un prêtre qui prie, un
poète qui chante, un auteur qui écrit, un savant
qui médite, un peintre, un statuaire, un archi-
tecte, qui peint, sculpte et bâtit, un ouvrier qui
travaille. Ces hommes marchent à côté des révolutions et semblent vivre d'une vie à part : si
vous ne voyez qu'eux, vous voyez un monde
réel, vrai, immuable, base de l'édifice humain,
mais qui paraît fictif, et étranger à la société de
convention, à la société politique. Seulement

le prêtre dans son cantique, le poëte, le savant, l'artiste, dans leurs compositions, l'ouvrier dans son travail, révèlent, de fois à autre, l'époque où ils vivent, marquent le contre-coup des évènemens qui leur firent répandre avec plus d'abondance leurs sueurs, leurs plaintes et les dons de leur génie.

Pour détruire cette illusion de deux vues présentées séparément; pour ne pas créer le mensonge que j'indique au commencement de ce chapitre; pour ne pas jeter tout à coup le lecteur non préparé dans l'histoire des chansons, des ouvrages et des auteurs des premiers siècles de la littérature anglaise, je crois à propos de reproduire ici le tableau général du moyen-âge : ces prolégomènes serviront à l'intelligence du sujet.

MOYEN-AGE.

LOIS ET MONUMENS.

Le moyen-âge offre un tableau bizarre qui
semble être le produit d'une imagination puissante, mais déréglée. Dans l'antiquité, chaque
nation sort, pour ainsi dire, de sa propre source;
un esprit primitif qui pénètre tout et se fait sentir partout, rend homogènes les institutions et
les mœurs. La société du moyen-âge était composée des débris de mille autres sociétés : la civilisation romaine, le paganisme même y avaient
laissé des traces; la religion chrétienne y apportait
ses croyances et ses solennités; les Barbares
franks, goths, burgondes, anglo-saxons, danois, normands, retenaient les usages et le caractère propres à leurs races. Tous les genres de
propriétés se mêlaient; toutes les espèces de lois
se confondaient, l'aleu, le fief, la mainmorte,
le code, le digeste, les lois salique, gombette,

visigothe, le droit coutumier; toutes les formes
de liberté et de servitude se rencontraient :
la liberté monarchique du roi, la liberté aristocratique du noble, la liberté individuelle
du prêtre, la liberté collective des communes,
la liberté privilégiée des villes, de la magistrature, des corps de métiers et des marchands, la
liberté représentative de la nation, l'esclavage
romain, le servage barbare, la servitude de l'au-
bain. De là ces spectacles incohérens, ces usages
qui se paraissent contredire, qui ne se tiennent
que par le lien de la religion. On dirait de peuples
divers sans aucun rapport les uns avec les
autres, mais seulement convenus de vivre sous
un commun maître autour d'un même autel.

Jusque dans son apparence extérieure, l'Europe offrait alors un tableau plus pittoresque
et plus national qu'elle ne le présente aujour-
d'hui. Aux monumens nés de notre religion
et de nos mœurs, nous avons substitué, par
affectation de l'architecture bâtarde romaine,
des monumens qui ne sont ni en harmonie
avec notre ciel, ni appropriés à nos besoins;
froide et servile copie, laquelle a introduit le
mensonge dans nos arts, comme le calque de la
littérature latine a détruit dans notre littérature
l'originalité du génie frank. Ce n'était pas ainsi
qu'imitait le moyen-âge; les esprits de ce temps-

là admiraient aussi les Grecs et les Romains; ils recherchaient et étudiaient leurs ouvrages, mais au lieu de s'en laisser dominer, ils les maîtrisaient, les façonnaient à leur guise, les rendaient français, et ajoutaient à leur beauté par cette métamorphose pleine de création et d'indépendance.

Les premières églises chrétiennes dans l'Occident ne furent que des temples retournés : le culte païen était extérieur, la décoration du temple fut extérieure; le culte chrétien était intérieur, la décoration de l'église fut intérieure. Les colonnes passèrent du dehors au dedans de l'édifice, comme dans les basiliques où se tinrent les assemblées des fidèles quand ils sortirent des cryptes et des catacombes. Les proportions de l'église surpassèrent en étendue celles du temple, parce que la foule chrétienne s'entassait sous la voûte de l'église, et que la foule païenne était répandue sous le péristyle du temple. Mais lorsque les chrétiens devinrent les maîtres, ils changèrent cette économie, et ornèrent aussi du côté du paysage et du ciel, leurs édifices.

Et afin que les appuis de la nef aérienne n'en déparassent pas la structure, le ciseau les avait tailladés; on n'y voyait plus que des arches de ponts, des pyramides, des aiguilles et des statues.

3.

Les ornemens qui n'adhéraient pas à l'édifice
se mariaient à son style : les tombeaux étaient
de forme gothique, et la basilique qui s'élevait
comme un grand catafalque au-dessus d'eux,
semblait s'être moulée sur leur forme. Les arts
du dessin participaient de ce goût fleuri et com-
posite : sur les murs et sur les vitraux étaient
peints des paysages, des scènes de la religion et
de l'histoire nationale.

Dans les châteaux, les armoiries coloriées,
encadrées dans des losanges d'or, formaient des
plafonds semblables à ceux des beaux palais du
cinque cento de l'Italie. L'écriture même était
dessinée; l'hiéroglyphe germanique, substitué au
jambage rectiligne romain, s'harmoniait avec les
pierres sépulcrales. Les tours isolées qui servaient
de vedettes sur les hauteurs; les donjons enser-
rés dans les bois, ou suspendus sur la cime des
rochers comme l'aire des vautours; les ponts
pointus et étroits jetés hardiment sur les torrens;
les villes fortifiées que l'on rencontrait à chaque
pas, et dont les créneaux étaient à la fois les
remparts et les ornemens; les chapelles, les oratoires, les ermitages, placés dans les lieux les
plus pittoresques au bord des chemins et des
eaux; les beffrois, les flèches des paroisses de
campagnes, les abbayes, les monastères, les cathédrales; tous ces édifices que nous ne voyons

plus qu'en petit nombre et dont le temps a noirci, obstrué, brisé les dentelles, avaient alors l'éclat de la jeunesse; ils sortaient des mains de l'ouvrier : l'œil, dans la blancheur de leurs pierres, ne perdait rien de la légèreté de leurs détails, de l'élégance de leurs réseaux, de la variété de leurs guillochis, de leurs gravures, de leurs ciselures, de leurs découpures, et de toutes les fantaisies d'une imagination libre et inépuisable.

Dans le court espace de dix-huit ans, de 1136 à 1154, il n'y eut pas moins de onze cent quinze châteaux bâtis dans la seule Angleterre.

La chrétienté élevait à frais communs, au moyen des quêtes et des aumônes, les cathédrales dont chaque État particulier n'était pas assez riche pour payer les travaux, et dont presqu'aucune n'est achevée. Dans ces vastes et mystérieux édifices se gravaient en relief et en creux, comme avec un emporte-pièce, les parures de l'autel, les monogrammes sacrés, les vêtemens et les choses à l'usage des Prêtres. Les bannières, les croix de divers agencemens, les calices, les ostensoirs, les dais, les chapes, les capuchons, les crosses, les mitres dont les formes se retrouvent dans le gothique, conservaient les symboles du culte en produisant des effets d'art inattendus. Assez souvent les gouttières et les gargouilles étaient

taillées en figures de démons obscènes ou de
moines vomissans. Cette architecture du moyen-
âge offrait un mélange du tragique et du bouffon, du gigantesque et du gracieux, comme les
poëmes et les romans de la même époque.

Les plantes de notre sol, les arbres de nos bois,
le trèfle et le chêne, décoraient aussi les églises,
de même que l'acanthe et le palmier avaient
embelli les temples du pays et du siècle de Péri-
clès. Au dedans, une cathédrale était une forêt,
un labyrinthe dont les mille arcades, à chaque
mouvement du spectateur, se croisaient, se
séparaient, s'enlaçaient de nouveau. Cette forêt
était éclairée par des rosaces à jour incrustées
de vitraux peints, qui ressemblaient à des soleils
brillans de mille couleurs sous la feuillée : en
dehors, cette même cathédrale avait l'air d'un
monument auquel on aurait laissé sa Cage, ses
arcs-boutans et ses échafauds.

MOYEN-AGE.

COSTUMES. — FÊTES ET JEUX.

La population en mouvement autour des édifices, est décrite dans les chroniques et peinte dans les vignettes. Les diverses classes de la société et les habitans des différentes provinces, se distinguaient, les uns par la forme des vêtemens, les autres par des modes locales. Les populations n'avaient pas cet aspect uniforme qu'une même manière de se vêtir donne à cette heure aux habitans de nos villes et de nos campagnes. La noblesse, les chevaliers, les magistrats, les évêques, le clergé séculier, les religieux de tous les ordres, les pélerins, les pénitens gris, noirs et blancs, les ermites, les confréries, les corps de métiers, les bourgeois, les paysans, offraient une variété infinie de costumes : nous voyons encore quelque chose de cela en Italie. Sur ce point, il s'en faut rapporter aux arts : que peut faire le peintre de notre vêtement étriqué,

de notre petit chapeau rond et de notre chapeau
à trois cornes?

Du douzième au quatorzième siècle, le paysan
et l'homme du peuple portèrent la jaquette ou
la casaque grise liée aux flancs par un ceinturon.
Le sayon de peau, le *pélicon* d'où est venu le
surplis, était commun à tous les états. La pelisse
fourrée et la robe longue orientale enveloppaient
le chevalier quand il quittait son armure : les
manches de cette robe couvraient les mains; elle
ressemblait au cafetan turc d'aujourd'hui; la
toque ornée de plumes, le capuchon ou chaperon tenaient lieu de turban. De la robe ample on
passa à l'habit étroit, puis on revint à la robe
qui fut blasonnée. Les hauts-de-chausse, si courts
et si serrés qu'ils en étaient indécens, s'arrêtaient
au milieu de la cuisse; les bas de chausses étaient
dissemblables; on avait une jambe d'une couleur,
une jambe d'une autre couleur. Il en était de même
du hoqueton, mi-partie noir et blanc, et du chaperon mi-partie bleu et rouge. « Et si étaient leurs
« robes si étroites à vêtir et à dépouiller qu'il
« semblait qu'on les écorchât. Les autres avaient
« leurs robes relevées sur les reins comme fem-
« mes, si avaient leurs chaperons découpés me-
« nument tout en tour. Et si avaient leur chausse
« d'un drap et l'autre de l'autre. Et leur venaient
« leurs cornettes et leurs manches près de terre,

« et semblaient mieux être jongleurs qu'autres
« gens. Et pour ce ne fut pas merveilles si Dieu
« voulut corriger les méfaits des Français par son
« fléau (la peste). »

Par-dessus la robe, dans les jours de cérémo-
nie, on attachait un manteau tantôt court, tantôt
long. Le manteau de Richard Ier était fait d'une
étoffe à raies, semé de globes et de demi-lunes
d'argent, à l'imitation du système céleste (Wine-
salf). Des colliers pendans servaient également
de parure aux hommes et aux femmes.

Les souliers pointus et rembourrés à la *poulaine* furent long-temps en vogue. L'ouvrier en
découpait le dessus comme des fenêtres d'église ;
ils étaient longs de deux pieds pour le noble,
ornés à l'extrémité de cornes, de griffes ou de
figures grotesques : ils s'alongèrent encore, de
sorte qu'il devint impossible de marcher sans en
relever la pointe et l'attacher au genou avec une
chaîne d'or ou d'argent. Les évêques excommu-
nièrent les souliers à la poulaine et les traitèrent
de *péché contre nature*. On déclara qu'ils étaient
*contre les bonnes mœurs, et inventés en dérision
du créateur.* En Angleterre, un acte du parlement
défendit aux cordonniers de fabriquer des souliers ou des bottines dont la pointe excédât deux
pouces. Les larges babouches carrées par le bout
remplacèrent la chaussure à bec. Les modes va-

riaient autant que celles de nos jours; on connaissait le chevalier ou la dame qui, le premier
ou la première, avait imaginé une *haligote* (mode)
nouvelle : l'inventeur des souliers à la poulaine
était le chevalier anglais Robert-le-Cornu.
(*W. Malmesbury.*)

Les *gentilfames* usaient sur la peau d'un linge
très-fin; elles étaient vêtues de tuniques mon-
tantes enveloppant la gorge, armoriées à droite
de l'écu de leur mari, à gauche de celui de leur
famille. Tantôt elles portaient leurs cheveux ras,
lissés sur le front et recouverts d'un petit bonnet
entrelacé de rubans; tantôt elles les déroulaient
épars sur leurs épaules; tantôt elles les bâtissaient
en pyramide haute de trois pieds; elles y suspen-
daient ou des barbettes, ou de longs voiles, ou
des banderolles de soie tombant jusqu'à terre, et
voltigeant au gré du vent : au temps de la reine
Isabeau, on fut obligé d'élever et d'élargir les
portes pour donner passage aux coiffures des
châtelaines. Ces coiffures étaient soutenues par
deux cornes recourbées, charpente de l'édifice :
du haut de la corne, du côté droit, descendait
un tissu léger que la jeune femme laissait flot-
ter, ou qu'elle ramenait sur son sein comme une
guimpe, en l'entortillant à son bras gauche. Une
femme en plein *esbattement* étalait des colliers,
des bracelets et des bagues. A sa ceinture, enri-

chie d'or, de perles et de pierres précieuses, s'attachait une escarcelle brodée : elle galopait sur
un palefroi, portait un oiseau sur le poing, ou
une canne à la main. « Quoi de plus ridicule,
« dit Pétrarque dans une lettre adressée au pape
« en 1366, que de voir les hommes le ventre san-
« glé! En bas, de longs souliers pointus; en haut
« des toques chargées de plumes : cheveux tres-
« sés allant de-ci de-là par-derrière comme la
« queue d'un animal, retapés sur le front avec
« des épingles à tête d'ivoire. » Pierre de Blois
ajoute qu'il était du bel usage de parler avec affectation. Et quelle langue parlait-on ainsi? la
langue de Robert Wace ou du Roman du Rou,
de Ville-Hardouin, de Joinville et de Froissart!

Le luxe des habits et des fêtes passait toute
croyance; nous sommes de mesquins personnages
auprès de ces Barbares des treizième et quatorzième siècles. On vit dans un tournoi mille chevaliers vêtus d'une robe uniforme de soie, nommée *cointise*, et le lendemain ils parurent avec
un accoutrement nouveau aussi magnifique. (*Mathieu Paris.*) Un des habits de Richard II, roi
d'Angleterre, lui coûta trente mille marcs d'argent. (*Knyghton.*) Jean Arunde valait cinquante-
deux habits complets d'étoffe d'or. (*Hollingshed
chron.*)

Une autre fois, dans un autre tournoi, défilèrent d'abord un à un soixante superbes chevaux richement caparaçonnés, conduits chacun par un écuyer d'honneur et précédés de trompettes et de ménestriers; vinrent ensuite soixante jeunes dames montées sur des palefrois, superbement vêtues, chacune menant en lesse, avec une chaîne d'argent, un chevalier armé de toutes pièces. La danse et la musique faisaient partie de ces *bandors* (réjouissances). Le roi, les prélats, les barons, les chevaliers, sautaient au son des vielles, des musettes et des *chiffonies*.

Aux fêtes de Noël arrivaient de grandes mascarades. En 1348, en Angleterre, on prépara quatre-vingts tuniques de bougran, quarante-deux masques et un grand nombre de vêtemens bizarres, pour les mascarades. En 1377, une mascarade, composée d'environ cent trente personnes déguisées de différentes manières, offrit un divertissement au prince de Galles.

La balle, le mail, le palet, les quilles, les dés, affolaient tous les esprits. Il reste une note d'Édouard II de la somme de cinq schillings, laquelle somme il avait empruntée à son barbier pour jouer à croix ou pile.

MOYEN-AGE.

REPAS.

Quant au repas, on l'annonçait au son du cor chez les nobles : cela s'appelait *corner l'eau*, parce qu'on se lavait les mains avant de se mettre à table. On dînait à neuf heures du matin, et l'on soupait à cinq heures du soir. On était assis sur des *banques* ou bancs, tantôt élevés, tantôt assez bas, et la table montait et descendait en proportion. Du banc est venu le mot *banquet*. Il y avait des tables d'or et d'argent ciselées; les tables de bois étaient couvertes de nappes doubles appelées *doubliers;* on les plissait comme *rivière ondoyante qu'un petit vent frais fait doucement soulever*. Les serviettes sont plus modernes. Les fourchettes, que ne connaissaient point les Romains, furent aussi inconnues des Français jusqu'à la fin du xive siècle; on ne les trouve que sous Charles V.

On mangeait à peu près tout ce que nous

mangeons, et même avec des raffinemens que
nous ignorons aujourd'hui; la civilisation romaine n'avait point péri dans la cuisine. Parmi
les mets recherchés, je trouve le *dellegrous*, le
maupigyrum, le *karumpie*. Qu'était-ce? On servait des pâtisseries de formes obscènes, qu'on
appelait de leurs propres noms; les ecclésiastiques, les femmes et les jeunes filles, rendaient
ces grossièretés innocentes par une pudique in-
génuité. La langue était alors toute nue; les traductions de la Bible de ces temps sont aussi crues
et plus indécentes que le texte. *L'Instruction du
chevalier Geoffroy la Tour Landry, gentilhomme angevin, à ses filles*, donne la mesure de
la liberté des enseignemens et des mots.

On usait en abondance de bière, de cidre et
de vin de toutes les sortes : il est fait mention
du cidre sous la seconde race. Le clairet était du
vin clarifié mêlé à des épiceries, l'hypocras du
vin adouci avec du miel. Un festin donné en
Angleterre par un abbé, en 1310, réunit six
mille convives devant trois mille plats. Au repas
de noce du comte de Cornouailles, en 1243,
trente mille plats furent servis, et, en 1251,
soixante bœufs gras furent fournis par le seul
archevêque d'York, pour le mariage de Marguerite d'Angleterre avec Alexandre III, roi d'É-
cosse. Les repas royaux étaient mêlés d'inter-

mèdes : on y entendait toutes *menestrandies* ; les clercs chantaient *chansons*, rondeaux et virelais. « Quand le roi (Henri II d'Angleterre) sort dans la matinée, dit Pierre de Blois, vous voyez une multitude de gens courant çà et là, comme s'ils étaient privés de la raison ; des chevaux se précipitent les uns sur les autres ; des voitures renversent des voitures ; des comédiens, des filles publiques, des joueurs, des cuisiniers, des confiseurs, des baladins, des danseurs, des barbiers, des compagnons de débauches, des parasites, font un bruit horrible ; en un mot, la confusion des fantassins et des cavaliers est si insupportable, que vous diriez que l'abîme s'est ouvert et que l'enfer a vomi tous ses diables. »

Lorsque Thomas Becket (saint Thomas de Cantorbéry) allait en voyage, il était suivi d'environ deux cents cavaliers, écuyers, pages, clercs et officiers de sa maison. Avec lui cheminaient huit chariots tirés chacun par cinq forts chevaux ; deux de ces chariots contenaient la bière, un autre portait les meubles de sa chapelle, un autre ceux de sa chambre, un autre ceux de sa cuisine ; les trois derniers étaient remplis de provisions, de vêtemens et de divers objets. Il avait en outre douze chevaux de bât, chargés de coffres qui contenaient son argent, sa vaisselle d'or, ses livres, ses habillemens, ses ornemens d'autel.

Chaque chariot était gardé par un énorme mâtin surmonté d'un singe. (*Salisb.*)

On avait été obligé de frapper la table par des lois somptuaires : ces lois n'accordaient aux riches que deux services et deux sortes de viandes, à l'exception des prélats et des barons qui mangeaient de tout en toute liberté; elles ne permettaient la viande aux négocians et aux artisans qu'à un seul repas; pour les autres repas, ils se devaient contenter de lait, de beurre et de légumes.

MOYEN-AGE.

MOEURS.

On rencontrait sur les chemins des baternes ou litières, des mules, des palefrois et des voitures à bœufs : les roues des charrettes étaient à l'antique. Les chemins se distinguaient en chemins *péageaux* et en *sentiers ;* des lois en réglaient la largeur : le chemin péageau devait avoir quatorze pieds ; les sentiers pouvaient être ombragés, mais il fallait élaguer les arbres le long des voies royales, excepté les *arbres d'abris.* Le service des fiefs creusa cette multitude infinie de chemins de traverse dont nos campagnes sont sillonnées.

C'était le temps du merveilleux en toute chose : l'aumônier, le moine, le pèlerin, le chevalier, le troubadour, avaient toujours à dire ou à chanter des aventures. Le soir, autour du foyer à bancs, on écoutait ou le roman du roi Arthur, d'Ogier le Danois, de Lancelot du Lac, ou l'his-

toire du *gobelin* Orthon, grand nouvelliste qui
venait dans le vent et qui fut tué dans une grosse
truie noire. (*Froissart.*)

Avec ces contes on écoutait encore le sirvante
du jongleur contre un chevalier félon, ou le récit de la vie d'un pieux personnage. Ces vies de
saints, recueillies par les Bollandistes, n'étaient
pas d'une imagination moins brillante que les relations profanes : incantations de sorciers, tours
de lutins et de farfadets, courses de loups-ga-
rous, esclaves rachetés, attaques de brigands,
voyageurs sauvés et qui, à cause de leur beauté,
épousent les filles de leurs hôtes (*Saint-Maxime*);
lumières qui pendant la nuit révèlent au milieu
des buissons le tombeau de quelque vierge ; châteaux qui paraissent soudainement illuminés.
(*Saint Viventius, Maure et Brista.*)

Saint Déicole s'était égaré; il rencontre un
berger et le prie de lui enseigner un gîte : « Je
« n'en connais pas, dit le berger, si ce n'est dans
« un lieu arrosé de fontaines, au domaine du
« puissant vassal Weissart. » — « Peux-tu m'y
« conduire? répondit le saint. » — « Je ne puis
« laisser mon troupeau, répliqua le pâtre. » Déicole fiche son bâton en terre, et quand le pâtre
revint, après avoir conduit le saint, il trouve son
troupeau couché paisiblement autour du bâton
miraculeux. Weissart, terrible châtelain, menace

de faire mutiler Déicole; mais Berthilde, femme de Weissart, a une grande vénération pour le prêtre de Dieu. Déicole entre dans la forteresse; les serfs empressés le veulent débarrasser de son manteau; il les remercie, et suspend ce manteau à un rayon du soleil qui passait à travers la lucarne d'une tour. (*Boll.*, t. II, p. 202.)

Giralde, natif du pays de Galles, raconte dans sa *Topographie de l'Irlande*, que saint Kewen priant Dieu, les deux mains étendues, une hirondelle entra par la fenêtre de sa cellule et déposa un œuf dans l'une de ses mains. Le saint n'abaissa point sa main; il ne la ferma que quand l'hirondelle eut déposé tous ses œufs et achevé de les couver. En souvenir de cette bonté et de cette patience, la statue du solitaire en Irlande porte une hirondelle dans une main.

L'abbé Turketult avait en sa possession le pouce de saint Barthélemi, et il s'en servait pour se signer dans les momens de danger de tempête et de tonnerre.

Les Barbares aimaient les anachorètes : c'étaient des soldats de différentes milices, également éprouvés, également durs à eux-mêmes, dormant sur la terre, habitant le rocher, se plaisant aux pélerinages lointains, à la vastité des déserts et des forêts. Aussi les ermites conduisaient-ils les batailles : campés le soir dans les cime-

4

tières, ils y composaient et chantaient à la foule
armée le *Dies iræ* et le *Stabat mater*. Les Anglo-
Saxons ne virent pas moins de dix rois et de
onze reines abandonner le monde et se retirer
dans les cloîtres. Cependant il ne faudrait pas se
laisser tromper par les mots : ces reines étaient
des femmes des pirates du nord, arrivées dans
des barques, célébrant leurs noces sur des chariots, comme les filles de Clodion-le-Chevelu,
de belles et blanches Norwégiennes passées des
dieux de l'Edda au dieu de l'Évangile, et des
Walkiries aux anges.

MOYEN-AGE.

SUITE DES MOEURS.

VIGUEUR ET FIN DES SIÈCLES BARBARES.

Chercher à dérouler avec méthode le tableau des mœurs de ce temps, serait à la fois tenter l'impossible et mentir à la confusion de ces mœurs. Il faut jeter pêle-mêle toutes ces scènes telles qu'elles se succédaient sans ordre, ou s'enchevêtraient dans une commune action, dans un même moment : il n'y avait d'unité que dans le mouvement général qui entraînait la société vers son perfectionement, par la loi naturelle de l'existence humaine.

D'un côté la chevalerie, de l'autre le soulèvement des masses rustiques; tous les déréglemens de la vie dans le clergé et toute l'ardeur de la foi. Des gyrovagues ou moines errans cheminant à pied ou chevauchant sur une petite mule, prêchaient contre tous les scandales;

ils se faisaient brûler vifs par les papes auxquels
ils reprochaient leurs désordres, et noyer par
les princes dont ils attaquaient la tyrannie. Des
gentilshommes s'embusquaient sur les chemins
et dévalisaient les passans, tandis que d'autres
gentilshommes devenaient, en Espagne, en
Grèce, en Dalmatie, seigneurs des immortelles
cités dont ils ignoraient l'histoire. Cours d'a-
mour où l'on raisonnait d'après toutes les règles
du Scottisme, et dont les chanoines étaient
membres; troubadours et ménestrels vaguant
de châteaux en châteaux, déchirant les hommes
dans des satires, louant les dames dans des
ballades; bourgeois, divisés en corps de métiers, célébrant des solennités patronales où les
saints du paradis étaient mêlés aux divinités de
la fable; représentations théâtrales, *miracles* et
mystères dans les églises; *fêtes des fous* ou des
cornards; messes sacriléges; soupes grasses
mangées sur l'autel; l'*Ite missa est* répondu par
trois braiemens d'âne; barons et chevaliers s'en-
gageant, dans des repas mystérieux, à porter la
guerre chez des peuples, faisant vœu sur un paon
ou sur un héron d'accomplir les faits d'armes pour
leurs mies; Juifs massacrés et se massacrant entre
eux, conspirant avec les lépreux pour empoisonner
les puits et les fontaines; tribunaux de toutes les
sortes condamnant, en vertu de toutes les espèces

de lois, à toutes les sortes de supplices; accusés de toutes les catégories, depuis l'hérésiarque écorché et brûlé vif, jusqu'aux adultères attachés nus l'un à l'autre et promenés au milieu de la foule; le juge prévaricateur substituant à l'homicide riche condamné un prisonnier innocent; pour dernière confusion, pour dernier contraste, la vieille société civilisée à la manière des anciens, se perpétuant dans les abbayes; les étudians des universités faisant renaître les disputes philosophiques de la Grèce; le tumulte des écoles d'Athènes et d'Alexandrie se mêlant au bruit des tournois, des Carrousels et des Pas d'armes : placez enfin, au-dessus et en dehors de cette société si agitée, un autre principe de mouvement, un tombeau objet de toutes les tendresses, de tous les regrets, de toutes les espérances, qui attirait sans cesse au-delà des mers les rois et les sujets, les vaillans et les coupables; les premiers pour chercher des ennemis, des royaumes, des aventures; les seconds pour accomplir des vœux, expier des crimes, apaiser des remords; voilà tout le moyen-âge.

L'orient, malgré le mauvais succès des croisades, resta long-temps pour les peuples de l'Europe le pays de la religion et de la gloire; ils tournaient sans cesse les yeux vers ce beau soleil, vers ces palmes de l'Idumée, vers ces plaines

de Rama où les Infidèles se reposaient à l'ombre
des oliviers plantés par Baudoin, vers ces champs
d'Ascalon qui gardaient encore les traces de Go-
defroi de Bouillon, de Couci, de Tancrède, de
Philippe-Auguste, de Richard Cœur-de-Lion,
de saint Louis, vers cette Jérusalem un moment
délivrée, puis retombée dans ses fers, et qui se
montrait à eux comme à Jérémie, insultée des
passans, noyée dans ses pleurs, privée de son
peuple, assise dans la solitude.

Tels furent ces siècles d'imagination et de
force qui marchaient avec cet attirail au milieu
des évènemens les plus variés, au milieu des
hérésies, des schismes, des guerres féodales,
civiles et étrangères; ces siècles doublement fa-
vorables au génie ou par la solitude des cloîtres,
quand on la recherchait, ou par le monde le plus
étrange et le plus divers, quand on le préférait à
la solitude. Pas un seul point où il ne se passât
quelque fait nouveau, car chaque seigneurie
laïque ou ecclésiastique était un petit État qui
gravitait dans son orbite et avait ses phases; à
dix lieues de distance les coutumes ne se ressemblaient plus. Cet ordre de choses, extrêmement
nuisible à la civilisation générale, imprimait à
l'esprit particulier un mouvement extraordinaire: aussi toutes les grandes découvertes ap-
artiennent-elles à ces siècles. Jamais l'individu

n'a tant vécu : le roi rêvait l'agrandissement de son empire, le seigneur la conquête du fief de son voisin, le bourgeois l'augmentation de ses privi-léges, et le marchand de nouvelles routes à son commerce. On ne connaissait le fond de rien ; on n'avait rien épuisé ; on avait foi à tout ; on était à l'entrée et comme au bord de toutes les espérances, de même qu'un voyageur sur une montagne, attend le lever du jour dont il aper-çoit l'aurore. On fouillait le passé ainsi que l'a-venir ; on découvrait avec la même joie un vieux manuscrit et un nouveau monde ; on marchait à grands pas vers des destinées ignorées, comme on a toute sa vie devant soi dans la jeunesse. L'enfance de ces siècles fut barbare, leur virilité pleine de passion et d'énergie, et ils ont laissé leur riche héritage aux âges civilisés qu'ils por-tèrent dans leur sein fécond.

ESSAI

sur la

LITTÉRATURE

ANGLAISE.

—

PREMIÈRE PARTIE.

PREMIÈRE PARTIE.

PREMIÈRE ET SECONDE ÉPOQUES

DE LA LITTÉRATURE ANGLAISE.

———

LITTÉRATURE SOUS LE RÈGNE DES ANGLO-SAXONS,
DES DANOIS ET PENDANT LE MOYEN-AGE.

———

DES ANGLO-SAXONS A GUILLAUME-LE-CONQUÉRANT. — BRETONS.

———

TACITE. — POÉSIES ERSES.

Entrons maintenant dans les diverses époques
de la langue et de la littérature anglaise. Le lecteur placera facilement, sur le tableau que je
viens de tracer, les auteurs et leurs ouvrages à
mesure que je les ferai passer devant ses yeux.
Il s'agit d'abord de l'époque anglo-saxonne; mais,
avant de nous en occuper, voyons s'il ne reste
aucune trace de la langue des Bretons sous la
domination romaine.

César ne nous parle que des mœurs de ces in-

sulaires. Tacite nous a conservé quelques discours des chefs bretons : j'omets la harangue de
Caractacus à Claude, et ne citerai, en l'abré-
geant, que le discours de Galgacus dans les montagnes de la Calédonie.

. . . « Le jour de votre liberté commence. . .
« La terre nous manque et le refuge de la mer
« nous est interdit par la flotte romaine ; il ne
« nous reste que les armes. Dans le lieu le plus
« retiré de nos déserts, n'apercevant pas même
« de loin les rivages assujétis, nos regards n'ont
« point été souillés du contact de la domination
« étrangère. Placés aux extrémités de la terre et
« de la liberté, jusqu'à présent la renommée de
« notre solitude et de ses replis nous a défendus :
« à présent les bornes de la Bretagne apparais-
« sent. Tout ce qui est inconnu est magnifique ;
« mais au-delà de la Calédonie, aucune nation à
« chercher, rien, hormis les flots et les écueils, et
« les Romains sont arrivés jusqu'à nous.

« . . . . Dans la famille des esclaves, le dernier
« venu est le jouet de ses compagnons : nous,
« les plus nouveaux et conséquemment les plus
« méprisés dans cet univers de la vieille servi-
« tude, nous ne pourrions attendre que la mort,
« car nous n'avons ni guérets, ni mines, ni ports
« où l'on puisse user nos bras. Courage donc,
« vous qui chérissez la vie ou la gloire ! Les

« épouses des Romains ne les ont point suivis ;
« leurs pères ne sont pas là pour leur faire honte
« de la fuite : ils regardent en tremblant ce ciel ,
« cette mer, ces forêts qu'ils n'ont jamais vus·
« Enfermés et déjà vaincus, nos Dieux les livrent
« entre nos mains. . . . . . . Ici votre chef, ici
« votre armée ; là le tribut, les travaux, les souf-
« frances de l'esclavage : des maux éternels ou
« la vengeance sont pour vous dans ce champ de
« bataille. Marchez au combat ! pensez à vos an-
« cêtres et à votre postérité. »

Après Tacite qui a paraphrasé quelques mots
de Galgacus conservés par tradition dans les
camps romains, un abîme se creuse : on traverse
quinze siècles avant d'entendre parler de nouveau du génie des Bretons, et encore comment !
Macpherson transportant en Écosse le barde
Irlandais Ossian, défigurant la véritable histoire
de Fingal, cousant trois ou quatre lambeaux de
vieilles ballades à un mensonge, nous représente
un poète de la Calédonie tout aussi réellement
que Tacite nous en a représenté un guerrier.
Puisque après tout nous n'avons qu'Ossian ;
puisque les fragmens qu'on pourrait donner
comme venant des Bardes, appartiennent plutôt
aux diverses espèces de *chanteurs* que je rap-
pellerai tout à l'heure, il faut bien faire usage

du travail de Macpherson. Mais comme les poëmes
que John Smith ajouta à ceux qu'avait publiés le
premier éditeur du Barde écosssais, sont moins
connus, j'en extrairai de préférence quelques
passages.

« Filles des champs aériens de Trenmor, pré-
« parez la robe de vapeur transparente et colo-
« rée. Dargo, pourquoi m'avais-tu fait oublier
« Armor? Pourquoi l'aimais-je tant? Pourquoi
« étais-je tant aimée? Nous étions deux fleurs qui
« croissaient ensemble dans les fentes du rocher;
« nos têtes humides de rosée souriaient aux rayons
« du soleil. Ces fleurs avaient pris racine dans le
« roc aride. Les vierges de Morven disaient :
« elles sont solitaires, mais elles sont charmantes.
« Le daim, dans sa course, s'élançait par-dessus
« ces fleurs, et le chevreuil épargnait leurs tiges
« délicates.
   « Le soleil de Morven est couché pour moi. Il
« brilla pour moi ce soleil dans la nuit de mes
« premiers malheurs, au défaut du soleil de ma
« patrie; mais il vient de disparaître à son tour;
« il me laisse dans une ombre éternelle. »
   « Dargo, pourquoi t'es-tu retiré si vite? » . . . .
   « . . . . Partout sur les mers, au sommet des
« collines, dans les profondes vallées, j'ai suivi
« ta course. En vain mon père espéra mon retour;

« en vain ma mère pleura mon absence; leurs
« yeux mesurèrent souvent l'étendue des flots;
« souvent les rochers répétèrent leurs cris. Pa-
« rens, amis, je fus sourde à votre voix! Toutes
« mes pensées étaient pour Dargo, je l'aimais de
« toute la force de mes souvenirs pour Armor.
« Dargo, l'autre nuit j'ai goûté le sommeil à tes
« côtés sur la bruyère. N'est-il pas de place cette
« nuit dans ta nouvelle couche? Ta Crimoïna
« veut reposer auprès de toi, dormir pour tou-
« jours à tes côtés.

« Le chant de Crimoïna allait en s'affaiblis-
« sant à mesure qu'il approchait de sa fin; par
« degrés s'éteignait la voix de l'étrangère : l'in-
« strument échappa aux bras d'albâtre de la fille
« de Lochlin; Dargo se lève : il était trop tard!
« l'ame de Crimoïna avait fui sur les sons de la
« harpe. »

On croira ce que l'on pourra des traductions
calédoniennes de Tacite et de John Smith. Les
historiens mentent un peu plus que les poètes,
sans en excepter Tacite qui toutefois répandait sa
parole brûlante sur les tyrans, comme on jette
de la chaux vive sur des cadavres pour les consu-
mer.

ANGLO-SAXONS ET DANOIS.

Les Anglo-Saxons ayant succédé aux Romains, et les Danois étant venus à leur tour au partage de la Grande-Bretagne, il serait presque impossible de séparer *littérairement* l'époque des Anglo-Saxons de celle des Danois; c'est pourquoi je les confonds ici.

Les Danois amenèrent avec eux leurs Scaldes : ceux-ci se mêlèrent aux Bardes galliques. Trois choses ne pouvaient être saisies pour dette, chez un homme libre du pays de Galles : son cheval, son épée et sa harpe. Les nations entières, dans leur âge héroïque, sont poètes : on chantait à la guerre, on chantait aux festins, on chantait à la mort; on redoutait surtout de mourir dans son lit comme une femme. Starcather n'ayant pu trouver sa fin dans les combats, se mit une chaîne d'or au cou, et déclara la donner aux passans assez charitables pour le débarrasser de sa tête. Siward, comte danois du Northumberland, honteux de vieillir et craignant d'être emporté d'une maladie, dit à ses amis : « Revêtez-moi de « ma cotte de mailles ; ceignez-moi mon épée; pla- « cez mon casque sur ma tête, mon bouclier dans « ma main gauche, ma hache dorée dans ma main

« droite; que je tombe dans la garbe d'un guer-
« rier. »

Sur le champ de bataille les hymnes, accom-
pagnées du choc des armes, éclataient d'une
manière si terrible, que les Danois, pour empé-
cher leurs chevaux d'en être effrayés, les rendaient sourds.

Les croyances étaient à l'avenant de ces mœurs
poétiques. Quinze jeunes femmes et dix-huit
jeunes hommes ballaient un jour dans un cime-
tière; le prêtre Robert qui disait la messe, les
fit inviter à se retirer; ils se moquèrent du prêtre.
L'officiant pria Dieu et saint Magnus de punir la
troupe impie, en l'obligeant à chanter et à dan-
ser une année entière : sa prière fut exaucée; un
des condamnés prit par la main sa sœur qui figurait avec lui; le bras se sépara du corps sans que
l'invalide de Dieu perdît une goutte de sang, et
elle continua de sauter. Toute l'année les qua-
drilles ne souffrirent ni du froid, ni du chaud,
ni de la faim, ni de la soif, ni de la fatigue; leurs
vêtemens ne s'usèrent pas. Commençait-il à pleu-
voir? il s'élevait autour d'eux une maison magnifique. Leur danse incessante creusa la terre, et
ils s'y enfoncèrent jusqu'à mi-corps. Au bout
de l'an , l'évêque Hubert brisa les liens invisi-
bles dont les mains des danseurs et des dan-
seuses étaient enchaînées : la troupe tomba dans

5.

un sommeil qui dura trois jours et trois nuits.

Une vieille, nommée Thorbiorga, fameuse sorcière, fut invitée au château du comte Torchill, afin de dire quand se termineraient la peste et la famine du comté. Thorbiorga arriva sur le soir : robe de drap vert boutonnée du haut jusqu'en bas; collier de grains de verre; peau d'agneau noir, doublée d'une peau de chat blanc, sur la tête; souliers de peau de veau, le poil en dessus, liés avec des courroies; gants de peau de chat blanc, la fourrure en dedans; ceinture *huntandique*, au bout de laquelle pendait un sac rempli de grimoires. La sorcière soutenait son corps grêle sur un bâton à viroles de cuivre. Elle fut reçue avec beaucoup de respect : assise sur un siége élevé, elle mangea un potage de lait de chèvre, et un ragoût de cœurs de différens animaux. Le lendemain Thorbiorga, après avoir symétrisé ses instrumens d'astrologie selon le thème céleste, ordonna à la jeune Godréda, sa compagne, d'entonner l'invocation magique *vardlokur*. Godréda chanta d'une voix si douce, que le manoir du laird Torchill en fut ravi. Il eût été bien malheureusement né celui qui ne fût pas né poète en ce temps-là.

Les rois mêmes l'étaient : Alfred-le-Grand, Canut-le-Grand, furent l'honneur des Walkiries. Les Bardes et les Scaldes s'éjouissaient à la table

des princes qui les comblaient de présens : « Si
« je demandais la lune à mon hôte, s'écrie un
« Barde, il me l'accorderait. » Les poètes ont toujours été affriandés par la lune.

Cœdmon rêvait en vers et composait des poëmes en dormant : poésie est songe.

« Je sais, dit un autre Barde, un chant pour
« émousser le fer; je sais un chant pour tuer la
« tempête. » On reconnaissait ces inspirés à leur
air; ils semblaient ivres; leurs regards et leurs
gestes étaient désignés par un mot consacré :
Skallviengl, « folie poétique. »

La chronique saxonne donne en vers le récit
d'une victoire remportée par les Anglo-Saxons
sur les Danois, et l'histoire de Norvége conserve
l'apothéose d'un pirate du Danemark, tué avec
cinq autres chefs de corsaires sur les côtes d'Albion.

« Le roi Ethelstan, le chef des chefs, celui qui
« donne des colliers aux braves, et son frère, le
« noble Edmond, ont combattu à Brunan-Burgh
« avec le tranchant de l'épée. Ils ont fendu le mur
« des boucliers, ils ont abattu les guerriers de re-
« nom, la race des Scots et les hommes des na-
« vires.

« Olaf s'est enfui avec peu de gens, et il a pleuré
« sur les flots. L'étranger ne racontera point

« cette bataille, assis à son foyer, entouré de sa
« famille; car ses parens y succombèrent, et ses
« amis n'en revinrent pas. Les rois du nord, dans
« leurs conseils, se lamenteront de ce que leurs
« guerriers ont voulu jouer au jeu du carnage
« avec les enfans d'Edward.

« Le roi Ethelstan et son frère Edmond re-
« tournent sur les terres de Ouest-Sex. Ils laissent
« derrière eux le corbeau se repaissant de cada-
« vres, le corbeau noir au bec pointu, et le cra-
« paud à la voix rauque, et l'aigle affamé de chair,
« et le milan vorace, et le loup fauve des bois.

« Jamais plus grand carnage n'eut lieu dans
« cette île; jamais plus d'hommes n'y périrent
« par le tranchant de l'épée, depuis le jour où les
« Saxons et les Angles vinrent de l'est à travers
« l'Océan, où ils entrèrent en Bretagne, ces nobles
« artisans de guerre, qui vainquirent les Welsches
« et prirent le pays. »

Maintenant la chanson en l'honneur du pirate :

« Il m'est venu un songe : je me suis vu, au
« point du jour, dans la salle du Valhalla, prépa-
« rant tout pour la réception des hommes tués
« dans les batailles.

« J'ai réveillé les héros de leur sommeil; je les
« ai engagés à se lever, à ranger les bancs, à dis-

« poser les coupes à boire, comme pour l'arrivée
« d'un roi.

« D'où vient tout ce bruit? s'écrie Bragg; d'où
« vient que tant d'hommes s'agitent et que l'on
« remue tous les bancs? C'est qu'Erik doit venir,
« répond Oden; je l'attends. Qu'on se lève, qu'on
« aille à sa rencontre.

« Pourquoi donc sa venue te plaît-elle davan-
« tage que celle d'un autre roi? C'est qu'en beau-
« coup de lieux il a rougi son épée de sang; c'est
« que son épée sanglante a traversé beaucoup de
« lieux.

« Je te salue, Erik, brave guerrier; entre: sois
« le bien-venu dans cette demeure. Dis-nous quels
« rois t'accompagnent, combien viennent avec
« toi du combat?

« Cinq rois viennent, répond Erik, et moi je
« suis le sixième. »

Je ne pouvais mieux faire que d'emprnnter
cette traduction à l'*Histoire de la conquête de
l'Angleterre par les Normands.* Jouissons des
travaux de M. A. Thierry, mais apprenons de lui
ce qu'ils lui ont coûté; notre admiration s'aug-
mentera de notre reconnaissance.

« Je venais d'entrer avec ardeur dans une série
« de recherches toutes nouvelles pour moi. Quel-

« que étendu que fût le cercle de ces travaux, ma
« cécité complète ne m'aurait pas empêché de le
« parcourir : j'étais résigné, autant que doit
« l'être un homme de cœur; j'avais fait amitié
« avec les ténèbres. Mais d'autres épreuves sur-
« vinrent. . . . .
« . . . . Aveugle et souffrant sans espoir et
« presque sans relâche, je puis rendre ce témoi-
« gnage, qui de ma part ne sera pas suspect : il
« y a au monde quelque chose qui vaut mieux
« que les jouissances matérielles, mieux que la
« fortune, mieux que la santé elle-même, c'est le
« dévouement à la science. »

Graves et touchantes paroles pour lesquelles
je ne me reproche point de m'être écarté de mon
sujet.

J'ai déjà dit quelque chose de ce sujet dans
mes études historiques. Les nautoniers normands
célébraient eux-mêmes leurs courses :

« Je suis né dans le haut pays de Norvége, chez
« des peuples habiles à manier l'arc; mais j'ai
« préféré hisser ma voile, l'effroi des laboureurs
« du rivage. J'ai aussi lancé ma barque parmi les
« écueils, *loin du séjour des hommes.* »

Ce Scalde des mers avait raison, puisque les

Danes ont découvert le Vineland ou l'Amérique *loin du séjour des hommes.*

Angelbert gémit sur la bataille de Fontenay et sur la mort de Hugues, bâtard de Charlemagne. La fureur de la poésie était telle qu'on trouve des vers de toutes mesures jusque dans les diplômes du huitième, du neuvième et du dixième siècle. Un chant teutonique conserve le souvenir d'une victoire remportée sur les Normands, l'an 881, par Louis, fils de Louis-le-Bègue. « J'ai « connu un roi appelé le seigneur Louis, qui « servait Dieu de bon cœur, parce que Dieu le « récompensait. . . . . Il saisit la lance et le bou- « clier, monta promptement à cheval, et vola « pour tirer vengeance de ses ennemis. » Personne n'ignore que Charlemagne avait fait recueillir les anciennes chansons de Germains.

La parole usitée dans les forêts est, dès sa naissance, une parole complète pour la poésie : sous le rapport des passions et des images, elle dégénère en se perfectionnant. Les chants nationaux des Barbares étaient accompagnés du son du fifre, du tambour et de la musette. Les Scythes, dans la joie des festins, faisaient résonner la corde de leur arc. La cithare ou la guitare était en usage dans les Gaules, et la harpe dans l'île des Bretons. L'oreille dédaigneuse des Grecs et des Romains n'entendait, dans les entretiens des Franks

et des Bretons, que des croassemens de corbeaux,
ou des sons non articulés sans aucun rapport
avec la voix humaine. Quand les nations du
nord eurent triomphé, force fut de trouver ce
langage harmonieux, et de comprendre les ordres
que le maître dictait à l'esclave.

Les rhythmes militaires se viennent terminer
à la chanson de Roland, dernier chant de l'Europe barbare. « A la bataille d'Hastings, dit encore
« le grand peintre d'histoire que j'ai cité, un
« Normand, appelé Taillefer, poussa son cheval
« en avant du front de bataille, et entonna le
« chant des exploits, fameux dans toute la Gaule,
« de Charlemagne et de Roland. En chantant il
« jouait de son épée, la lançait en l'air avec force
« et la recevait dans sa main droite. Les Normands
« répétaient ces refrains, ou criaient : Dieu aide !
« Dieu aide !

> « Taillefer qui mult bien chantout
> « Sor un cheval qui tost alout,
> « Devant le duc alout chantant
> « De Karlemagne et de Rollant
> « Et d'Olivier et des vassaux
> « Qui moururent à Roncevaux »

Ces rimes sont de Wace, mais Geoffroy Gaimar a de plus longs détails sur Taillefer. Il est
curieux d'observer comment les usages se trans-

forment et cependant se perpétuent : le tambour-
maître, qui jette sa canne en l'air et qui la reçoit
dans sa main à la tête d'un régiment, est la tradition du jongleur militaire.

Avant même la bataille d'Hastings, il existe un
autre témoignage des provocations de la chanson du soldat : en 1054, Guillaume battit les
Français à Mortemer en Normandie; un de ses
serviteurs, monté dans un arbre, cria toute la
nuit :

> Franceis, Franceis, levez ! levez !
> Tenez vos veies ; trop dormez ;
> Allez vos amis enterrer
>   Ki sont occis à Mortemer.

Ce singulier héraut d'armes, insultant du haut
d'un chêne l'ennemi vaincu, offre un tableau
naïf des mœurs de ce temps.

TROISIÈME ET QUATRIÈME ÉPOQUES

DE LA LITTÉRATURE ANGLAISE.

ÉPOQUES ANGLO-NORMANDE ET NORMANDE-FRANÇAISE, DE GUILLAUME-LE-CONQUÉRANT ET DE HENRI II A HENRI VIII.

TROUVÈRES ANGLO-NORMANDS.

Après la conquête des Normands, le moyen-âge commence et les choses changent de face. L'Angleterre a éprouvé dans son idiome des révolutions inconnues aux autres pays : le *teutonique* des Angles refoula le *gallique* des Bretons dans les vallées du pays de Galles; le *danois*, le *scandinave*, ou le *goth*, renferma l'*erse* parmi les highlanders écossais et altéra le pur *saxon;* le *normand*, ou le *vieux français*, relégua l'*anglo-saxon* chez les vaincus.

Sous Guillaume et ses premiers successeurs, on écrivit et l'on chanta en latin, en calédonien,

en gallique, en anglo-saxon, en Roman des trouvères et quelquefois en Roman des troubadours.
Il y eut des poètes, des bardes, des jongleurs, des
ménestrels, des contéors, des fabléors, des ges-
téors, des harpéors. La poésie prit toute espèce
de formes, et donna à ses œuvres toutes sortes
de noms : lais, ballades, rotruënges, chansons à
carole, chansons de gestes, contes, sirventois,
satyres, fabliaux, jeux-partis, dictiés. Dès le
sixième siècle Fortunat donne le nom de lais,
leudi, aux chants des Barbares. On comptait des
romans d'amour, des romans de chevalerie, des
romans du Saint-Graal, des romans de la Table-
Ronde, des romans de Charlemagne, des romans
d'Alexandre, des pièces saintes. Dans le *Songe du
dieu d'amour,* le pont qui conduit au palais du
dieu est composé de *rotruënges,* stances accom-
pagnées de la vielle; les planches sont faites de
dits et de *chansons,* les solives de *sons de harpe,*
les piles des *doux lais des Bretons.*

Robert de Court-Heuse, duc de Normandie,
fils aîné de Guillaume-le-Conquérant, enfermé
pendant vingt-huit ans dans le château de Car-
diff, au bord de la mer, apprit la langue des
bardes gallois. A travers les fenêtres de sa prison, il voyait un chêne dominer la forêt, dont
le promontoire de Penarth était couvert. Il disait
à ce chêne : « Chêne, planté au sein des bois

« d'où tu vois les flots de la Saverne lutter contre
« la mer ; chêne, né sur ces hauteurs où le sang
« a coulé en ruisseaux ; chêne, qui as vécu au
« milieu des tempêtes, malheur à l'homme qui
« n'est pas assez vieux pour mourir ! »

Un autre prince anglais, Richard Cœur-de-
Lion, fut couronné comme troubadour. Il avait
composé en langue romane du Midi, sa langue
maternelle, un sirvante sur sa captivité à Worms.
Parmi les poètes, ses contemporains, Richard
n'est pas fils d'Éléonore de Guienne, mais de la
princesse d'Antioche, trouvée en pleine mer sur
un vaisseau tout d'or, dont les cordages étaient
de soie blanche. Ce vaisseau est la grande *ser-
pente* des romanciers. Quand les enfans des
femmes arabes étaient méchans, elles les mena-
çaient du *roi Richard*, et quand un cheval om-
brageux tressaillait, le cavalier sarrasin le frappait
de l'éperon en lui disant : *Et cuides-tu que ce soit
le roi Richard?* Guillaume Blondel (qu'il ne faut
pas confondre avec le trouvère Blondel de Nesle)
était un des menestrels de Richard : nous n'avons
pas sa chanson fidèle ; il n'en est resté que la tradition.

Rien n'était plus célèbre que l'histoire populaire du *marquis au court nez.*

Guillaume, trouvère anglo-normand, a laissé
dans son poëme des *Joies de Notre-Dame* une

description curieuse de Rome et de ses monumens au xɪᵉ siècle. Il composa un petit poëme,
fort ingénieux, sur ces trois mots, *fumée*, *pluie*
et femme, qui chassent un homme de sa maison;
la maison, c'est le cïel; la fumée, l'orgueil; la
pluie, la convoitise; la femme, la volupté: trois
choses qui empêchent d'entrer dans le ciel, maison de l'homme.

Un moine du mont Saint-Michel, dans la description qu'il fait des fêtes de ce monastère (alors
sous la domination anglaise), nous apprend que
« dessous Avranches, vers Bretagne, était la forêt
« de Cuokelunde remplie de cerfs, mais où il n'y
« a à présent que des poissons. En la forêt avait
« un monument. » Le poète place l'irruption de
la mer sous le règne de Childebert.

Geoffroy Gaimar, auteur de l'Histoire des rois
anglo-saxons, emprunta des bardes gallois le
Brut d'Angleterre que Wace traduisit du latin
de Geoffroy de Montmouth. Celui-ci, selon
M. l'abbé de la Rue, l'avait traduit de l'original
bas-breton apporté en Angleterre par Gautier
Galenius, archidiacre d'Oxford.

Brut ou Brutus est un arrière petit-fils d'Énée,
premier roi des Bretons. Du roi Brut descendit
Arthur ou Artus, roi de l'Armorique, dont nous
autres Bretons attendons le retour comme les
Juifs attendent le Messie. Arthur institua l'ordre

de chevalerie de la Table-Ronde : tous les chevaliers de cet ordre ont leur histoire ; d'où il
advient qu'un premier roman a ce que les ménestrels appelaient des *branches*, ainsi que dans
Arioste un conte en engendre un autre. Arthur
et ses chevaliers sont un calque de Charlemagne
et de ses preux. Mais n'est-il pas inconcevable
qu'on cherche toujours l'origine de ces merveilles dans le faux Turpin qui écrivait en 1095,
sans s'apercevoir qu'elle se trouve dans l'histoire
des *Faits et gestes de Karle-le-Grand*, compilés
en 884 par le moine de Saint-Gall?

Le roman du Rou est encore de Robert Wace.
Là se lit l'histoire authentique des fées de ma
patrie, de la forêt de Bréchéliant remplie de
tigres et de lions : *l'homme sauvage* y règne, et
le roi Arthur le veut percer avec l'*Escalibar*, sa
grande épée. Dans cette forêt de Bréchéliant,
murmure la fontaine Barenton. Un bassin d'or
est attaché au vieux chêne dont les rameaux
ombragent la fontaine : il suffit de puiser de
l'eau avec la coupe et d'en répandre quelques
gouttes pour susciter des tempêtes. Robert Wacc
eut la curiosité de visiter la forêt et n'aperçut rien :

> Fol m'en revins, fol y allai.

Un charme mal employé fit périr l'enchanteur
Merlin dans la forêt de Bréchéliant. Pieux et

sincère Breton, je ne place pas Bréchéliant près Quintin comme le veut le roman du Rou; je tiens Bréchéliant pour Becherel, près de Combourg. Plus heureux que Wace, j'ai vu la fée Morgen et rencontré Tristan et Yseult; j'ai puisé de l'eau avec ma main dans la fontaine (le bassin d'or m'a toujours manqué), et en jetant cette eau en l'air, j'ai rassemblé les orages : on verra dans mes *Mémoires*, à quoi ces orages m'ont servi.

Le trouvère anonyme, continuateur du Brut d'Angleterre, est un Anglo-Saxon : il s'exprime avec la verve de la haine contre Guillaume, venu « non élever des villes, mais les détruire ; non bâtir des hameaux, mais semer des forêts. » Le poëme offre un ingénieux épisode.

Le conquérant veut savoir quel sera le sort de sa postérité: il convoque une assemblée de notables et des principaux membres du clergé d'Angleterre et de Normandie. Le conseil, fort embarrassé, mande séparément les trois fils du roi : Robert de Courte-Heuse paraît le premier. Un sage-clerc lui dit : « Beau fils, si Dieu tout-« puissant avait fait de vous un oiseau, quel oi-« seau voudriez-vous être? »

« Un épervier, répond Robert. Cet oiseau, « pour sa valeur, est chéri des princes, aimé des « chevaliers, porté sur la main des dames. »

Après Robert de Courte-Heuse, vient Guil-

laume-le-Roux : « Il aurait voulu être un aigle,
parce que l'aigle est le roi des oiseaux. »

Après Guillaume-le-Roux, se présenta Henri,
son jeune frère : « Il voudrait être un estournele,
parce que l'estournele (l'étourneau) est un oiseau
simple, qui ne fait de mal à personne, et vole
de concert avec ses semblables : s'il est mis en
cage, il se console en chantant. »

Courte-House, vaillant comme l'épervier, mourut dans les fers ; Guillaume, roi comme l'aigle,
fut cruel et finit mal; Henri fut doux, bienfai-
sant comme l'estournele : il eut des peines, mais
les années (complainte longue, triste et à même
refrain) les adoucirent.

6.

PARADIS TERRESTRE. DESCENTE AUX ENFERS.

Un trouvère anonyme célèbre le voyage de saint Bradan, l'Irlandais, au Paradis terrestre. Le saint, accompagné de ses moines, découvre dans une île le *Paradis des oiseaux* : ces oiseaux répondent à la psalmodie du saint; c'étaient apparemment les ancêtres de l'oiseau des jardins d'Armide.

Dans une autre île est un arbre à feuilles d'un rouge pâle; des volatiles blanches se perchent sur l'arbre. Un de ces cygnes, interrogé par Bradan, lui répond : «Mes compagnons et moi nous sommes « des anges chassés du ciel avec Lucifer. Nous « lui avions obéi comme à notre chef, en sa qua- « lité d'archange; mais n'ayant point partagé son « orgueil, Dieu nous a seulement exilés dans « cette île. » Voilà l'ange repentant de Klopstock.

Du *Paradis des oiseaux* saint Bradan, toujours avec ses moines, arrive dans une autre île où s'élève l'abbaye de Saint-Alban.

Il court de nouveau au large, est attaqué par un serpent qu'une bête envoyée de Dieu combat, puis par un griffon qu'un dragon avale. Des poissons étranges viennent écouter le Solitaire célébrant la Saint-Pierre en haute mer.

La barque aborde aux Enfers : les ténèbres obscurcissent la région maudite; la fumée, les étincelles, les flammes forment un voile impénétrable à la clarté du jour. Sur une roche escarpée on aperçoit un homme nu, lacéré de coups de fouet, la chair en lambeaux, le visage couvert d'un drap : ce damné est Judas; il raconte au Saint ses inexprimables tourmens; pour chaque jour de la semaine, il y a une nouvelle douleur.

Marie, dite de France, dont nous avons un recueil de Lais, mit en vers le *Purgatoire de saint Patrick d'Irlande*, qu'Henri, moine de Saltry, composa primitivement en latin dans le xii⁽ᵉ⁾ siècle. Par une caverne, au-dessus de laquelle saint Patrick bâtit un couvent, on descendait au lieu d'expiation.

Deux autres trouvères traitent le même sujet : il mènent O'Wein au purgatoire; le chevalier passe auprès de l'enfer dont il voit les tourmens, parvient au paradis terrestre, et s'approche du paradis céleste.

Adam de Ross chante à son tour la descente de saint Paul aux enfers. L'archange saint Michel sert de guide à l'apôtre; il lui dit : « Bonhomme, « suis-moi sans effroi, sans peur et sans soupçon. « Dieu veut que je te montre les grincemens de « dents, le travail et la *tristor* que souffrent les « pécheurs. »

Michel va devant; Paul le suit disant les psaumes. A la porte de l'enfer croît un arbre de feu; à ses branches sont suspendues les ames des avares et des calomniateurs. L'air est rempli de diables volans qui conduisent les méchans aux brasiers.

Les deux voyageurs parcourent les régions désolées. L'archange explique à l'apôtre les tourmens infligés à différens crimes : au sein d'une immense forge, d'une vaste mine où grondent et brillent des fournaises ardentes, coulent des fleuves de métaux fondus dans lesquels nagent des démons. A mesure que les envoyés du ciel s'enfoncent dans le giron du globe, les supplices deviennent plus terribles : saint Paul est saisi de pitié.

Un puits scellé de sept sceaux, présente son orbite : l'archange lève les sceaux, en écartant l'apôtre pour laisser s'exhaler la vapeur pestilentielle. Au fond du puits gémissent les plus grands coupables; saint Paul demande combien

dureront les peines; saint Michel répond : « Cent
« quarante mille ans ; mais je n'en suis pas bien
« sûr. »

L'apôtre invite l'archange à conjurer Dieu d'a-
doucir les souffrances des réprouvés ; des anges
compatissans se joignent à leurs prières; elles sont
écoutées ; le Seigneur ordonne qu'à l'avenir les
supplices cesseront depuis le samedi jusqu'au
lundi matin. Saint Bradan, dans son voyage au
paradis terrestre, avait obtenu la même grâce pour
Judas. La durée de cette suspension des supplices
est la même que la durée fixée par les premières
trèves que l'on appelait *paix de Dieu.*

Le moyen-âge n'est pas le temps du style proprement dit, mais c'est le temps de l'expression
pittoresque, de la peinture naïve, de l'invention
féconde. On voit avec un sourire d'admiration
ce que des peuples ingénus tiraient des croyances
qu'on leur enseignait : à leur imagination grande,
vive et vagabonde, à leurs mœurs cruelles, à
leur courage indomptable, à leur instinct de con-
quérans et de voyageurs mal comprimé, les prêtres, missionnaires et poètes, offraient de merveilleux tourmens, des périls éternels, des invasions
à tenter, mais sans changer de place, dans des
régions inconnues. Le paradis terrestre que la
Muse chrétienne montrait en perspective aux
Barbares (lieu de délices où ils ne pouvaient ar-

river que par un long chemin et après de rudes travaux) était comme cette Rome qu'ils avaient cherchée jadis au bout du monde à travers mille périls, la torche et l'épée à la main.

Le voyage d'Ulysse aux champs Cimmériens et la descente d'Énée au Tartare renferment l'idée primitive de ces fictions. Cette idée fut communiquée aux siècles chrétiens par la littérature classique; on la retrouve dans tout le moyen-âge sous le titre de *visio inferni*. L'arbre de feu aux branches duquel sont suspendues les ames des avares, est l'orme où les songes viennent se réfugier dans le vestibule du Tartare. (*Eneid.*, liv. VI.)

Les trois ouvrages du trouvère de Saint-Bradan, de Marie de France et d'Adam de Ross, rappellent le *paradis*, le *purgatoire* et l'*enfer* de la *divina Commedia*. Saint Paul est conduit aux enfers par l'archange saint Michel, comme Dante par Virgile; saint Paul est saisi de pitié comme Dante ; saint Bradan trouve Judas, comme Dante le rencontre, le plus tourmenté des damnés : la douleur varie pour Judas chez le Trouvère (le Trouvère ne donne que cent quarante mille années à la durée des tourmens); la douleur est une et constante comme l'éternité, chez le Poète.

Cancellieri prétend que Dante a pris le fond de sa composition dans les *Visions de l'Enfer* d'Alberic, moine au mont Cassin vers l'an 1120,

Qu'est-ce que cela prouve? Que Dante a travaillé sur les idées et les croyances de son temps, ainsi qu'Homère avec les traditions de son siècle. Mais le génie, à qui est-il? à Dante et à Homère. Dante a visiblement emprunté quelques traits de son Ugolin au Tydée de Stace : qu'importe?

Dans le moyen-âge, Virgile est surnommé le *poète* ; il se retrouve partout. Les moines, auteurs de la tragédie de *Saint Martial de Limoges*, font apparaître l'auteur de l'Énéide avec les Prophètes ; il chante au berceau du Messie un *Benedicamus* rimé. Dante a naturellement été conduit à prendre le poète latin pour guide aux Enfers ; c'était comme quelqu'un de son temps : Virgile ne fut-il pas déclaré seigneur de Mantoue en 1227? Dante naquit en 1265.

Dans l'ordre historique du moyen-âge, ainsi que dans l'ordre religieux, deux ou trois idées générales dominent : les Barbares ont voulu descendre d'Énée ; nous venons tous des Troyens ; personne ne tire son origine des Huns, des Goths, des Francs, des Angles. D'un côté, les nations Barbares, civilisées par les prêtres chrétiens, ont eu honte de leur barbarie ; de l'autre, elles ont tenu à honneur d'être sorties de la même source que cet empire romain dont elles s'étaient faites les héritières après l'avoir mis à mort : les filles de Jason déchirèrent leur père pour le rajeunir.

MIRACLES. MYSTÈRES. SATIRES.

Les *Miracles* et les *Mystères* firent une partie
essentielle de la littérature de tous les pays chré-
tiens, depuis le xe jusqu'au xvie siècle. Geoffroi,
abbé de Saint-Alban, composa en langue d'Oil le
miracle de *Sainte Catherine* : c'est le premier
drame écrit en français, dont jusqu'ici on ait
connaissance. L'auteur le fit jouer dans une église
en 1110, et emprunta, pour en revêtir les acteurs,
les chapes de l'abbaye de Saint-Alban.

Le clergé encourageait ces spectacles, comme
un enseignement public de l'histoire du christianisme : le théâtre grec eut la même origine
religieuse. Les *Miracles* et les *Mystères* se donnaient en plein jour dans les églises, dans les
cours des palais de justice, aux carrefours des
villes, dans les cimetières: ils étaient annoncés
en chaire par le prédicateur; souvent un abbé ou
un évêque y présidait la crosse à la main. Le
tout finissait quelquefois par des combats d'animaux, des joûtes, des luttes, des danses et des
courses. Clément VI accorda mille ans d'indul-

gence aux personnes pieuses qui suivraient le cours des Pièces Saintes à Chester.

Ces spectacles étaient pour les plébéiens, ce qu'étaient les tournois pour les nobles. Le moyen-âge comptait beaucoup plus de solennités que les siècles modernes : les véritables joies naissent partout des croyances nationales. La Révolution n'a pas eu le pouvoir de créer une seule fête durable, et s'il est encore des jours fériés populaires, en dépit de l'incrédulité ils appartiennent tous au vieux christianisme : on ne prend bien qu'aux plaisirs qui sont en même temps des souvenirs et des espérances. La philosophie attriste les hommes ; un peuple athée n'a qu'une fête : celle de la mort.

Les représentations théâtrales passèrent de la *clergie* aux laïques. Des marchands drapiers donnèrent à Londres *la Création*. Adam et Ève paraissaient tout nus. Des teinturiers jouèrent *le Déluge*. La femme de Noé refusait d'entrer dans l'arche, et souffletait son mari.

Le cours que M. Magnin fait aujourd'hui avec autant de savoir que de talent, complétera le cercle des connaissances sur les *mystères* et sur l'époque qui les a précédés : sujet plein d'intérêt et inhérent aux entrailles de notre histoire.

Les Satires occupaient une grande place dans les poésies de l'Angleterre normande. Les dames, respectées des chevaliers, l'étaient fort peu des jongleurs; ceux-ci leur reprochaient l'amour de la parure et des petits chiens. « Si vous voulez faire « une visite à une dame, enveloppez-vous bien, « empruntez même la chape de Saint Pierre de « Rome, car en entrant vous serez assailli des « chiens de toute espèce : vous en trouverez de « petits sautant comme griffillon, et d'énormes « levriers rampant comme des lions. » (*L'abbé de La Rue.*)

On maltraite encore les dames dans les *Noces des filles du diable*, dans l'*Apparition de saint Pierre*, stances contre le mariage. Le pape, les évêques, les moines, les nobles, les riches, les médecins, les divers états de la vie, ont leur lot dans le *Roman des romans*, dans le *Bezant de Dieu*, dans le *Pater noster des gourmands*, dans les *Litanies des Vilains*, le *Credo du Juif*, l'*Épitre et l'Évangile des femmes*, et surtout dans ces Satires générales qui portaient le nom de *Bible* :

> An other abbai is ther bi
> For soth a gret nunnerie, etc.

« Auprès d'une abbaye se trouve un couvent de « nonnes, au bord d'une rivière douce comme « du lait. Aux jours d'été les jeunes nonnes re- « montent cette rivière en bateaux; et, quand

« elles sont loin de l'abbaye, le diable se met
« tout nu, se couche sur le rivage et se prépare
« à nager, agile. Il enlève les jeunes moines et
« revient chercher les nonnes. Il enseigne à celles-
« ci une oraison : le moine, bien disposé, aura
« douze femmes à l'année, et il deviendra bien-
« tôt le père abbé. » Je supprime de grossières
obséncités.

Le *Credo* de Pierre le Laboureur (Piter Plowman), est une satire amère contre les moines
mendians :

I fond in a freture a Frere on a benche, etc.

« J'ai rencontré, assis sur un banc, un frère
« affreux; il était gros comme un tonneau; son
« visage était si plein qu'il avait l'air d'une vessie
« remplie de vent, ou d'un sac suspendu à ses
« deux joues et à son menton. C'était une véri-
« table oie grasse qui faisait remuer sa chair
« comme une boue tremblante (1). »

Les châtelains et les châtelaines chantaient,
aimaient, se gaudissaient, et par momens ne

---

(1) *Pierre le Laboureur* est un nom générique sous lequel la
plupart des poëtes du XIIIe et du XIVe siècle ont donné leurs
satires : ainsi on a la *Vision* de Pierre Plowman, de Robert Lan-
gland, le *Credo* de Pierre Plowman, composé vers l'an 1390,
etc. etc. Il ne faut pas confondre ces divers ouvrages.

croyaient pas trop en Dieu. Le vicomte de Beau-
caire menace son fils Aucassin de l'enfer, s'il ne
se sépare de Nicolette, sa mie. Le damoiseau répond qu'il se soucie fort peu du paradis, rempli
de moines fainéans demi-nus, de vieux prêtres
crasseux et d'ermites en haillons; il veut aller
en enfer, où les grands rois, les paladins, les
barons, tiennent leur cour plénière; il y trouvera de belles femmes qui ont aimé des ménestriers et des jongleurs, amis du vin et de la joie.
Un troubadour dit son *Pater*, pour que Dieu
accorde à tous ceux qui aiment, le plaisir qu'il
eut une nuit avec Ogine.

CHANGEMENT DANS LA LITTÉRATURE. — LUTTE DES DEUX LANGUES.

L'époque des bardes, des trouvères, des troubadours, des jongleurs, des ménestrels anglo-galliques, anglo-saxons, anglo-normands, dura près de trois cents ans, de Guillaume-le-Conquérant à Édouard III. La féodalité altéra peu à peu son esprit et ses coutumes; les croisades agrandirent le cercle des idées et des images; la poésie suivit le mouvement des mœurs; l'orgue, la harpe et la musette, prirent de nouveaux sons dans les abbayes, dans les châteaux et sur les montagnes. Selon la tradition populaire, Édouard Ier ordonna de mettre à mort les ménestrels du pays de Galles, qui nourrissaient au fond du cœur des vieux Bretons le sentiment de la patrie et la haine de l'étranger. Gray a fait chanter le dernier de ces bardes :

Ruin seize thee, ruthless king!

« Que la destruction te saisisse, roi cruel! »

Les *lais*, les *sirvantois*, les romans versifiés, etc., devinrent des pièces de vers séparées, des his-

toires plus courtes, proportionnées à l'étendue
de la mémoire. On sent par la forme même
des poëmes, autant que par le style et l'expression des sentimens, qu'une révolution s'est ac-
complie, que déjà des siècles se sont écoulés.

L'introduction, à l'aide des troubadours et
des jongleurs normands, de la poésie provençale
et française, eut l'inconvénient d'enlever aux
compositions saxonnes leur originalité native :
elles ne furent plus qu'une imitation, quelquefois
charmante, il est vrai, d'une nature étrangère.
Un poète compare l'objet de son amour à un oiseau dont le plumage ressemble à toutes sortes
de pierreries et de fleurs. L'amant, trop discret
pour faire connaître sa maîtresse au profane vulgaire, dit gracieusement : « Son nom est dans
« une note du rossignol. »

Hire nome is in a note of the nyhtigale ;

et ce nom, il envoie les curieux le demander à
Jean.

La langue d'oil, en usage parmi les vainqueurs,
tenait le Pouillé des richesses aristocratiques,
célébrait les faits d'armes des chevaliers et les
amours des *nobles dames.* Guillaume-le-Conquérant, dit Sugulphe, détestait la langue anglaise.
Il ordonna que les lois et les actes judiciaires

fussent écrits en français, et que l'on enseignât aux enfans dans les écoles les premiers rudimens des lettres en français.

J'ai dit que les propriétés de France et d'Angleterre furent mêlées par la conquête, et que les propriétaires français transportèrent leur idiome avec eux. Voici la preuve du fait : des religieux bretons, manceaux, normands, possédaient des couvens et des abbayes dans la Grande-Bretagne; les familles du Ponthieu, de la Normandie, de la Bretagne, et ensuite de toutes les provinces apportées par Léonore de Guyenne, ou conquises par Édouard III et Henri V, eurent des terres dans le royaume anglo-normand.

Guillaume-le-Bâtard fit présent à Alain, duc de Bretagne, son gendre, de quatre cent quarante-deux seigneuries dans le Yorskhire; elles formèrent depuis le comté de Richemond (*Doomes-day-Book*). Les ducs de Bretagne, successeurs d'Alain, inféodèrent ces domaines à des chevaliers bretons, cadets des familles de Rohan, de Tinteniac, de Châteaubriand, de Goyon, de Montboucher, et long-temps après le comté de Richemond (*honor Richemundiæ*) fut érigé en duché sous Charles II pour un bâtard de ce roi.

La langue française méprisait et persécutait la langue anglo-saxonne. « Tantôt c'était un évê-« que saxon chassé de son siége, parce qu'il ne

7.

« savait pas le français; tantôt des moines dont
« on lacérait les chartes, comme de nulle valeur,
« parce qu'elles étaient en langue saxonne; tan-
« tôt un accusé que les juges normands condam-
« naient, sans vouloir l'entendre, parce qu'il ne
« parlait qu'anglais; tantôt une famille dépouil-
« lée et recevant d'eux, à titre d'aumône, une
« parcelle de son propre héritage.»(Aug. Thierry.)

Les deux langues rivales étaient comme les
drapeaux des deux partis sous lesquels on combattait à outrance. Elles luttaient partout; elles
fournissaient aux barbarismes du latin d'alors:
Guillaume Wyrcester écrivait du duc d'York:
et ARRIVAVIT *apud Redbanke prope Cestriam,*
« et il ARRIVA chez Redbank près Chester.[1]»
Jean Rous dit que le marquis de Dorset et le
chevalier Thomas Grey, furent obligés de prendre
la fuite, pour avoir machiné la mort du duc (le
duc d'York, régent sous Henri VI), protecteur
des Anglais, *quod ipsi* CONTRIVISSENT *mortem ducis
protectoris Angliæ.* CONTRIVE, mot anglais, *machines.*

Quelquefois les deux langues alternent dans la
même pièce de vers et riment ensemble; les jongleurs vantaient incessamment le beau français;
ils célébraient

> Mainte belle dame courtoise
> Bien parlant en langue françoise.

Il est, disaient-ils,

> Il est sages, biaux et courtois
> Et gentiel hom de par françois
> Miex valt sa parole françoise
> Que de Glocestre la ricoise.

> Seïez de bouere et cortois
> Et sachez bien parler françois.

Le *françois* amenait toujours à la rime le *courtois*, à la grande déplaisance des Anglo-Saxons.

Édouard Ier écouta très respectueusement la lecture d'une bulle latine de Boniface VIII, et ordonna de la traduire en *françois*, parce qu'il ne l'avait pas comprise.

Pierre de Blois nous apprend qu'au commencement du xiie siècle, Gillibert ne savait pas l'anglais; mais, versé dans le latin et le *françois*, il prêchait au *peuple* les dimanches et fêtes. Wadington, historien poète du xiiie siècle, déclare qu'il écrit ses ouvrages en *françois*, non en anglais, afin d'être mieux entendu des *petits* et des *grands*; preuve que l'idiome étranger était prêt à étouffer l'ancien idiome du pays.

On trouve en manuscrit dans la bibliothèque harleïenne une grammaire française et épisto-

laire pour tous les états; une autre en vers français et un glossaire roman-latin.

On traduisait quelquefois en anglais les ouvrages écrits en français : c'était, comme le disaient les poètes, par commisération pour les
lewed, la classe basse et ignorante.

> For lewed men I undyrtoke
> In englyshe tonge to make this boke.

Les pauvres Scaldes battus par les Trouvères
des vainqueurs, et retirés au sein des vaincus,
travaillaient à reprendre le dessus au moyen des
masses. Ils chantaient les aventures plébéiennes
et mettaient en scène, dans une suite de tableaux, *Peter-Ploughman*. Ainsi se partageaient
les deux muses et les deux peuples. La muse nationale reprochait au gentilhomme de ne se servir que du français :

> Frenck use this gentleman
> And never English can.

« Ce gentilhomme ne fait usage que du fran-
« çais, et jamais de l'anglais. »

Un proverbe disait : « Il ne manque à Jacques,
« pour jouer le seigneur, que de savoir le fran-
« çais. »

Ces divisions venaient de loin. Le comte anglo-saxon Guallève (c'est le célèbre Waltheof) avait été décapité, sous le règne du conquérant, pour s'être associé à la conspiration de Roger, comte de Hereford, et de Ralph, comte de Norfolk. Guallève, comte de Northampton, était fils de Siward, duc de Northumbrie. Son corps fut transporté à Croyland par l'abbé Ulfketel. Quelques années après, le corps ayant été exhumé, on le trouva entier et la tête réunie au tronc: une petite ligne rouge indiquait seulement au cou le passage du fer : à ce collier du martyre, les Anglo-Saxons reconnurent Guallève pour un saint. Les Normands se moquaient du miracle. Audin, moine de cette nation, s'écriait que le fils de Siward n'avait été qu'un méchant traître, justement puni : Audin mourut subitement d'une colique.

L'abbé Goisfred, successeur d'Ingulf, eut une vision : une nuit il aperçut au tombeau du comte l'apôtre Barthélemy, et Guthlac l'anachorète, revêtus d'aubes blanches. Barthélemy tenant la tête de Guallève, remise à sa place, disait : « Il « n'est pas décapité. » Guthlac, placé aux pieds de Guallève, répondait : « Il fut Comte. » L'apôtre répliquait: « Maintenant il est Roi. » Les populations anglo-saxonnes accouraient en pélerinage au tombeau de leur compatriote. Cette histoire fait voir d'une manière frappante la séparation et l'antipathie des deux peuples. (*Orderic Vital.*)

Enfin, selon Milton, l'usage du français remonte beaucoup plus haut, car il en fixe la date au règne d'Édouard-le-Confesseur. « Alors, dit-il, « les Anglais commencèrent à laisser de côté « leurs anciens usages, et à imiter les manières « des Français dans plusieurs choses ; les grands « à parler français dans leurs maisons, à écrire « leurs actes et leurs lettres en français, comme « preuve de leur politesse, honteux qu'ils étaient « de leur propre langage ; présage de leur sujé- « tion prochaine à un peuple dont ils affectaient « les vétemens, les coutumes et le langage. »

(*Histor of Eng. lib. VI.*)

Édouard III, au moment où le français prenait le dessus par les victoires mêmes de ce monarque, par la permanence des armées anglaises sur le sol français, par l'occupation des villes enlevées à notre patrie, Édouard, ayant besoin de la *pédaille* et de la *ribaudaille* anglaises, accorda l'usage de l'idiome insulaire dans les *plaidoiries civiles* ; toutefois les *arrêts*, résultant de ces plaidoiries, se rendaient toujours en français. L'acte même du parlement de 1362, qui ordonne de se servir à l'avenir de l'idiome anglais, est rédigé en français. Les fléaux du ciel furent obligés de se mêler à la puissance des lois pour tuer la langue des vainqueurs : on remarque que le français commença à décliner dans la grande peste de 1349.

Tandis qu'Édouard tolérait, dans son intérêt, un usage fort borné de l'anglo-saxon, lui et sa cour continuaient à parler français. Il était fils d'une princesse de France, au nom de laquelle il réclamait la couronne de saint Louis: sur les champs de bataille on n'aperçoit aucune différence entre

les combattans; dans les deux armées, les frères
sont opposés aux frères, les pères aux enfans;
Créci, Poitiers, Azincourt, ne présentent que
les désastres d'une vaste guerre civile. Philippine
de Hainaut, femme d'Édouard III, parlait français; elle avait Froissart pour secrétaire, et le
curé de Lestines écrivait dans un français charmant, les amours d'Édouard et d'Alix de Salisbury.

Les convives du *vœu du héron* parlent français : le trop fameux Robert d'Artois est le héros
de la fête.

Édouard, entre les mains de Philippe de Valois,
avait accepté par le mot *voire* (oui) ce serment
français qu'il viola : « Sire, vous devenez homme
« du roi de France, mon seigneur, de la Guienne
« et de ses appartenances, que vous reconnaissez
« tenir de lui, comme pair de France, selon la
« forme des paix faites entre ses prédécesseurs et
« les vôtres, selon ce que vous et vos ancêtres
« avez fait pour le même duché à ses devanciers
« rois de France. »

Après la bataille de Créci, on fit le recense-
ment des morts; c'est un Anglais, Michel de
Northburgh, qui parle de la sorte (*Avesburg.
hist.*) : « Fusrent mortz le roi de Beaume (de
« Bohême), le ducz de Loreigne, le counte d'Ales-
« cun (d'Alençon), le counte de Flandres, le
« counte de Bloys, le counte de Harcourt et ses

« Il filtz; et Phelippe de Valois et le markis
« qu'est appelé le Elitz (Elu) du Romayns; es-
« chappèrent navfrés, à ceo qe homme (on) dist.
« La summe des bones gentz d'armes qi fusrent
« mortz en le chaumpe à ceste jour, sans co-
« munes et pédailles (gens de pied), amonte à
« mille DXLII acomptés. »

Les *Anglais*, en faisant en *français* le dénom-
brement des morts de l'armée *française*, purent se souvenir qu'ils n'avaient pas toujours été
vainqueurs, et qu'ils conservaient dans leur
langue la preuve même de leur asservissement
et de l'inconstance de la fortune.

Dans les actes de Rymer, les originaux, depuis
l'an 1101 jusque vers l'an 1460, sont presque
exclusivement latins et français. Les nombreux
statuts des règnes de Henri IV, Henri V, Henri VI
et Édouard IV, furent composés, transcrits sur
les rôles, et promulgués en français. Il faut descendre aussi bas que l'an 1425 pour trouver le
premier acte anglais de la chambre des communes. Cependant, lorsque Henri V assiégeait
Rouen en 1418, les ambassadeurs qu'il semblait
vouloir envoyer aux conférences du Pont-de-
l'Arche, déclinèrent la mission sous prétexte
qu'ils *ignoraient la langue du pays*; mais ce fait
n'a aucune valeur : Henri ne *voulait pas la paix*.
Après sa mort, on voit les soldats de son armée

s'exprimer dans la même langue que la Pucelle, et déposer comme témoins à charge dans le procès de cette femme héroïque.

Enfin, le parlement, convoqué le 20 janvier 1483 à Westminster, sous Richard III, rédigea les bills en anglais, et son exemple fut suivi par les parlemens qui lui succédèrent. Il n'a tenu à rien que les trois royaumes de la Grande-Bretagne ne parlassent français : Shakspeare aurait écrit dans la langue de Rabelais.

CHAUCER. BOWER. BARBOUR.

En même temps que les tribunaux retournè-
rent par ordonnance au dialecte du sol, Chaucer
fut appelé à réhabiliter la harpe des bardes; mais
Bower, son devancier de quelques années, et
son rival, composait encore dans les deux langues: il réussissait beaucoup mieux en français
qu'en anglais. Froissart, contemporain de Bower,
n'a rien qui puisse se comparer pour l'élégance
et la grâce, à cette ballade du poète d'outre-mer :

> Amour est chose merveileuse
> Dont nul porra avoir le droit certain :
> Amour de soi est la foi trichereuse
> Qui plus promet, et moins aporte en main;
> Le riche est povre, et le courtois vilain,
> L'épine est molle et la rose est ortie,
> En toutz errours l'amour se justifie.
>
> L'amer est doulz, la doulceur furieuse,
> Labour est aise, et le repos grevein,
> Le doel plesant, la seurté perileuse,
> Le halt est bas; si est le bas haltein,
> Quant l'en mieulx quide avoir, tout est en vein;
> Le ris en plour, le sens torne en folie,
> En toutz errours l'amour se justifie.

. . . .
Ore est amour salvage, ore est soulein,
N'est qui d'amour poet dire la sotie,
Amour est serf, amour est souverein,
En toutz errours amour se justifie.

La langue anglaise de Chaucer est loin d'avoir
ce poli du vieux français, lequel a déjà quelque
chose d'achevé dans ce petit genre de littérature.
Cependant l'idiome du poète anglo-saxon, amas
hétérogène de patois divers, est devenu la souche
de l'anglais moderne.

Courtisan, Lancastrien, Wiclefiste, infidèle à
ses convictions, traître à son parti, tantôt banni,
tantôt voyageur, tantôt en faveur, tantôt en dis-
grâce, Chaucer avait rencontré Pétrarque à Pa-
doue : au lieu de remonter aux sources saxonnes,
il emprunta le goût de ses chants aux troubadours provençaux et à l'amant de Laure, et le
caractère de ses contes, à Bocace.

Dans la *Cour d'amour*, la dame de Chaucer lui
promet le bonheur au mois de mai : tout vient à
point à qui sait attendre. Le 1er mai arrive : les
oiseaux célèbrent l'office en l'honneur de l'amour
du poète menacé d'être heureux ; l'aigle entonne
le *Veni Creator*, et le rossignol soupire le *Domine*, *labia mea aperies*.

Le *Plough-man* (toujours le canevas du vieux
Pierre Plowman) a de la verve : le clergé, les

leadies et les lords sont l'objet de l'attaque du
poète :

> Suche as can nat ysay ther crede,
> With prayer shul be made prelates ;
> Nother canne thei the grospell rede,
> Suche shul now weldin hie estates.

> There was more mercy in Maximine
> And Nero that never was gode,
> Than there is now in some of them,
> Vhan he hath on his furred-hode.

« Tel qui ne sait pas son *Credo* est fait prélat
« par des sollicitations; tel qui ne peut pas lire
« l'évangile, est pourvu d'un riche état forestier.

« Il y avait plus d'humanité dans Maxime et
« dans Néron qui ne fut jamais bon, qu'on n'en
« trouve dans tel d'entre eux, aussitôt qu'il porte
« sa hotte fourrée. » (*Chaperon.*)

Le poète écrivait à son château de Dunning-
ton sous le *chéne de Chaucer* ses *Contes de Cantorbéry*, dans la forme du Décaméron. A son début la littérature anglaise du moyen-âge, fut
défigurée par la littérature romane; à sa naissance,
la littérature anglaise moderne se masqua en
littérature italienne.

En France, cette rage d'imitation enleva peut-
être au siècle de Louis XIV une originalité re-
grettable : heureusement Racine, Boileau, Bos-

suet, Fénelon, n'ayant étudié que les grecs et
les latins, le génie du grand roi et le génie de
Rome et d'Athènes se marièrent; il résulta de
cette haute alliance des ouvrages qui eurent des
modèles et qui en serviront à jamais.

Viclef doit être compté parmi les auteurs anglais de l'époque de Chaucer. Pour premier acte
de sa réforme, il fit sur la Vulgate une traduction
anglaise de la Bible que l'on consulte encore
comme monument de la langue. Luther, mar-
chant snr ses traces, traduisit en allemand la
Bible, mais d'après l'hébreu.

Depuis Alfred-le-Grand, fondateur des libertés
britanniques, la nation ne fut jamais totalement
exclue du pouvoir. Les poésies, les chroniques
et les romans de l'Angleterre, ont un élémeut
qui manquait anciennement aux nôtres, l'élément
populaire : l'action dramatique des ouvrages de
nos voisins, en est vivifiée, et il en sort des beautés de contraste avec les mœurs religieuses, aristocratiques et chevaleresques. On est tout étonné
de trouver dans l'Écossais Barbour, contemporain de Chaucer, ces vers sur la liberté ; un
sentiment immortel semble avoir communiqué
au langage une immortelle jeunesse; le style et
les mots n'ont presque point vieilli :

> Ah freedom is a noble thing!
> Freedom makes man to have a liking;

Freedom all solace to man gives.
He lives at ease that freely lives :
A noble heart may have none ease,
Nor nougt ehe that may it please,
If freedom fail.

« Ah ! la liberté est une noble chose ! La liberté
« rend l'homme content de lui ; la liberté donne
« à l'homme toute consolation. Il vit satisfait ce-
« lui qui vit libre. Un noble cœur ne peut avoir
« ni jouissance, ni rien qui puisse plaire, si la
« liberté manque. »

Nos poëtes, en France, étaient loin alors de
la dignité de ce langage que Dante avait fait
connaître à l'Italie.

SENTIMENT DE LA LIBERTÉ POLITIQUE ; POURQUOI DIFFÉRENT CHEZ LES ÉCRIVAINS ANGLAIS ET CHEZ LES ÉCRIVAINS FRANÇAIS DES XVIe ET XVIIe SIÈCLES. PLACE OCCUPÉE PAR LE PEUPLE DANS LES ANCIENNES INSTITUTIONS DES DEUX MONARCHIES.

Les institutions politiques ont autant d'influence que les mœurs sur la littérature. Si le sentiment de la liberté se montre moins à cette époque dans les écrivains de notre nation que dans ceux de l'Angleterre, c'est que les deux peuples n'étaient pas placés dans des conditions semblables : arrivés à une portion différente de l'autorité publique par des routes diverses, ils ne pouvaient avoir le même langage.

Ceci vaut la peine de s'arrêter un moment, pour faire sortir de la poésie, la philosophie de l'histoire qui s'y trouve souvent cachée : nous sentirons mieux comment les poètes français et les poètes anglais ont été conduits à parler de la liberté ou à se taire sur elle, lorsque nous nous rappellerons mieux le rôle que chacun des deux peuples jouait dans les institutions nationales. En ce qui touche l'Angleterre, je n'aurai qu'à transcrire quelques

8.

pages d'un ouvrage fort court, mais excellent,
intitulé: *Vue générale de la constitution de l'Angleterre, par un Anglais* (1), ouvrage très supérieur à tout ce que brocha jadis le théoricien
génevois Delolme, appuyé de Blakstone.

« Pendant plus de deux cents ans après Guil-
« laume-le-Conquérant, le parlement anglais
« était presque le même dans sa composition et
« dans ses fonctions principalesque le parlement
« de Paris, depuis Hugues Capet jusqu'à saint
« Louis, avec cette différence pourtant que le
« parlement français, quoique quelquefois censé
« national, n'était réellement que le parlement
« du duché de France et de quelques autres
« pays des environs, tandis que le parlement
« anglais était une assemblée des principaux per-
« sonnages du royaume, et que son autorité était
« reconnue partout.

« Les membres des deux parlemens, anglais
« et français, étaient les barons, les chevaliers
« et les prélats, et un certain nombre de gens
« de justice, tous convoqués pour un temps li-
« mité, par des lettres du roi. Les deux parlemens
« ne formaient chacun qu'une seule chambre,
« et étaient aussi bien une cour de justice suprême
« qu'une assemblée politique. Mais, tandis que

(1) Frisel.

« les membres du parlement d'Angleterre acqué-
« raient tous les jours plus d'importance poli-
« tique, et que leur voix *consultative* se chan-
« geait insensiblement en voix *délibérative*, au
« point qu'ils finirent par établir *légalement*
« qu'ils pouvaient refuser toutes les demandes
« des rois, comme ceux-ci pouvaient refuser les
« leurs, les membres du parlement de Paris per-
« daient graduellement de leur considération par
« l'accroissement progressif du pouvoir royal :
« au lieu d'obtenir une voix *déliberative* dans
« les grandes affaires nationales, ils furent chaque
« jour moins *consultés* sur les questions poli-
« tiques, et ils finirent par être regardés princi-
« palement comme des juges de la cour baron-
« niale du duché de France. »

. . . .

« Philippe-Auguste établit l'institution de la
« pairie, et rendit les pairs membres du parle-
« ment de Paris, pour en augmenter l'importance
« par un simulacre de l'ancien baronnage natio-
« nal, sans diminuer en rien, par ce moyen, l'in-
« fluence royale. Si, en réunissant la Normandie
« à la couronne, il avait donné aux principaux
« barons et ecclésiastiques normands le droit
« d'être membres du parlement de Paris, et que
« ses successeurs eussent fait de même dans les
« différentes provinces dont ils se rendirent suc-

« cessivement les maîtres, le parlement de Paris
« serait devenu un vrai parlement national,
« comme celui d'Angleterre, et les députés des
« villes principales auraient fini naturellement
« par y être admis. Mais Philippe, comme ses
« successeurs, trouva qu'il valait mieux de lais-
« ser exister séparément les *parlemens* ou *états*
« des provinces qu'il réunit, que de les agréger
« au gouvernement de France. Les provinces
« aussi étaient jalouses de la conservation de leurs
« parlemens. Saint Louis appela une fois dans le
« parlement un bon nombre de grands seigneurs
« et prélats de tout le royaume, et des députés
« de plusieurs villes; de manière que ce parle-
« ment fut exactement pareil au parlement d'An-
« gleterre de la même époque; mais cet exemple
« ne fut suivi ni par lui-même, ni par son suc-
« cesseur, Philippe-le-Hardi, qui, au contraire,
« dégoûta, autant qu'il put, les grands seigneurs
« de se rendre au parlement.

« Ce fut Philippe-le-Bel qui donna le plus grand
« coup à l'autorité du parlement par son *inven-*
« *tion* des états-généraux, lesquels, quoi qu'en
« disent les auteurs à système, n'ont jamais existé
« avant son règne. En ne laissant venir aux *états*
« les prélats et les grands seigneurs que par dé-
« putation, et en les confondant ainsi avec le
« reste de la noblesse et du clergé, il leur ôta

« toute leur importance ; bornant aussi les fonc-
« tions des *états* à émettre des *doléances*, il les
« réduisit presque à rien.

. . . .

« Quelque temps après l'introduction régulière
« des députés ou chevaliers des comtés dans le
« parlement, il s'y opéra un changement consi-
« dérable, qui eut des effets très importans. Ce
« changement consista dans la formation de la
« chambre des communes ; formation due au
« hasard, et dont les politiques d'alors ne pré-
« virent sûrement pas les résultats. En outre des
« subsides fournis par le parlement, depuis que
« les villes étaient devenues des corporations po-
« litiques, jouissant de différens priviléges, les
« rois étaient dans l'usage de leur demander de
« temps en temps, et sans l'avis du parlement,
« différentes sommes d'argent, selon le plus ou
« moins d'importance et de richesse de ces villes.
« Ces sommes d'argent étaient réglées de gré à
« gré avec des commissaires royaux et les prin-
« cipaux habitans de chaque ville. Enfin sous
« Henri III, vers le milieu du xiiie siècle, le fa-
« meux comte de Leicester fit convoquer au par-
« lement les députés des villes principales, espé-
« rant par ce moyen les mieux engager à lui fournir
« l'argent dont il avait besoin pour soutenir ses
« entreprises criminelles. Cet exemple pourtant

« ne fut pas suivi dans les parlemens suivans. Ce
« ne fut qu'à la fin du XIIIe siècle (l'an 1295)
« qu'Edouard Ier, pressé par le besoin d'argent,
« et fatigué des négociations particiles avec les
« bourgeois des différentes villes, imagina de
« convoquer régulièrement deux députés de
« chaque ville en même temps, et dans le même
« endroit que le parlement. Ces députés ne fai-
« saient pas partie du parlement, et n'avaient
« aucune voix dans les délibérations nationales.
« Leurs fonctions se bornaient à fixer la somme
« d'argent qu'ils pouvaient fournir entre eux
« pour le *taillage* de leurs villes respectives. Ces
« députés étaient en même temps autorisés à
« exposer les besoins de leurs villes ; et, pour les
« engager à payer le plus possible, on écoutait
« leurs doléances avec attention, et on accordait
« toutes celles de leurs demandes qui paraissaient
« raisonnables. Dans les commencemens, ils dé-
« libéraient séparés des barons et des chevaliers,
« et suivaient les instructions de leurs commet-
« tans pour les besoins qu'ils avaient à exposer,
« et le *maximum* de l'impôt qu'ils devaient ac-
« corder.

. . . .

« On ne sait pas au juste quand les députés des
« comtés s'assemblèrent, pour la première fois,
« dans la même salle avec les députés des villes.

« Quoique ces deux espèces de députés diffé-
« rassent beaucoup entre eux sous les rapports
« de leur existence politique, ils se ressemblaient
« cependant par leur qualité commune de *man-*
« *dataires* de leurs concitoyens ; et il est probable
« que les *chevaliers* des comtés, aussi bien que
« les *bourgeois* des villes , étaient souvent obligés
« de suivre les instructions de leurs commettans.
« On trouva donc qu'il était plus commode, pour
« l'expédition des affaires, de les assembler dans
« la même salle, et d'envoyer ensuite le résultat
« de leurs délibérations aux pairs, que de laisser
« les chevaliers délibérer à part dans la salle de
« ces derniers. Il est probable aussi que les grands
« barons, qui commençaient à regarder les che-
« valiers comme leurs inférieurs, étaient bien
« aises d'avoir un prétexte honnête pour les
« éloigner de leur salle. Des raisons plus acciden-
« telles, comme le plus ou le moins de grandeur
« de la salle où s'assemblaient les pairs, peuvent
« avoir occasioné la séparation des membres du
« parlement. Quoi qu'il en soit, il est certain que
« les députés des comtés et ceux des villes étaient
« réunis dans la même salle au commencement
« du XIVᵉ siècle. Cependant, malgré cette réu-
« nion, il exista une très grande différence entre
« eux : les chevaliers des comtés faisaient partie
« intégrante du parlement et délibéraient sur

« toutes les affaires quelconques de la même ma-
« nière que les grands barons ou pairs, tandis
« que les députés des villes n'avaient d'autres
« pouvoirs que celui de régler l'impôt que leurs
« commettans devaient payer; et une fois cette
« affaire terminée, ils pouvaient s'en aller sans
« attendre la fin de la session. Il est pourtant na-
« turel de supposer qu'à mesure que les villes
« devenaient plus riches, leurs députés acqué-
« raient plus d'importance, et qu'au lieu de re-
« tourner chez eux quand ils avaient réglé l'im-
« pôt, ils restaient pour écouter les délibérations
« des chevaliers sur les lois générales, dont aucune
« n'était sans intérêt pour eux. Peu à peu on les
« consulta sur ces lois. De la *consultation* à la
« *délibération* il n'y a qu'une nuance: aussi, vers
« la fin du xive siècle, les députés des villes avaient
« acquis tous les droits politiques de ceux des
« comtés, et ils étaient tous confondus sous le
« nom général de députés des *communes.* »

On ne peut exposer avec plus de netteté la
manière dont le parlement anglais s'est formé,
et comment, au moment d'arriver aux mêmes
institutions, nous fûmes jetés dans une autre
route. Le reste de la brochure où l'auteur exa-
mine le principe de l'aristocratie anglaise, la
nature du prétendu *veto*, et la balance imaginaire des trois pouvoirs, est de la même recti-

tude de jugement et de la même vérité de faits.

En France, le parlement dit de Paris et ensuite les états-généraux ne se divisèrent pas en deux chambres : le clergé, formé en ordre, ne se mêla pas aux barons, aux pairs et à la noblesse de chevalerie ; celle-ci ne se réunit pas aux députés des villes et resta avec les barons. Le Tiers demeura à part. De là trois ordres qui se classèrent par numéros, premier, second, troisième. Cette constitution des états-généraux, dont la France entière ne reconnut jamais le pouvoir national, se répétait dans les états particuliers des provinces, véritables souverains de ces provinces. Mais le tiers-état, qui dans les états-généraux ou particuliers, n'acquit jamais d'importance que dans les temps de troubles, s'emparait du pouvoir public d'une autre manière.

On parle toujours des *trois ordres* comme constituant essentiellement les états dits *généraux*. Néanmoins, il arrivait que des bailliages ne nommaient des députés que pour *un* ou *deux* ordres. En 1614 le bailliage d'Amboise n'en nomma ni pour le clergé, ni pour la noblesse ; le bailliage de Châteauneuf en Thimerais, n'envoya ni pour le clergé, ni pour le tiers-état ; le Puy, La Rochelle, le Lauraguais, Calais, la Haute-Marche, Chatelleraut, firent défaut pour le clergé, et Montdidier et Roy pour la noblesse.

Néanmoins les états de 1614 furent appelés *états-généraux*. Aussi les anciennes chroniques, s'exprimant d'une manière plus correcte, disent en parlant de nos assemblées nationales, ou les *trois états*, ou les *notables bourgeois*, ou les *barons et les évéques*, selon l'occurrence, et elles attribuent à ces assemblées ainsi composées, la même force législative.

Dans les diverses provinces, souvent le Tiers, tout convoqué qu'il était, ne députait pas, et cela par une raison inaperçue, mais fort naturelle: le Tiers s'était emparé de la magistrature; il en avait chassé les gens d'épée; il y régnait d'une manière absolue, comme juge, avocat, procureur, greffier, clerc, etc.; il faisait les lois civiles et criminelles, et à l'aide de l'usurpation des parlemens, il exerçait même le pouvoir politique. Les ministres de la monarchie étaient aux trois quarts pris dans son sein; plusieurs fois il commanda les armées dans la dignité militaire du maréchalat. La fortune, l'honneur, la vie des citoyens relevaient de lui; tout obéissait à ses arrêts, toute tête tombait sous le glaive de ses justices. Quand donc il jouissait *seul* ainsi d'une puissance sans bornes, qu'avait-il besoin d'aller chercher une faible portion de cette puissance dans des assemblées où on l'avait vu paraître à genoux?

Le peuple, métamorphosé en moine, s'était réfugié dans les cloîtres, et gouvernait la société par l'opinion religieuse; le peuple, métamorphosé en collecteur, en ministre du commerce et des manufactures, s'était réfugié dans la finance, et gouvernait la société par l'argent; le peuple, métamorphosé en magistrat, s'était réfugié dans les tribunaux, et gouvernait la société par la loi. Ce grand royaume de France, aristocrate dans ses parties, était démocrate dans son ensemble, sous la direction de son roi, avec lequel il s'entendait à merveille et marchait presque toujours d'accord: c'est ce qui explique sa longue existence.

Maintenant on comprend pourquoi le tiers-état, en 1789, s'est rendu subitement maître de la nation : il s'était saisi de toutes les hauteurs, emparé de tous les postes. Le peuple n'ayant pris que peu de part à la constitution de l'Etat, mais incorporé dans les autres pouvoirs, s'est trouvé en mesure de conquérir la seule liberté qui lui manquait, la liberté politique. En Angleterre, au contraire, le peuple occupant depuis plusieurs siècles une place importante dans la constitution, ayant mis à mort des nobles et des rois, donné et retiré des couronnes, se trouve arrêté actuellement qu'il prétend étendre ses droits: il a à se combattre lui-même; il se fait obstacle; il se trouve sur son propre chemin. C'est évidemment la liberté populaire britannique dans sa vieille forme, qui lutte aujourd'hui contre la liberté populaire dans sa forme nouvelle.

Barbour a donc pu chanter cette liberté dans les nobles vers que j'ai cités à la fin du dernier chapitre; il a donc pu la chanter dans un temps où elle était inconnue en France de l'auteur du *Dictée de l'Épinette amoureuse, ballades, virelais, Plaidoyer de la rose et de la violette;* liberté ignorée à cette même époque, de la Vénitienne Christine de Pisan et du traducteur des fables d'Esope, qui les publia sous le titre de *Bestiaire.*

JACQUES Ier, ROI D'ÉCOSSE, DUMBARD, DOUGLAS,
WORCESTER, RIVERS.

Jacques Ier, le roi le plus accompli et le plus
infortuné de ces princes malheureux qui régnè-
rent en Ecosse, surpassa, comme poète, Barbour,
Occlève et Lydgate. Dix-huit ans captif en Angleterre, il composa dans sa prison son *King's-
quair* (le livre du roi), ouvrage en six chants,
divisés par strophes, chacune de sept vers. Lady
Jeanne Beaufort le lui inspira.

« Un matin d'un jour de mai, dit le roi poète,
« appuyé sur la fenêtre de ma prison et regardant
« le château de Windsor, j'écoutais les chants du
« rossignol. J'admirais ce que peut la passion de
« l'amour que je n'avais jamais sentie. En abais-
« sant mes regards, je vis se promener au pied
« de la tour la plus belle et la plus fraîche des
« jeunes fleurs. »

Le prisonnier a des visions; il est transporté

sur un nuage à la planète de Vénus ; il voyage
au palais de Minerve. Revenu de ses extases, il
s'approche de la fenêtre ; une tourterelle d'une
blancheur éclatante, se vient poser sur sa main ;
elle porte dans son bec une fleur ; elle la lui
donne, et s'envole. Sur les feuilles de la fleur
sont écrits ces mots : « Éveille-toi, ô amant, je
« t'apporte de joyeuses nouvelles. »

On doit à Jacques Ier le mode d'une musique
plaintive inconnue avant lui.

Ce fut sous le règne de Jacques Ier, vers l'an
1446, que Henri-le-Ménestrel ou Harry-l'Aveugle
(*Blind Harry*) chanta le guerrier Guillaume
Wallace, si populaire en Écosse. Quelques critiques préfèrent le ménestrel Henry, à Barbour et
à Chaucer.

Dumbard et Douglas fleurirent encore en
Écosse.

En Angleterre, le comte de Worcester et le
comte de Rivers, tous deux protecteurs des lettres et les cultivant eux-mêmes, perdirent la tête
sur l'échafaud. Rivers, et Caxton son imprimeur
et son panégyriste, sont les premiers auteurs
dont les écrits aient été donnés par la presse anglaise. Les ouvrages de Rivers consistaient en
traductions du français, notamment des Proverbes de Christine de Pisan.

Sous Henri VII, le premier Tudor, il y eut

beaucoup de poètes sans génie : un des serviteurs de ce roi, qui mit fin aux guerres des maisons d'York et de Lancastre, avait quelque talent
pour la satire.

Les ballades et chansons populaires, tant écossaises qu'anglaises et irlandaises, du xiv et du
xve siècle, sont simples, sans être naïves : la naïveté est un fruit de la Gaule. La simplicité vient
du cœur, la naïveté, de l'esprit : un homme simple
est presque toujours un bon homme ; un homme
naïf peut n'être pas toujours bon : et pourtant la
naïveté ne cesse jamais d'être naturelle, tandis
que la simplicité est souvent l'effet de l'art.

Les plus renommées des ballades anglaises et
écossaises sont les Enfans dans le bois (*the chil-
dren in the wood*), et la *Chanson du saule* alté-
rée par Shakspeare. Dans l'original, c'est un
amant qui se plaint d'être abandonné. « Une
« pauvre ame était assise en soupirant sous un
« sycomore : ô saule, saule, saule ! la main sur
« son sein, la tête sur ses genoux : ô saule, saule,
« saule ! ô saule, saule, saule ! Chantez : Oh ! le
« saule vert sera ma guirlande, etc. » Cette chanson s'est emparée si fortement de l'imagination

9.

des poètes anglais, que Rowe n'a pas craint de l'imiter après Shakspeare.

Robin Hood, voleur célèbre, est un personnage favori des ballades: il y a vingt chansons sur sa naissance, sur son prétendu combat avec le roi Richard, et sur ses exploits avec Petit-John : sa longue histoire rimée et celle d'Adam Bell, ressemblaient aux complaintes latines de la Jacquerie, ou aux confessions de potence que le peuple répétait dans nos rues :

> Or prions le doux Rédempteur
> Qu'il nous préserve de malheur,
> De la potence, et des galères,
> Et de plusieurs autres misères.

Lady Anne Bothwell est le *Dors, mon enfant, de Berquin* ; le *Friar* (le moine), est l'aventure du père Arsène, et celle-ci vient du *Comte de Comminges*. Le *Huntingin Chevy-Chace*, très-belle ballade (la hasse dans Chevy-chasse), décrit le combat du comte Douglas et du comte Percy, dans une forêt sur la frontière de l'Écosse.

Selon moi, les deux ballades qui sortent le plus des lieux communs, sont *Sir Cauline* et *Childe Waters* : pour en sentir le rhythme, on n'a pas besoin de savoir l'anglais; la mesure tombe aussi marquée que celle d'une walse. Chaque strophe se forme de quatre vers, alternativement

de huit et de six syllabes; quelques vers redon-
dans sont ajoutés aux strophes du *Sir Cauline*.
La langue de ces ballades n'est pas tout-à-fait du
temps où elles furent composées ; le style en
paraît rajeuni.

Sir Cauline, chevalier à la cour d'un roi d'Irlande, est devenu amoureux de Christabelle,
fille unique de ce roi ; Christabelle, comme toutes
les princesses bien élevées de ce temps-là, connaît la vertu des simples. Sir Cauline est malade
d'amour. Le roi, après avoir entendu la messe,
un dimanche, s'en va dîner. Il s'enquiert du chevalier Cauline, chargé de lui verser à boire; un
courtisan répond que l'échanson est au lit. Le
roi ordonne à sa fille de visiter le chevalier, et
de lui porter du pain et du vin. Christabelle se
rend à la chambre du chevalier. « Comment
« vous portez-vous, milord?—Oh! bien malade,
« belle Lady. — Levez-vous, homme, et ne res-
« tez pas couché comme un poltron, car on dit
« dans la salle de mon père que vous mourez
« d'amour pour moi. — Belle Lady! c'est pour
« l'amour de vous que je me dessèche. Si vous
« vouliez me réconforter d'un baiser, je passerais
« de la peine au bonheur.—Sire chevalier! mon
« père est un roi, et je suis sa seule héritière. —
« O lady! tu es la fille d'un roi, et je ne suis pas
« ton égal! mais qu'il me soit permis d'accomplir

« quelque fait d'armes pour devenir ton bache-
« lier. »

Christabelle envoie Cauline sur le coteau d'Eldridge, à l'endroit où croît une épine isolée au
milieu d'une bruyère. Le seigneur d'Eldridge est
un chevalier païen d'une force prodigieuse. Sir
Cauline le combat, lui coupe une main et le
désarme. Christabelle déclare qu'elle n'aura d'autre mari que le vainqueur.

Dans la seconde partie de la ballade, le roi,
étant allé prendre l'air sur le soir, rencontre par
malheur Christabelle et Cauline *in dalliance
sweet* (dans un doux abandon). Il renferme
Cauline au fond d'une cave, Christabelle au haut
d'une tour; il voulait tout d'abord occire le chevalier, car ce roi était « un homme colère, » dit
la chanson, *an angrye man was hee*. Mais adouci
par les prières de la reine, il se contenta de le
bannir à perpétuité. Cependant il cherche à con-
soler sa fille qui pleure; il fait proclamer un
tournois. A ce tournois se présente un chevalier
inconnu couvert d'une armure noire, puis un
géant qui se propose de venger l'autre géant
d'Eldridge. Le chevalier noir ose seul se mesurer
avec le mécréant provocateur; il le tue, et meurt
lui-même de ses blessures. Christabelle meurt
aussi, après avoir reconnu sir Cauline dans le

chevalier noir et pansé ses plaies. « Un profond
« soupir brisa son gentil cœur en deux. »

> A deep-fette sighe
> That burst her gentle heart in twayne.

Ainsi trépassèrent les deux amans, comme
Pyrame et Thisbé. La complainte française a cé-
lébré ceux-ci :

> Ils étaient si parfaits
> Qu'on disait qu'ils étaient
> Les plus beaux de la ville.

Vers naturels et tels, grace à Dieu, qu'on s'est
mis à les faire aujourd'hui.

Le sujet de la ballade de sir Cauline se retrouve à peu près partout. La ballade *Childe-
Waters* peint la vie privée dans ce qu'elle a
d'intime et de pathétique. Le mot *Childe* ou
Chield, maintenant *Child* (enfant), est employé par les vieux poètes anglais comme une
sorte de titre ; ce titre est donné au prince
Arthur dans la *fairie queen* (la reine des fées) ;
le fils du roi est appelé *Childe Tristram*. Voici
cette ballade à quelques strophes près. Vous re-
marquerez qu'*Ellen* répète presque mot à mot
les paroles de *Childe-Waters*, de même que les
héros d'Homère répètent *totidem verbis* les mes-
sages des chefs. La nature, lorsqu'elle n'est pas

sophistiquée, a un type commun dont l'empreinte est gravée au fond des mœurs de tous les peuples.

CHILDE-WATERS.

Childe-Waters était dans son écurie et flattait de sa main son coursier blanc comme du lait. Vers lui s'avance une jeune lady, aussi belle que quiconque porta jamais habillement de femme.

Elle dit : « Le Christ vous sauve, bon Childe- « Waters! » Elle dit : « Le Christ vous sauve, et « voyez! ma ceinture d'or qui était trop longue, « est maintenant trop courte pour moi. »

« Et tout cela est que d'un enfant de vous je « sens le poids à mon côté. Ma robe verte est trop « étroite; auparavant elle était trop large. »

— « Si l'enfant est mien, belle Ellen, dit-il, « s'il est mien, comme vous me le dites, prenez « pour vous Cheshire et Lancashire ensemble; « prenez-les pour être votre bien.

« Si l'enfant est mien, belle Ellen, dit-il, s'il

« est mien , comme vous le jurez, prenez pour
« vous Cheshire et Lancashire, ensemble, et faites
« cet enfant votre héritier. »

Elle dit : — « J'aime mieux avoir un baiser,
« Childe Waters, de ta bouche que d'avoir en-
« semble Cheshire et Lancashire qui sont au nord
« et au sud.

« Et j'aime mieux avoir un regard, Childe-
« Waters, de tes yeux, que d'avoir Cheshire et
« Lancashire ensemble et de les prendre pour
« mon bien. »

— « Demain, Ellen, je dois chevaucher loin
« dans la contrée du nord : la plus belle lady que
« je rencontrerai, Ellen, il faudra qu'elle vienne
« avec moi. »

— « Quoique je ne sois pas cette belle lady,
« laisse-moi aller avec toi; et je vous prie, Childe-
« Waters, laissez-moi être votre page à pied. »

— « Si vous voulez être mon page à pied,
« Ellen, comme vous me le dites, il faut alors
« couper votre robe verte un pouce au-dessus
« de vos genoux. »

« Ainsi ferez de vos cheveux blonds, un pouce
« au-dessus de vos yeux. Vous ne direz à per-
« sonne quel est mon nom, et alors vous serez
« mon page à pied. »

Elle, tout le long jour que Childe-Waters
chevaucha, courut pieds nus à son côté, et il
ne fut jamais assez courtois chevalier pour dire :
« Ellen, voulez-vous chevaucher? »

« Chevauchez doucement, dit-elle, ô Childe-
« Waters; pourquoi chevauchez-vous si vite?
« L'enfant qui n'appartient à d'autre homme qu'à
« toi brisera mes entrailles. »

Il dit : — « Vois-tu cette eau, Ellen, qui coule
« à plein bord? » — « J'espère en Dieu, ô Childe-
« Waters; vous ne souffrirez jamais que je nage. »

Mais quand elle vint à la rivière, elle y entra
jusqu'aux épaules « Que le seigneur du ciel soit
« maintenant mon aide, car il faut que j'apprenne
« à nager. »

Les eaux salées enflèrent ses vêtemens; notre
lady souleva son sein. Childe-Waters était un
homme de malheur : bon Dieu! obliger la belle
Ellen à nager!

Et quand elle fut de l'autre côté de l'eau, elle vint à ses genoux. Il dit : « Viens ici, toi, belle « Ellen : vois là-bas ce que je vois.

« Ne vois-tu pas un château, Ellen, dont la « porte brille d'or rougi? De vingt-quatre belles « ladies qui sont là, la plus belle est ma com- « pagne. »

— « Je vois maintenant le château, Childe- « Waters; d'or rougi brille la porte. Dieu vous « donne bonne connaissance de vous-même et « de votre digne compagne! »

Là étaient vingt-quatre belles ladies folâtrant au bal, et Ellen, la plus belle lady de toutes, mena le destrier à l'écurie.

Et alors parla la sœur de Childe-Waters. Voici les mots qu'elle dit : « Vous avez le plus joli petit « page, mon frère, que j'aie jamais vu.

« Mais ses flancs sont si gros, sa ceinture est « placée si haut! Childe-Waters, je vous prie, « laissez-le coucher dans ma chambre. »

— « Il n'est pas convenable qu'un petit page à « pied, qui a couru à travers les marais et la

« boue, couche dans la chambre d'une lady qui
« porte de si riches atours.

« Il est plus convenable pour un petit page à
« pied qui a couru à travers les marais et la
« boue, de souper sur ses genoux, devant le feu
« de la cuisine. »

Quand chacun eut soûpé, chacun prit le chemin de son lit. Il dit : « Viens ici, mon petit page
« à pied, et écoute ce que je dis :

« Descends à la ville et reste dans la rue : la
« plus belle femme que tu pourras trouver, ar-
« rête-la pour dormir dans mes bras: Apporte-la
« dans tes deux bras, de peur qu'elle ne se salisse
« les pieds. »

Ellen est allée à la ville; elle a demeuré dans
la rue; la plus belle femme qu'elle a pu rencon-
trer, elle l'a arrêtée pour dormir dans les bras
de Childe-Waters. Elle l'a apportée dans ses deux
bras, de peur qu'elle ne se salît les pieds.

« Je vous prie maintenant, bon Childe-Wa-
« ters, de me laisser coucher à vos pieds, car il
« n'y a pas de place dans cette maison où je
« puisse essayer de dormir. »

Il lui accorda la permission, et la belle Ellen se coucha au pied de son lit. Cela fait, la nuit passa vite, et quand le jour approcha,

Il dit : « Lève-toi, mon petit page à pied ; va « donner à mon cheval le blé et le foin ; donne- « lui à présent la bonne avoine noire, afin qu'il « m'emmène mieux. »

Lors se leva la belle Ellen et donna au cheval le blé et le foin : elle en fit ainsi de la bonne avoine noire, afin que le cheval emmenât mieux *Childe-Waters.*

Elle appuya son dos contre le bord de la mangeoire, et gémit tristement ; elle appuya son dos contre le bord de la mangeoire, et là elle fit sa plainte.

Et elle fut entendue de la mère chérie de Childe-Waters. La mère entendit la dolente douleur ; elle dit : « Debout, toi, Childe-Waters ! et « vas à l'écurie.

« Car dans ton écurie est un spectre qui gémit « péniblement, ou bien quelque femme est en « travail d'enfant ; elle commence la douleur. »

Childe-Waters se leva promptement ; il revêtit

sa chemise de soie, et mit ses autres habits sur son corps blanc comme du lait.

Et quand il fut à la porte de l'écurie, il s'arrêta tout court pour entendre comment sa belle Ellen faisait ses lamentations.

Elle disait : « Lullabye, mon cher enfant! Lul- « labye, cher enfant! cher! Je voudrais que ton « père fût un roi, et que ta mère fût enfermée « dans une bière, »

— « Paix à présent, dit Childe-Waters, bonne « et belle Ellen! prends courage, je te prie, et les « noces et les relevailles auront lieu ensemble « le même jour. »

Un caractère sauvage se décèle dans cette chanson. Childe-Waters est atroce ; il se plaît à mettre sa maîtresse à l'épreuve des plus abo- minables tortures du corps et de l'ame. Ellen, ensorcelée, s'y soumet avec la résignation d'un amour qui compte pour rien les sacrifices. Elle fait une longue course à pied; elle traverse un fleuve à la nage; elle subit toutes les humiliations dans le château des vingt-quatre femmes ; elle s'entend dire de la bouche même de son amant moqueur, qu'il aime la plus belle de ces femmes;

d'après son ordre elle va lui chercher une courtisane ; elle, pauvre Ellen, qu'il força de courir
pieds nus dans la fange, doit enlever dans ses
bras cette courtisane, de peur qu'elle ne se salisse les pieds. Jamais une plainte, pas un reproche ; et quand elle met au jour son enfant, au
milieu de ses douleurs, elle le berce des paroles
d'une nourrice ; elle demande un trône pour
Childe-Waters, un cercueil pour elle. L'homme
cruel est touché, et se croit enfin le père de l'in-
nocente créature. Mais les noces et les relevailles
ne viendront-elles pas trop tard?

Childe-Waters et Childe-Harold n'ont-ils
pas quelques traits de ressemblance? Lord
Byron aurait-il moulé son caractère sur un
ancien héros de ballade, comme il monta sa
lyre sur le vieux mode des poètes du xvᵉ siècle?

Il serait possible que la première idée de cette
ballade eût été empruntée de la dixième Nouvelle, dixième journée du Décaméron. Griselda,
éprouvée par Gualtieri, serait Ellen, et le nom
même de *Waters* n'est qu'une forme de celui de
Gautier. Mais entre les deux Nouvelles, il y a
la différence de la nature humaine anglaise et de
la nature humaine italienne.

Avant de quitter le moyen-âge, je mentionnerai
une chose dont on a pu s'apercevoir : je n'ai point

parlé des auteurs qui ont écrit en latin pendant
les sept ou huit siècles que nous venons de parcourir. Cela n'entrait point dans le plan que je me
suis tracé, parce qu'en effet la littérature latine
du moyen-âge, et avant le moyen-âge, appartient
également à l'Europe de cette époque; or, il ne
s'agit ici que de l'idiome ou des idiomes particuliers aux Anglais. Ainsi je n'ai rien dit de Gildas
dans le sixième siècle; de Nennius, abbé de Ban-
chor, d'Aldhelm dans le septième; de Bède, d'Al-
cuin, de Boniface, archevêque de Mayence et
Anglais, de Willebald, d'Eddius, moine de Cantorbery, de Dungal et de Clément, dans le huitième; de Jean Scot Érigène, d'Asser, à qui l'on
doit la vie d'Alfred-le-Grand dont il était le
favori, dans le neuvième; de Saint-Dunstan,
d'Elfrie le grammairien, dans le dixième; d'In-
gulphe, dans le onzième; de Lanfranc, d'Anselme,
de Robert White, de Guillaume de Malmsbury,
de Huntington, de Jean de Salisbury, de Pierre
de Blois, de Géraud-Barry, dans le douzième et
treizième; de Roger Bacon, de Michel Scot, de
Guillaume Ockam, de Mathieu Paris, de Thomas
Wykes, d'Hemmingford, d'Avesbury, dans le treizième et quatorzième siècle. Ce n'est pas que
ces écrivains ne soient remplis des choses les
plus curieuses pour l'étude de l'histoire, pour
celle des mœurs, des sciences et des arts. Il se-

rait à désirer que nous eussions des traductions des principaux ouvrages de ces auteurs.

Ici finit la première partie de cet Essai. La littérature anglaise, pour ainsi dire orale dans ses quatre premières époques, est parlée plutôt qu'écrite; transmise à la postérité au moyen d'une sorte de sténographie, elle a les avantages et les défauts de l'improvisation : la poésie est simple, mais incorrecte, l'histoire curieuse, mais renfermée dans le cercle individuel. Maintenant nous allons voir la haute poésie étouffer la poésie intime, et la grande histoire tuer la petite : cette révolution littéraire va s'opérer par la marche graduelle de la civilisation, au moment où une révolution religieuse va rompre l'unité catholique et la fraternité européenne.

SECONDE PARTIE.

CINQUIÈME ET DERNIÈRE ÉPOQUE
DE LA LANGUE ANGLAISE.

LITTÉRATURE SOUS LES TUDOR.

—————

Jusqu'ici la poésie anglaise s'est montrée à nous, catholique : les Muses habitaient au Vatican et chantaient sous le dôme à moitié formé de Saint-Pierre, que leur élevait Michel-Ange : maintenant elles vont apostasier et devenir protestantes. Leur changement de religion ne se fit pourtant pas sentir d'une manière bien tranchée, car la Réformation eut lieu avant que la langue fût sortie de la Barbarie : tous les écrivains du premier ordre parurent après le règne de Henri VIII. On verra ma remarque au sujet de Shakespeare, de Pope et de Dryden.

Quoi qu'il en soit, un grand fait domine l'époque où nous entrons : de même que j'ai peint au lecteur le *Moyen-âge*, avant de lui parler des

auteurs de ces bas siècles, il me semble convenable d'ouvrir la seconde partie de cet Essai
par quelques recherches sur la Réformation.
Comment fut-elle préparée? Quelles en ont été
les conséquences pour l'esprit humain, pour les
lettres, les arts et les gouvernemens? Questions
dignes de nous arrêter.

HÉRÉSIES ET SCHISMES QUI PRÉCÉDÈRENT LE SCHISME DE LUTHER.

Depuis le moment où la Croix fut plantée à Jérusalem, l'unité de l'Église ne cessa point d'être attaquée. Les philosophies des Hébreux, des Perses, des Indiens, des Egyptiens, s'étaient concentrées dans l'Asie sous la domination de Rome : de ce foyer allumé par l'étincelle évangélique, jaillit cette multitude d'opinions aussi diverses que les mœurs des hérésiarques étaient dissemblables. On pourrait dresser un catalogue des systèmes philosophiques, et placer à côté de chaque système l'hérésie qui lui correspond. Tertullien l'avait reconnu : les hérésies furent au christianisme ce que les systèmes philosophiques furent au paganisme, avec cette diffé-

rence que les systèmes philosophiques étaient
les vérités du culte païen, et les hérésies les erreurs de la religion chrétienne.

Saint Augustin comptait de son temps quatre-
vingt-huit hérésies, en commençant aux Simo-
niens et finissant aux Pélagiens.

L'Église faisait tête à tout : sa lutte perpétuelle
donne la raison de ces conciles, de ces synodes,
de ces assemblées de tous les noms, de toutes les
sortes, que l'on remarque dès la naissance du
christianisme. C'est une chose prodigieuse que
l'infatigable activité de la Communauté chrétienne : occupée à se défendre contre les édits
des empereurs et contre les supplices, elle était
encore obligée de combattre ses enfans et ses
ennemis domestiques. Il y allait, il est vrai, de
l'existence même de la foi : si les hérésies n'a-
vaient été continuellement retranchées du sein
de l'Église par des Canons, dénoncées et stigma-
tisées par des écrits, les peuples n'auraient plus
su de quelle religion ils étaient. Au milieu des
sectes se propageant sans obstacles, se ramifiant
à l'infini, le principe chrétien se fût épuisé dans
ses dérivations nombreuses, comme un fleuve se
perd dans la multitude de ses canaux.

Le Moyen-âge, proprement dit, n'ignora point
le schisme. Plusieurs novateurs en Italie, Wicleff
en Angleterre, Jérôme de Prague et Jean Huss en

Allemagne, furent les précurseurs des réforma-
teurs du xvie siècle. Une foule d'hérésies se trouvaient au fond des doctrines qui donnèrent lieu aux
horribles croisades contre les malheureux Albi-
geois. Jusque dans les écoles de théologie, un esprit
de curiosité ébranlait les dogmes de l'Eglise : les
questions étaient tour à tour obscènes, impies et
puériles.

Valfrède, au xe siècle, s'éleva contre la résurrection des corps. Béranger expliqua à sa manière
l'eucharistie. Les erreurs de Roscelius, d'Abailard,
de Gilbert de la Porée, de Pierre Lombard et
de Pierre de Poitiers, furent célèbres : on demandait si Jésus-Christ, comme homme, était quelque
chose ; ceux qui le niaient furent appelés *Nihi-
lianistes.* On en vint à ne plus lire les Ecritures et
à ne tirer les argumens en preuve de la vérité
chrétienne que de la doctrine d'Aristote. La scolastique domina tout, et Guillaume d'Auxerre
se servit le premier des termes de *materia* et de
forma, appliqués à la doctrine des sacremens.
Héloïse voulait savoir d'Abailard pourquoi les
quadrupèdes et les oiseaux furent les seuls animaux amenés à Adam pour recevoir des noms :
Jésus-Christ, entre sa mort et sa résurrection,
fut-il ce qu'il avait été avant sa mort et depuis
sa résurrection ? Son corps glorieux était-il assis
ou debout dans le ciel ? Son corps que l'on man-

geait dans l'Eucharistie, était-il nu ou vêtu ?
Telles étaient les choses dont les esprits les plus
orthodoxes s'enquéraient, et Luther lui-même,
dans ses investigations, avait moins d'audace.

ATTAQUES CONTRE LE CLERGÉ.

Avec les hérésies contre l'Eglise marchaient de tout temps, comme je l'ai dit ailleurs, les satires contre le clergé, mêlées aux reproches fondés qu'on pouvait faire aux prêtres : Luther sur ce point encore n'approcha pas de ses devanciers. Les pasteurs s'étaient dépravés comme le troupeau; si l'on veut pénétrer à fond l'intérieur de la société de ces temps-là, il faut lire les Conciles et les *chartes d'abolition* (lettres de grâce accordées par les rois); là se montrent à nu les plaies de la société : les Conciles reproduisent sans cesse les plaintes contre la licence des mœurs; les *chartes d'abolition* gardent les détails des jugemens et des crimes qui motivaient les Lettres-Royaux. Les capitulaires de Charlemagne et de ses successeurs, sont remplis de dispositions pour la réforme du clergé.

On connaît l'épouvantable histoire du prêtre Anastase, enfermé vivant avec un cadavre, par la vengeance de l'évêque Caulin. (Grégoire de Tours.) Dans les Canons ajoutés au premier concile de Tours, sous l'épiscopat de saint Perpert, on lit : « Il nous a été rapporté, ce qui est hor- « rible (*quod nefas*), qu'on établissait des au- « berges dans les églises, et que le lieu où l'on « ne doit entendre que des prières et des louanges « de Dieu, retentit de bruit de festins, de paroles « obscènes, de débats et de querelles. »

Baronius, si favorable à la cour de Rome, nomme le xe siècle le siècle de fer, tant il voit de désordres dans l'Église. L'illustre et savant Gherbert, avant d'être pape sous le nom de Sylvestre II, et n'étant encore qu'archevêque de Reims, disait : « Déplorable Rome ! tu donnas à « nos ancêtres les lumières les plus éclatantes, « et maintenant tu n'as plus que d'horribles té- « nèbres..... Nous avons vu Jean Octavien cons- « pirer, au milieu de mille prostituées, contre le « même Othon qu'il avait proclamé empereur. Il « est renversé, et Léon le Néophyte lui succède. « Othon s'éloigne de Rome, et Octavien y entre ; « il chasse Léon, coupe les doigts, les mains et « le nez au diacre Jean, et, après avoir ôté la vie « à beaucoup de personnages distingués, il périt « bientôt lui-même..... Sera-t-il possible de soute-

« nir encore qu'une si grande quantité de prêtres
« de Dieu, dignes par leur vie et leur mérite
« d'éclairer l'univers, se doivent soumettre à de
« tels monstres, dénués de toute connaissance
« des sciences divines et humaines? »

Saint Bernard ne montre pas plus d'indulgence
aux vices de son siècle; saint Louis fut obligé de
fermer les yeux sur les prostitutions et les désordres qui régnaient dans son armée. Pendant
le règne de Philippe-le-Bel, un concile est convoqué exprès pour remédier au débordement
des mœurs. L'an 1351, les prélats et les Ordres
mendians exposent leurs mutuels griefs à Avignon devant Clément VII. Ce pape, favorable
aux moines, apostrophe les prélats : « Parlerez-
« vous d'humilité, vous, si vains et si pompeux
« dans vos montures et vos équipages? Parlerez-
« vous de pauvreté, vous, si avides, que tous les
« bénéfices du monde ne vous suffiraient pas?
« Que dirai-je de votre chasteté?..... vous haïssez
« les mendians, vous leur fermez vos portes, et
« vos maisons sont ouvertes à des sycophantes et
« à des infames (*leonibus et truffatoribus*). »

La simonie était générale, les prêtres violaient
presque partout la règle du célibat; ils vivaient
avec des femmes perdues, des concubines et des
chambrières; un abbé de Noreïs avait dix-huit
enfans. En Biscaye on ne voulait que des prêtres

qui eussent des *commères*, c'est-à-dire des femmes supposées légitimes.

Pétrarque écrit à l'un de ses amis : « Avignon « est devenu un enfer, la sentine de toutes les « abominations. Les maisons, les palais, les « églises, les chaires du pontife et des cardinaux, « l'air et la terre, tout est imprégné de men- « songe ; on traite le monde futur, le jugement « dernier, les peines de l'enfer, les joies du para- « dis, de fables absurdes et puériles. » Pétrarque cite à l'appui de ces assertions des anecdotes scandaleuses sur les débauches des cardinaux.

Dans un sermon prononcé devant le pape, en 1364, le docteur Nicolas Orem prouva que l'Ante-Christ ne tarderait pas à paraître, par six raisons tirées de la perte de la doctrine, de l'orgueil des prélats, de la tyrannie des chefs de l'Église et de leur aversion pour la vérité.

Ces reproches, perpétués de siècle en siècle, furent reproduits par Érasme et Rabelais. Tout le monde apercevait ces vices qu'un pouvoir long-temps sans contrôle et la grossièreté du Moyen-âge introduisirent dans l'Église. Les rois ne se soumettaient plus au joug des papes ; le long schisme du xive siècle avait attiré les regards de la foule sur le désordre et l'ambition du gouvernement pontifical : les magistrats faisaient lacérer et brûler les bulles ; les conciles mêmes s'occupaient des moyens de remédier aux abus.

Ainsi lorsque Luther parut, la Réformation était dans tous les esprits ; il cueillit un fruit mûr et près de tomber. Mais voyons quel était Luther : il nous ramènera naturellement à Henri VIII, car il tient à ce roi par ses innovations religieuses, et par les querelles qu'il eut avec le fondateur de l'Église anglicane.

Martin Luther, créateur d'une religion de princes et de gentilshommes, était fils d'un paysan. Il raconte en peu de mots son histoire, avec cette humilité effrontée qui vient du succès de toute une vie (1) :

« J'ai souvent conversé avec Mélanchton, et
« lui ai raconté ma vie de point en point. Je suis
« fils d'un paysan; mon père, mon grand-père,
« mon aïeul, étaient de vrais paysans. Mon père
« est allé à Mansfeld et y est devenu mineur. Moi,
« j'y suis né. Que je dusse être ensuite bachelier,
« docteur, etc., cela n'était point dans les étoiles.
« N'ai-je pas étonné des gens en me faisant

(1) Ce que je vais citer de Luther, est tiré en grande partie de l'ouvrage dernièrement publié par M. Michelet et intitulé, *Mémoires de Luther.*

« moine? Puis en quittant le bonnet brun pour
« un autre? Cela vraiment a bien chagriné mon
« père, et lui a fait mal. Ensuite je me suis pris
« aux cheveux avec le pape, j'ai épousé une
« nonne échappée, et j'en ai eu des enfans. Qui
« a vu cela dans les étoiles ? Qui m'aurait annoncé
« d'avance qu'il en dût arriver ainsi? »

Né à Eisleben le 10 novembre 1483, envoyé
dès l'âge de six ans à l'école à Eisenach, Luther
chantait de porte en porte pour gagner son pain,
« et moi aussi, dit-il, j'ai été un pauvre men-
« diant, j'ai reçu du pain aux portes des mai-
« sons. » Une dame charitable, Ursule Schweic-
kard, en eut pitié et le fit élever ; il entra en 1501
à l'université d'Erfurth : enfant pauvre et obscur,
il ouvrit cette Ere nouvelle qui commence à lui ;
Ere que tant de changemens et de calamités devaient rendre impérissable dans la mémoire des
hommes.

Luther se livra d'abord à l'étude du droit; il
la prit en aversion et s'occupa de théologie, de
musique et de littérature : il vit un de ses compagnons tué d'un coup de foudre, promit à sainte
Anne de se faire moine, et le 17 juillet 1505, entra la nuit dans le couvent des Augustins, à Erfurth : il s'enferma dans le cloître avec un Plaute
et un Virgile pour changer le monde chrétien.

Deux ans après, il fut ordonné prêtre. « Lors-
« que je dis une première messe, j'étais presque
« mort, car je n'avais aucune foi; puis vinrent
« les dégoûts, les tentations, les doutes. » Dans
le dessein de raffermir ses croyances, Luther
partit pour Rome.

Là, il trouva l'incrédulité assise sur le tombeau de saint Pierre, et le paganisme ressuscité au
Vatican. Jules II, le casque en tête, ne rêvait que
combats, et les cardinaux, cicéroniens de langage,
étaient transformés en poëtes, en diplomates et
en guerriers. La papauté, prête à devenir gibeline,
avait, sans s'en apercevoir, abdiqué l'autorité
temporelle : le pape, en se faisant prince à la manière des autres princes, avait cessé d'être le re-
présentant de la République chrétienne; il avait
renoncé à ce terrible Tribunat des peuples, dont
il était auparavant investi par l'élection populaire. Luther ne vit pas cela; il ne saisit que
le petit côté des choses : il revint en Allemagne,
frappé seulement du scandale de l'athéisme et
des mœurs de la cour de Rome.

A Jules II succéda Léon X, rival de Luther; le siècle fut divisé entre le pape et le
moine : Léon X lui imposa son nom, Luther sa
puissance.

Il s'agissait de faire achever Saint-Pierre; l'argent manquait. Sans avoir la foi qui faisait au

11.

Moyen-Age jaillir des trésors, on se souvint à Rome
du temps où la chrétienté contribuait de ses aumônes à la construction des cathédrales et des
abbayes. Léon X fit vendre en Allemagne, par les
Dominicains, les Indulgences que vendaient auparavant les Augustins. Luther, devenu vicaire pro-
vincial des Augustins, s'éleva contre l'abus de
ces Indulgences. Il s'adressa à l'évêque de Brandebourg, à l'archevêque de Mayence : il n'obtint
qu'une réponse évasive du premier; le second
ne répondit point. Alors il proposa publi-
quement les thèses qu'il prétendait soutenir
contre les Indulgences. L'Allemagne fut ébran-
lée : Tetzel brûla les propositions de Luther ; les
étudians de Wittemberg brûlèrent les propositions de Tetzel. Étonné de son succès, Luther
aurait volontiers reculé.

Léon X entendit de loin un bruit qui s'élevait
de l'autre côté des Alpes, une rumeur survenue
chez des Barbares : « rivalité de moines, » disait-il.
Les Athéniens se moquaient des Barbares de la
Macédoine. Le goût du prince de l'Église pour
les lettres l'emportait sur de plus hautes considérations; il trouvait que frère Luther était
«un beau génie.» *Fra Martino haveva un bellis-
simo ingenio* (1). Néanmoins, pour complaire

_____

(1) Bandello.

à ses théologiens, il somma ce beau génie de comparaître à Rome.

Luther, fort de l'appui de l'électeur de Saxe, éluda cet ordre. Cité à Augsbourg, il y vint avec un sauf-conduit de l'empereur. Il disputa avec le légat Caïetano de Vio : on ne s'entendit point ; on ne s'entendait jamais dans ces joutes de paroles. Luther en appela au pape mieux informé : il avoue qu'avec un peu moins de hauteur de la part du légat, il se fût rendu, parce que dans ce temps-là *il voyait encore bien peu les erreurs du pape.*

Léon X sollicitait l'électeur de Saxe de lui livrer Luther : Frédéric résista. Luther rassuré écrivit au pape : « J'en atteste Dieu et les hommes ; « je n'ai jamais voulu, je ne veux pas davantage « aujourd'hui toucher à l'Eglise romaine ni à « votre sainte autorité. Je reconnais pleinement « que cette Eglise est au-dessus de tout, qu'on « ne peut rien préférer, de ce qui est au ciel « et sur la terre, si ce n'est Jésus-Christ, notre « Seigneur. »

Luther était sincère, quoique les apparences fussent contre lui ; car, en même temps qu'il s'explique ainsi avec le pape, il disait à Spalatin : « Je ne « sais si le pape n'est pas l'ante-christ ou l'apôtre de « l'ante-christ. » Bientôt il publia son livre *de la Captivité de Babylone.* Il y déclare que l'Eglise est captive, le Christ profané dans l'idolâtrie de la messe, méconnu dans le dogme de la Transsubstantiation, et prisonnier du pape.

Et tenant à constater qu'il attaquait encore plus la papauté que le pape, il disait dans une nouvelle lettre à Léon X : « Il faut bien qu'une « fois pourtant, très honorable père, je me sou- « vienne de toi. Ta renommée tant célébrée « des gens de lettres, ta vie irréprochable te « mettrait au-dessus de toute attaque. Je ne « suis pas si sot que de m'en prendre à toi, « lorsqu'il n'est personne qui ne te loue. Je « t'ai appelé un Daniel dans Babylone; j'ai pro- « testé de ton innocence... Oui, cher Léon, tu « me fais l'effet de Daniel dans la fosse, d'Eze- « chiel parmi les scorpions. Que pourrais-tu seul « contre ces monstres? ajoutons encore trois ou « quatre cardinaux, savans et vertueux. Vous se- « riez empoisonnés infailliblement, si vous osiez « entreprendre de remédier à tant de maux... « C'en est fait de la cour de Rome. »

Il y a plus de trois siècles que cette prédiction est échappée à Luther, et la cour de Rome existe encore.

Les lettres du moine trouvaient Léon X occupé avec Michel-Ange à élever Saint-Pierre, et écrivant à Raphaël : « Vous ferez l'honneur de mon « pontificat. » *Leon X*, dit Palavicini, *con mag-*

gior cura chiamò coloro à cui fosser note le fa-
vole della Grecia e le delizie de' Poeti, che l'is-
torie della chiesa, et la dottrina de' Padri.

Les croassemens germaniques de Luther im-
patientaient le Médicis au milieu des arts, sous
le beau ciel de l'Italie. Pour étouffer ces bruits
importuns, et ne se pouvant persuader qu'il s'a-
gissait d'un schisme, il prépara la bulle *de con-*
damnation.

La bulle arrivée en Allemagne, le peuple se
soulève : à Erfurth, on la jette à l'eau; elle est
brûlée à Wittemberg; première flamme d'un em-
brasement qui, de l'Europe, devait se répandre
dans les autres parties de la terre.

Ici un beau combat entre Luther et Luther,
car, encore une fois, Luther était un homme de
conviction. Ce combat est bien reproduit dans
M. Michelet, la part faite à la traduction qui
donne inévitablement et nécessairement à la
littérature et aux idées, l'expression de la littérature moderne et des idées de notre siècle.

Au commencement de son Traité *de Servo*
arbitrio, Luther dit à Erasme :

« Sans doute tu te sens quelque peu arrêté en
« présence d'une suite si nombreuse d'érudits ,
« devant le consentement de tant de siècles, où

« brillèrent des hommes si habiles dans les lettres
« sacrées, où parurent de si grands martyrs, glo-
« rifiés par de nombreux miracles. Ajoute en-
« core les théologiens plus récens, tant d'acadé-
« mies, de conciles, d'évêques, de pontifes. De ce
« côté, se trouvent l'érudition, le génie, le nom-
« bre, la grandeur, la hauteur, la force, la sain-
« teté, les miracles; et que n'y a-t-il pas? Du-
« mien Wiclef et Laurent Valla (et aussi Au-
« gustin, quoique tu l'oublies), puis Luther; un
« pauvre homme, né d'hier, seul avec quelques
« amis qui n'ont ni tant d'érudition, ni tant
« de génie, ni le nombre, ni la grandeur, ni la
« sainteté, ni les miracles : à eux tous ils ne pour-
« raient guérir un cheval boiteux..... »

Dans ce traité *de Servo arbitrio*, Luther se déclare pour la Grace contre le Libre arbitre;
celui qui étendit, s'il n'établit pas, le *libre examen*,
chargeait la Volonté de chaînes : ces contradic-
tions sont naturelles aux hommes. Il n'y a d'ailleurs aucune liaison directe entre la fatalité
providentielle et le despotisme social; ce sont
deux ordres de faits distincts : l'un appartient au domaine de la philosophie et de la théorie, l'autre est du ressort de la politique et de la
pratique.

L'Allemagne est le pays de l'honnêteté, du génie et des songes : plus les abstractions des esprits

brumeux sont inintelligibles, plus elles excitent d'enthousiasme parmi les rêveurs qui les croient comprendre. Les compatriotes de Luther firent des opinions de saint Augustin ressuscitées, la règle de leur foi. Luther s'adressa surtout aux nobles : il dédia sa défense des articles condamnés, au seigneur Fabien de Feilitzsch : « Que « cet écrit me recommande à toi et à toute votre « noblesse. » Il publia son pamphlet : *A la noblesse chrétienne d'Allemagne sur l'amélioration de la Chrétienté.* Les principaux nobles, amis de Luther, étaient Silvestre de Schauenberg, Franz de Sickingen, Taubenheim et Ulrick de Hutten. Le margrave de Brandebourg sollicitait la faveur de voir le nouvel apôtre. C'est ainsi qu'en France et en Angleterre les Réformistes furent des rois, des princes et des nobles : en France, la sœur de François Ier, Jeanne d'Albret, Henri IV, les Chatillon, les Bouillon, les Rohan ; en Angleterre, Henri VIII, ses évêques et sa cour.

Quand j'avançai cela dans les *Études historiques*, j'eus le malheur, contre mon intention, de blesser des susceptibilités; j'en conviens, dans nos temps de démocratie, il est peut-être dur pour ceux qui se disent les fondateurs de la liberté populaire, de se trouver, par origine, des *aristocrates* descendus d'une race de princes et de nobles : qu'y faire ? c'est la stricte vérité ; on la pourrait appuyer d'une masse de faits irrécusables.

La diète de Worms fut le triomphe de Luther : il y comparut devant l'empereur Charles-Quint, six électeurs, un archiduc, deux landgraves, vingt-sept ducs, un grand nombre de comtes, d'archevêques et d'évêques. Il entra dans la ville, monté sur un char, escorté de cent gentils-hommes armés de toutes pièces. On chantait devant lui un hymne, la *Marseilloise* du temps :

Notre Dieu est une forteresse,
Une épée et une bonne armure (1).

Le peuple était monté sur les toits pour voir passer Martin. Ferme et modéré, le Docteur ne voulut rien rétracter de ce qu'il avait avancé touchant les doctrines, mais il offrit de désavouer ce qui pouvait lui être échappé d'inconvenant contre les personnes. Ainsi, comme l'a dit M. Mignet d'une manière remarquable, Luther dit *non* au pape, *non* à l'empereur. Cela prouve de la conviction et du courage, mais de ce courage facile quand on est bien défendu, quand on est environné de beaucoup d'éclat, quand on

(1) M. Heine, *Revue des Deux Mondes.*

est excité par l'ambition de devenir chef de secte,
et par l'espoir d'une grande renommée. Au surplus, tous les sectaires ont dit *non*. L'hérésie d'A-
rius dura plus de trois siècles dans sa vigueur et
subsiste encore; elle divisa le monde civilisé et
s'empara de tout le monde Barbare, les Francs de
Clovis exceptés: Alaric et Genseric qui saccagèrent
Rome catholique, étaient Ariens. Arius avait dit
non bien avant Luther dont les doctrines n'ont
pas encore atteint l'âge de celles du prêtre d'A-
lexandrie.

Luther était encouragé dans le sein de la
diète même : des nobles et des comtes étaient
allés le visiter. « Le pape, dit Luther, avait écrit
« à l'empereur de ne point observer le sauf-
« conduit. Les évêques y poussaient; mais les
« princes et les états n'y voulurent point con-
« sentir; car il en fût résulté bien du bruit.
« J'avais tiré un grand éclat de tout cela; *ils*
« *devaient avoir peur de moi plus que je n'avais*
« *d'eux.* En effet, le landgrave de Hesse, qui
« était encore un jeune seigneur, demanda à
« m'entendre, vint me trouver, causa avec moi,
« et me dit à la fin : « Cher Docteur, si vous
« avez raison, que notre Seigneur Dieu vous
« soit en aide ! »

Quoi qu'il en soit, l'apparition de Luther à la
diète montrait quelque force d'ame, car Jean

Huss, malgré le passeport d'un empereur, n'en avait pas moins été brûlé vif. Quand le Christ parut devant Pilate, il était seul, abandonné même de ses douze disciples : toutes les puissances de la terre s'élevaient contre lui, et l'on n'eut point égard au sauf-conduit qu'il avait du ciel.

La diète publia le ban impérial; il frappait Luther et ses adhérens. Voltaire prétend que Charles-Quint hésita entre le moine d'Erfurth et Rome. Le sauf-conduit fut maintenu dans l'acte du ban. Le même Charles-Quint qui accorda une audience solennelle à Luther, refusa d'entendre Fernand Cortès.

Le Réformateur se retira : l'électeur de Saxe, pour le soustraire à tout danger, et peut-être d'accord avec Martin lui-même, le fit enlever et l'enferma dans le château de Wartbourg. Du haut de sa forteresse, Luther lança une multitude d'écrits, imitant Athanase qui combattait pour la foi, du fond des grottes de l'Égypte. Il était tenté : *sa chair indomptée le brûlait d'un feu dévorant.* Dans son Pathmos (ainsi ce nouveau saint Jean appelle-t-il le château de Wartbourg), il croyait ouïr, la nuit, des noisettes se heurter dans un sac, et entendre un grand bruit sur les marches d'un escalier, que fermaient des chaînes et une porte de fer : c'était l'Apostasie qui revenait. Luther, rendu impétueux par cette captivité bienveillante qui lui donnait l'air d'un martyr, ne parlait plus que de *briser les cèdres, d'abaisser les Pharaons superbes et endurcis.* Il écrivait rudement à l'archevêque de Mayence, et datait ainsi : « Donné « en mon désert, le dimanche après la sainte « Catherine, 25 novembre 1521. » Le cardinal, archevêque de Mayence, répondait humblement, ou fièrement : « Cher Docteur, j'ai reçu votre « lettre.....; je souffre volontiers une réprimande « fraternelle et chrétienne. »

Prêchant son nouvel Évangile, Martin disait : « J'espère qu'ils me tueront; mais mon heure « n'est pas venue; il faut qu'auparavant je rende « encore plus furieuse cette race de vipères. » Il hésite d'abord à se prononcer contre les vœux monastiques; puis se fortifiant dans ses idées, il déclare qu'il a formé « une vigoureuse conspira- « tion pour les détruire et les mettre au néant. »

Il n'approuvait pas les théologiens démagogues, qui marchaient sur ses traces et brisaient les images. « Si tu veux éprouver leurs inspira- « tions, écrit-il à Mélanchton, demande s'ils ont « ressenti ces angoisses spirituelles et ces nais- « sances divines, ces morts et ces enfers. »

Il avait commencé à publier sa traduction de la Bible : des princes et des évêques la prohibè-

rent; comme sectaire et comme auteur, il s'irrita,
la colère lui donna la prévision de l'avenir.
« Le peuple s'agite de tous côtés, et il a les yeux
« ouverts; il ne veut plus, il ne peut plus se lais-
« ser opprimer. C'est le Seigneur qui mène tout
« cela et qui ferme les yeux des princes sur ces
« symptômes menaçans; c'est lui qui consom-
« mera tout par leur aveuglement et leur vio-
« lence; il me semble voir l'Allemagne nager
« dans le sang.

« Qu'ils sachent bien que le glaive de la guerre
« civile est suspendu sur leurs têtes. »

Et qui suspendait le glaive de la guerre civile
sur la tête de ces princes, si ce n'était Luther?

Dans cette année 1522, Henri VIII, encore orthodoxe, fit paraître le livre dont je parlerai
ailleurs et qu'il avait fait faire ou revoir peut-
être par son chapelain et ses ministres théologiens. Le moine réformateur malmène son
collègue le roi réformateur. « Quel est donc
« ce Henri, ce nouveau Thomiste, ce disciple
« du monstre, pour que je respecte ses blas-
« phèmes et sa violence? Il est le défenseur
« de l'Eglise, oui, de son église à lui, qu'il porte
« si haut, de cette prostituée qui vit dans la
« pourpre, ivre de débauches, de cette mère
« de fornications. Moi, mon chef est Christ, je
« frapperai du même coup cette église et son

« défenseur qui ne font qu'un ; je les briserai. »
Henri VIII, ne pouvant brûler Luther, répliqua :
ses bûchers étaient plus redoutables que ses
écrits.

La Réformation s'étendait à l'aide de l'imprimerie qui semblait avoir été découverte à temps
pour la propagation des nouvelles doctrines ;
l'église luthérienne s'établissait ; on sait ce qu'elle
a rejeté et ce qu'elle a conservé des dogmes de
l'église romaine. Mais le schisme entrait de toutes
parts dans la nouvelle communion ; Calvin pa-
raissait à Genève ; Luther se brouillait avec Car-
lostadt, et écrivait contre lui des pamphlets amers.
Les paysans se soulevèrent contre leurs seigneurs
et se jetèrent sur les biens des princes ecclésiastiques : de là les troubles de la Souabe, de Franc-
fort, du pays de Bade, de l'Alsace, du Palatinat,
de la Bavière, de la Hesse. En vain Luther fit ce
qu'il put pour désarmer la foule ; en vain s'écriait-
il que la révolte n'a jamais eu une bonne fin, que
qui se sert de l'épée périra par l'épée : le glaive
était tiré ; il ne devait rentrer dans le fourreau
qu'après deux siècles d'immolation.

Dans la réponse de Luther aux douze articles
des paysans de la Souabe, il y a des choses justes
et raisonnables ; il dit aussi aux seigneurs des
vérités qui pouvaient leur sembler hardies ; mais
entraîné par le caractère de sa Réformation en-

nemie du peuple, il se montre d'une dureté ré-
voltante contre les paysans; il ne donne pas une
larme à leurs malheurs.

« Je crois, dit-il, que tous les paysans doivent
« périr plutôt que les princes et les magistrats,
« parce que les paysans prennent l'épée sans
« l'autorité divine.... Nulle miséricorde, nulle
« tolérance n'est due aux paysans, mais l'indi-
« gnation de Dieu et des hommes..... Les paysans
« sont dans le ban de Dieu et de l'empereur. On
« peut les traiter comme des chiens enragés. »

Et cependant ces *chiens enragés* avaient été
déchaînés par la parole de Luther. Pour ces
hommes mis *au ban de Dieu*, on ne sent dans
l'émancipateur de l'esprit humain, aucune sym-
pathie des libertés populaires.

Il se brouilla avec tous les sectaires qui sortirent de sa réforme; il ne pardonna jamais à
Erasme son *libero arbitrio*.

« Dès que je reviendrai en santé, je veux, avec
« l'aide de Dieu, écrire contre lui, et le tuer.
« Nous avons souffert qu'il se moquât de nous
« et nous prît à la gorge, mais aujourd'hui qu'il
« en veut faire autant au Christ, nous voulons
« nous mettre contre lui.... Il est vrai qu'écraser

« Erasme, c'est écraser une punaise; mais mon
« Christ dont il se moque m'importe plus que le
« péril d'Erasme.

« Si je vis, je veux, avec l'aide de Dieu, pur-
« ger l'Eglise de son ordure. C'est lui qui a semé
« et fait naître Crotus, Egranus, Witzeln, OEco-
« lampade, Campanus et d'autres visionnaires
« ou épicuriens. Je ne veux plus le reconnaître
« dans l'Eglise, qu'on le sache bien........... »

« S'il prêche, cela sonne faux comme un vase
« fêlé. Il a attaqué la papauté, et maintenant il
« tire sa tête du sac. »

Erasme et Luther avaient été long-temps amis
et regardés tous deux comme des hérétiques.

« Voilà, dit très bien M. Nisard, de petites
« questions pour les partisans du fatalisme his-
« torique, qui grossissent et grandissent un
« homme de tout ce qui s'est fait après lui, et par
« des causes qu'il n'aurait ni voulues, ni prévues :
« mais je ne les trouve pas déjà si mauvaises pour
« l'heure où nous sommes. A cette heure-là en
« effet, de qui pensez-vous qu'il soit demeuré le
« plus de choses, de Luther niant le libre arbitre,
« et remplaçant le dogme par le dogme, ou plus
« crûment, la superstition par la superstition,
« ou d'Erasme revendiquant pour l'homme la
« liberté de la conscience (1) ? »

Les Turcs ayant assiégé Vienne, Luther appela noblement les Allemands à la défense de la patrie. Puis vinrent les ligues de Smalkade, les anabaptistes de Munster. Ceux-ci prêchèrent contre le pape et contre Luther; ils préféraient même le premier au dernier : ils considéraient Luther comme l'ami de la noblesse, et il fut maudit par eux, de même qu'il l'avait été par les paysans de la Souabe.

(1) De Nisard. Erasme, 2ᵉ partie. *Revue des Deux Mondes.* 15 septembre 1835.

Luther devait à ses opinions une démarche qui en était la conséquence et la suite. Il avait ouvert la porte des cloîtres; il en sortait une foule d'hommes et de femmes dont il ne savait que faire : il se maria donc, tant pour leur donner un bon exemple, que pour se débarrasser de ses tentations. Quiconque a enfreint les règles, cherche à entraîner les faibles avec soi, et à se couvrir de la multitude : par ce consentement d'un grand nombre, on se flatte de faire croire à la justice et au droit d'une action qui souvent ne fut que le résultat d'un accident ou d'une passion irréfléchie. Des vœux saints furent doublement violés; Luther épousa une Religieuse. Tout cela est peut-être bien selon la nature; mais il y a une nature plus élevée : il est difficile, quelles que soient d'ailleurs les vertus de deux époux, qu'ils inspirent la confiance et le respect, en faisant le serment de l'union conjugale au même autel où ils prononcèrent les vœux de chasteté et de solitude. Jamais le chrétien ne déposera dans le cœur d'un prêtre, le fardeau caché de sa vie, si ce

prêtre a une autre épouse que cette Église mys-
térieuse qui garde le secret des fautes et console les douleurs. Le Christ, Pontife et Victime,
vécut dans le célibat, et il quitta la terre à la
fin de la jeunesse.

La Religieuse que Luther épousa se nommait
Catherine de Bora : il l'aima, vécut bien avec
elle, et travailla de ses propres mains pour
la nourrir : celui qui fit des Princes et dépouilla
le Clergé de ses richesses, resta pauvre ; il s'ho-
nora par son indigence, comme nos premiers
révolutionnaires. On lit ces paroles touchantes
dans son testament :

« Je certifie que nous n'avons ni argent comp-
« tant, ni trésor d'aucune espèce. En cela rien
« d'étonnant, si l'on veut considérer que nous
« n'avons eu d'autre revenu que mon salaire et
« quelques présens. »

On suit avec intérêt Luther dans sa vie privée
et dans ses opinions particulières. Il a plusieurs
belles pensées sur la nature, sur la Bible, sur les
écoles, sur l'éducation, sur la foi, sur la loi. Ce
qu'il dit de l'imprimerie est curieux. Une idée
individuelle le conduit à une vérité générale et à
une vue de l'avenir :

« L'imprimerie est le dernier et le suprème
« don, le *summum et postremum donum*, par le-
« quel Dieu avance les choses de l'évangile. C'est
« la dernière flamme qui luit avant l'extinction
« du monde. Grâce à Dieu, elle est venue à la
« fin. »

Il faut entendre Luther dans l'intimité des
sentimens domestiques :

« Cet enfant (son fils) et tout ce qui m'ap-
« partient, est haï de leurs partisans, haï des
« diables. Cependant tous ces ennemis n'in-
« quiètent guère le cher enfant; il ne s'inquiète
« pas de ce que tant et de si puissans seigneurs
« lui en veulent, il suce gaiement la mamelle,
« regarde autour de lui en riant tout haut, et
« les laisse gronder tant qu'ils veulent. »

Ailleurs, parlant encore de ses enfans, il dit :

« Telles étaient nos pensées dans le paradis,
« simples et naïves; innocentes, sans méchanceté
« ni hypocrisie; nous eussions été véritablement
« comme cet enfant quand il parle de Dieu et
« qu'il en est si sûr. »

« Quels ont dû être les sentimens d'Abraham,

« lorsqu'il a consenti à sacrifier et égorger son
« fils unique? Il n'en aura rien dit à Sara. »

Le dernier trait est d'une familiarité et d'une
tendresse presque sublimes.

Il déplore la mort de sa petite fille Elisabeth :

« Ma petite fille Elisabeth est morte; je m'é-
« tonne comme elle m'a laissé le cœur malade,
« un cœur de femme, tant je suis ému. Je n'aurais
« jamais cru que l'ame d'un père fût si tendre
« pour son enfant.

« Dans le plus profond de mon cœur sont en-
« core gravés ses traits, ses paroles, ses gestes,
« pendant sa vie et sur son lit de mort; mon
« obéissante et respectueuse fille! La mort même
« du Christ (et que sont toutes les mortes en
« comparaison) ne peut me l'arracher de la pen-
« sée, comme elle le devrait....

« Chère Catherine, songe pourtant où elle est
« allée. Elle a certes fait un heureux voyage. La
« chair saigne, sans doute,¹ c'est sa nature;
« mais l'esprit vit et se trouve selon ses souhaits.
« Les enfans ne disputent point; comme on
« leur dit, ils croient; chez les enfans tout est
« simple. Ils meurent sans chagrin ni angoisses,
« sans disputes, sans tentations de la mort, sans

« douleur corporelle, tout comme s'ils s'endor-
« maient. »

En lisant des choses si douces, si religieuses,
si pénétrantes, on se sent désarmé; on oublie
la fougue du Sectaire.

On trouve sur la mort de son père; ces paroles
d'une profondeur et d'une simplicité bibliques :

« Je succède à son nom; voici maintenant que
« je suis pour ma famille le *vieux Luther* : c'est
« mon tour, c'est mon droit de le suivre par la
« mort. »

Luther, devenu malade et triste, disait :

« L'empire tombe; les rois tombent, les prêtres
« tombent, et le monde entier chancelle, comme
« une grande maison qui va crouler annonce sa
« ruine par de petites lézardes. »

La mort de Luther fut paisible; il désirait
mourir et disait :

« Que notre Seigneur vienne donc vite et
« m'emmène. Qu'il vienne surtout avec son ju-
« gement dernier, je tendrai le cou; qu'il lance
« le tonnerre et que je repose. . . . .
« . . . . Fi de nous! sur notre vie, nous

« ne donnons pas même la dîme à Dieu; et nous
« croirions avec nos bonnes œuvres mériter le
« ciel! Qu'ai-je fait, moi?

. . . .

« Ce petit oiseau a choisi son abri et va dor-
« mir bien paisiblement; il ne s'inquiète pas; il
« ne songe point au gîte du lendemain; il se
« tient bien tranquille sur sa petite branche, et
« laisse Dieu songer pour lui. »

« Je te recommande mon ame, ô mon Sei-
« gneur Jésus-Christ! Je quitterai ce corps ter-
« restre, je vais être enlevé de cette vie, mais je
« sais que je resterai éternellement auprès de
« toi. »

« Il répéta encore trois fois : *In manus tuas com-*
« *mendo spiritum meum ; redemisti me, Domine,*
« *Deus veritatis.* Soudain il ferma les yeux, et
« tomba évanoui. Le comte Albrecht et sa femme,
« ainsi que les médecins, lui prodiguèrent des
« secours pour le rendre à la vie; ils n'y parvinrent
« qu'avec peine. Le docteur Jonas lui dit alors :
« Révérend père, mourez-vous avec constance
« dans la foi que vous avez enseignée? « Il répon-
« dit par un *oui* distinct et se rendormit. Bientôt
« il pâlit, devint froid, respira encore une fois
« profondément, et mourut (1). »

(1) Extrait de la *Relation de Jonas et de Cœlius*, dans M. Michelet.

Voilà le *oui* final qui suivit le *non* prononcé
à Worms. Oui Luther persista, et avec lui les
sectes dont il fut le père; mais la preuve qu'il
ne sentait pas la portée du mouvement qu'il
avait produit, c'est qu'il se refusa à tout accord
avec ces sectes. Ainsi chez le landgrave de Hesse,
il ne voulut rien céder à Zwingli, à Bucer et à
Œcolampade qui le suppliaient de s'entendre
avec eux; ils lui auraient donné la Suisse et les
bords du Rhin: ainsi il blâma Mélanchton qui
essayait entre les catholiques et les protestans
une conciliation à peu près pareille à celle dont
s'occupa Bossuet avec Leibnitz: ainsi il condamna les paysans de la Souabe et les anabaptistes de Munster, beaucoup moins à cause des
désordres dont ils s'étaient rendus coupables,
que parce qu'ils ne voulaient pas se renfermer
dans le cercle par lui tracé. Un homme à grandes
conceptions, désirant changer la face du monde,

se serait élevé au-dessus de ses propres opinions ;
il n'aurait pas arrêté les esprits qui cherchaient
la destruction de ce que lui-même prétendait détruire. Luther fut le premier obstacle à la réformation de Luther.

Quant au caractère, le réformateur n'en man-
qua pas, mais après tout il ne fit point éclater ce
courage dominateur que montrèrent dans la religion catholique et dans l'hérésie tant de martyrs et d'enthousiastes ; il ne fut ni l'invincible
Arius, ni l'indomptable Jean Huss : il ne s'expose
qu'une fois, après laquelle il se tient à l'écart,
menace beaucoup de loin, s'écrie qu'il bravera
tout et ne brave rien. Il refuse d'aller à la diète
d'Augsbourg et demeure prudemment renfermé
dans la forteresse de Cobourg. Il dit souvent qu'il
est *seul*, qu'il va descendre de son Sinaï, de sa Sion,
et il y reste. Quand il disait cela, loin d'être *seul*,
il était derrière les ducs de Mecklembourg et de
Brunswick , derrière le Grand-maître de l'Ordre
Teutonique , derrière l'électeur de Saxe, le landgrave de Hesse ; il avait devant lui l'incendie par
lui-même allumé, et l'on ne pouvait plus l'atteindre à travers cette barricade de flammes.

Reconnaissons dans Luther un homme d'esprit et d'imagination, écrivain, poète, musicien,
et d'ailleurs très bon homme. Il a fixé la prose
allemande ; sa traduction de la Bible, infidèle

parce qu'il savait mal l'hébreu, est restée : on
chante encore dans les églises luthériennes ses
psaumes composés d'après les Saintes Ecritures.
Il était désintéressé, doux mari, père tendre,
abstraction faite du Moine et de la Nonne épousée. On sent en lui cette candide et simple nature
allemande, pleine des meilleurs sentimens de
l'humanité, et qui inspire la confiance au premier
abord; mais aussi on retrouve en Luther la
grossièreté germanique, ces vertus et ces talens, lesquels s'inspirent, encore même aujour-
d'hui, de ce *faux Bacchus* maudit par un autre
Réformateur, Julien l'Apostat.

Luther était de bonne foi; il ne tomba dans
le schisme qu'après de longs combats; il exprime
souvent ses doutes, presque ses remords; il
conserve les tentations du cloître. Un homme
léger qui se fait religieux pour avoir vu un de
ses amis tué d'un coup de foudre, peut bien
jeter le froc pour avoir assisté à la vente des Indulgences : il ne faut prêter à tout cela ni hautes
idées, ni vues profondes. C'était très sérieuse-
ment que Luther se croyait attaqué du diable;
il le combattait la nuit à la sueur de son front :
*Multas noctes mihi satis amarulentas et acerbas
reddere ille novit.* Quand il était trop tourmenté
du démon, il le mettait en fuite en lui disant trois
mots que je n'oserais répéter et qu'on peut lire

dans les curieux extraits de M. Michelet (1). Le
Christ avait parlé autrement à Satan; il s'était
contenté de lui dire : « Tu ne tenteras point le
« Seigneur ton Dieu. » Quelquefois Luther dans
son exaltation, se pensait envahi par la Divinité, se dépouillait de son moi et s'écriait : « Je
ne connais pas Luther : que le diable emporte
Luther! »

Luther ne composait pas son éloquence de
termes choisis, et à propos du Pape il se sou-
vient trop du Lama. Sa doctrine en faveur des
grands est aussi relâchée que son éloquence est
quelquefois souillée : il admit presque la polyga-
mie, et permit deux femmes au landgrave de
Hesse. S'il n'eût renoncé à l'autorité papale,
il aurait pu s'appuyer d'une décrétale de 762,
du pape Grégoire II.

(1) *Mémoires de Luther*, tome III, page 186, ligne 4.

On peut remarquer à l'honneur des écrivains catholiques et des prêtres, la justice qu'ils ont rendue à Luther dans les portraits qu'ils ont faits de lui.

« C'était un homme d'un esprit vif et subtil, « dit le père Mainbourg dans son style un peu « vieilli, naturellement éloquent, disert et poli « dans sa langue, infiniment laborieux, et si as- « sidu à l'étude, qu'il y passait quelquefois les « jours entiers, sans même se donner le loisir « de prendre un morceau : ce qui lui acquit une « assez grande connaissance des langues et des « Pères, à la lecture desquels, et surtout à celle « de saint Augustin, dont il fit un très mauvais « usage, il s'était fort attaché contre l'ordinaire « des théologiens de son temps. Il avait la com- « plexion forte et robuste pour durer au travail, « sans détriment de sa santé ; tempérament bi-

« lieux et sanguin , ayant l'œil pénétrant et tout
« de feu ; le ton de voix agréable, et fort élevé
« quand il était une fois échauffé ; l'air fier, intré-
« pide et hautain, qu'il savait pourtant radoucir,
« quand il voulait, pour contrefaire l'humble, le
« modeste et le mortifié, ce qui ne lui arrivait
« pas trop souvent... Voilà le véritable caractère
« de Martin Luther , dans lequel on peut dire
« qu'il y eut un grand mélange de quelques
« bonnes et de plusieurs mauvaises qualités, et
« qu'il fut bien plus débauché encore dans l'es-
« prit que dans les mœurs, et dans sa vie, laquelle
« il passa toujours assez régulière. »

Bossuet a fait de Luther un portrait, qu'on
pourrait croire flatté à force d'être impartial :

« Les deux partis qui partagent la réforme l'ont
« également reconnu pour leur auteur. Ce n'a
« pas été seulement les luthériens, ses sectateurs,
« qui lui ont donné à l'envi de grandes louanges ;
« Calvin admire souvent ses vertus, sa magna-
« nimité, sa constance, l'industrie incomparable
« qu'il a fait paraître contre le pape : c'est la
« trompette ou plutôt le tonnerre ; c'est la fou-
« dre qui a tiré le monde de sa léthargie ; ce n'é-
« tait pas Luther qui parlait, c'était Dieu qui
« foudroyait par sa bouche. Il est vrai qu'il eut

« de la force dans le génie, de la véhémence dans
« ses discours, une éloquence vive et impétueuse
« qui entraînait les peuples et les ravissait ; une
« hardiesse extraordinaire, quand il se vit soutenu
« et applaudi, avec un air d'autorité qui faisait
« trembler devant lui ses disciples ; de sorte
« qu'ils n'osaient le contredire ni dans les grandes
« choses ni dans les petites. Ce ne fut pas seule-
« ment le peuple qui regarda Luther comme un
« prophète, les doctes du parti le donnaient pour
« tel. Mélanchton, qui se rangea sous sa disci-
« pline dès le commencement de ces disputes,
« se laissa d'abord tellement persuader qu'il y
« avait en cet homme quelque chose d'extraor-
« dinaire et de prophétique, qu'il fut long-temps
« sans en pouvoir revenir, malgré tous les dé-
« fauts qu'il découvrait de jour en jour dans son
« maître, et il écrivait à Erasme, en parlant de
« Luther : *Vous savez qu'il faut éprouver et non*
« *pas mépriser les prophètes.* Cependant ce nou-
« veau prophète s'emportait à des excès inouis.
« Il outrait tout : parce que les prophètes, par
« l'ordre de Dieu, faisaient de terribles invectives,
« il devint le plus violent de tous les hommes
« et le plus fécond en paroles outrageuses. Lu-
« ther parlait de lui-même, de manière à faire
« rougir tous ses amis. Enflé de son savoir, mé-
« diocre au fond, mais grand pour le temps, et

« trop grand pour son salut et pour le repos de
« l'Eglise, il se mettait au-dessus de tous les
« hommes, et non-seulement de ceux de son
« siècle, mais des plus illustres siècles passés.
« Il faut avouer qu'il avait beaucoup de force
« dans l'esprit : rien ne lui manquait que la règle
« que l'on ne peut avoir que dans l'Eglise, et sous
« le joug d'une autorité légitime. Si Luther se
« fût tenu sous ce joug si nécessaire à toutes sor-
« tes d'esprits, et surtout aux esprits bouillans et
« impétueux comme le sien ; s'il eût pu retran-
« cher de ses discours ses emportemens, ses plai-
« santeries, ses arrogances brutales, ses excès, ou,
« pour mieux dire, ses extravagances, la force
« avec laquelle il manie la vérité n'aurait pas servi
« à la séduction. C'est pourquoi on le voit encore
« invincible, quand il traite les dogmes anciens
« qu'il avait pris dans le sein de l'Eglise ; mais
« l'orgueil suivait de près ses victoires. »

Le patriarche de l'incrédulité, Voltaire, a
traité Luther moins favorablement que le Jésuite Mainbourg et l'Evêque de Meaux.

« On ne peut, dit-il, sans rire de pitié, lire la
« manière dont Luther traite tous ses adversaires
« et surtout le pape : Petit pape, petit papelin,
« vous êtes un âne, un ânon ; allez doucement,

« il fait glacé; vous vous rompriez les jambes, et
« on dirait : Que diable est ceci ? le petit ânon
« de papelin est estropié. Un âne sait qu'il est
« âne, une pierre sait qu'elle est pierre; mais
« ces petits ânons de papes ne savent pas qu'ils
« sont ânons. »

Ces moqueries de Voltaire sont justes, mais
elles ne comptent pas.

CE QU'IL FAUT PENSER DE LUTHER.

Le mouvement que Luther opéra ne vint point de son génie : il n'avait point de génie; il faut se souvenir que le mot de génie au temps de Bossuet ne signifiait pas ce qu'il signifie aujourd'hui. Luther, je l'ai dit, avait seulement beaucoup d'esprit et surtout beaucoup d'imagination. Il céda à l'irascibilité de son caractère, sans comprendre la révolution qu'il opérait, et laquelle même il entrava en s'obstinant à la concentrer dans sa personne : il eût échoué comme tous ses prédécesseurs, si la dépouille du clergé ne se fût trouvée là pour tenter la cupidité du pouvoir.

Après l'évènement on a systématisé la Réformation ; le caractère de notre siècle est de systématiser tout, sottise, lâcheté, crime : on fait honneur à la *pensée* de bassesses ou de forfaits auxquels elle n'a pas songé, et qui n'ont été produits que par un instinct vil ou un dérèglement brutal: on prétend trouver du génie dans l'appétit d'un tigre. De là ces phrases d'apparat, ces maximes d'échafaud, qui veulent être profondes, qui, passant de l'histoire ou du roman au langage vulgaire, entrent dans le commerce des crimes au rabais, des assassins pour une timbale d'argent, ou pour la vieille robe d'une pauvre femme.

On a prétendu que le libre examen fut le principe constitutif de la Réformation. Il faudrait d'abord s'entendre sur ce qu'on appelle le *libre examen*: le libre examen de quoi? de la religion, des idées philosophiques? il y avait long-temps que l'on en avait usé. Le *libre examen* des questions sociales, de la liberté politique? Non certes! et c'est ce que je montrerai dans le chapitre suivant.

Il est même douteux que le *libre examen* en religion, ait hâté cette révolution anti-chrétienne qui est au fond de la pensée de ceux dont le *libre examen* est la doctrine favorite. Bayle, qui ne sera pas suspect en cette matière, fait cette observation pleine de profondeur et de sagacité: « On peut assurer que le nombre des esprits « tièdes, indifférens, dégoûtés du christianisme, « diminua beaucoup plus qu'il n'augmenta par « les troubles qui agitèrent l'Europe à l'occasion « de Luther. Chacun prit parti avec chaleur : « les uns demeurèrent dans la communion ro-

« maine, les autres embrassèrent la protestante.
« Les premiers conçurent pour leur communion
« plus de zèle qu'ils n'en avaient, les autres
« furent tout de feu pour leur nouvelle créance.
« On ne saurait nombrer ces personnes qui, au
« dire de Coeffeteau, rejetaient le christianisme à
« la vue de tant de disputes. »

Si l'on dit que, dans un temps donné, le *libre
examen* de la *vérité religieuse* entraîna comme
déduction, comme corollaire, le *libre examen de
la vérité politique*; si l'on dit avec Voltaire, *que
ce n'est qu'après Luther que les séculiers ont
dogmatisé*; j'en conviendrai : mais on fût arrivé
là par le progrès naturel de la civilisation : on
n'avait nullement besoin de passer à travers les
fureurs de la Ligue, les massacres de l'Irlande et
de l'Ecosse, les tueries des paysans de l'Allemagne,
les guerres civiles de la Suisse et la guerre de Trente
ans. Ces torrens de sang au lieu de précipiter
la marche de l'esprit humain, l'ont arrêté deux
cents siècles sur leurs bords et l'ont empêché
d'avancer : les horreurs de 1793 retarderont pour
des temps infinis l'émancipation des peuples.
La Réformation eut tout simplement pour origine l'orgueil colère d'un moine et l'avidité des
princes : les changemens opérés depuis un siècle
avant la Réformation, dans les lois et dans les
mœurs, amenaient de nécessité des changemens

dans le culte; Luther vint en son temps, voilà
tout. C'est un exemple de plus de cette renommée des choses et du hasard, qui s'attache à des
capacités peu supérieures. Bayle encore fait cette
autreremarque judicieuse : « Wicleff et plusicurs
« autres . . . . . n'avaient pas moins d'habileté
« ni moins de mérite que Luther; mais ils entre-
« prirent la guérison de la maladie avant la
« crise. »

Berington dans son *Histoire littéraire*, juge
comme moi, que l'on fût arrivé à toutes les réformes nécessaires sans être obligé de passer par
tant de malheurs. « Dans l'Angleterre, ma patrie,
« dit-il, ces nobles édifices qui étaient les monu-
« mens de la généreuse piété de nos ancêtres,
« auraient été préservés de la destruction et se-
« raient devenus, non l'asile de la fainéantise mo-
« nacale, mais celui du loisir studieux, du mérite
« modeste et de la philosophie chrétienne. »

Le protestantisme peut, à bon droit, revendi-
quer des vertus, il n'est pas aussi heureux dans
ses fondateurs : Luther, moine apostat approba-
teur du massacre des paysans; Calvin, docteur
aigre qui brûla Servet; Henri VIII, réviseur du
Missel et qui fit périr soixante-douze mille
hommes dans les supplices; voilà ses trois Christ.

Mais laissant à part l'Ouvrier, et ne considérant que l'Œuvre, il est des vérités qu'il serait injuste de nier. La Réformation, en ouvrant les siècles modernes, les sépara du siècle limitrophe et indéterminé qui suivit la disparition du Moyen-âge : elle réveilla les idées de l'antique égalité; elle servit à métamorphoser une société toute militaire en une société rationnelle, civile et industrielle; elle fit naître la propriété moderne des capitaux, propriété mobile, progressive, sans bornes, qui combat la propriété bornée, fixe et despotique de la terre. Ce bien est immense : il a été mêlé de beaucoup de mal, et ce mal l'impartialité historique ne permet pas de le taire.

Le christianisme commença chez les hommes par les classes plébéiennes, pauvres et ignorantes. Jésus-Christ appela les petits, et ils allèrent à leur maître. La foi monta peu à peu dans les hauts rangs, et s'assit enfin sur le trône impérial. Le christianisme était alors Catholique ou uni-

versel; la religion, dite catholique, partit d'en
bas pour arriver aux sommités sociales : la Papauté n'était que le Tribunat des peuples, lorsque
l'*âge politique* du christianisme arriva.

Le Protestantisme suivit une route opposée :
il s'introduisit par la tête du corps politique,
par les princes et les nobles, par les prêtres et les
magistrats, par les savans et les gens de lettres,
et il descendit lentement dans les conditions in-
férieures; les deux empreintes de ces deux ori-
gines sont restées distinctes dans les deux Communions.

La Communion Réformée n'a jamais été aussi
populaire que le culte catholique; de race prin-
cière et patricienne, elle ne sympathise pas avec
la foule. Equitable et moral, le Protestantisme
est exact dans ses devoirs, mais sa bonté tient
plus de la raison que de la tendresse : il vêtit celui
qui est nu, mais il ne le réchauffe pas dans son
sein; il ouvre des asiles à la misère, mais il ne
vit pas et ne pleure pas avec elle dans ses réduits
les plus abjects; il soulage l'infortune, mais il
n'y compatit pas. Le moine et le curé sont les
compagnons du pauvre ; pauvres comme lui, ils
ont pour leurs compagnons les entrailles de
Jésus-Christ : les haillons, la paille, les plaies,
les cachots, ne leur inspirent ni dégoût ni répu-
gnance; la charité en a parfumé l'indigence et le

malheur. Le Prêtre catholique est le successeur
des douze hommes du peuple qui prêchèrent
Jésus-Christ ressuscité ; il bénit le corps du men-
diant expiré, comme la dépouille sacrée d'un
être aimé de Dieu et ressuscité à l'éternelle vie.
Le Pasteur protestant abandonne le nécessiteux
sur son lit de mort ; pour lui, les tombeaux ne
sont point une religion, car il ne croit pas à ces
lieux expiatoires où les prières d'un ami vont dé-
livrer une ame souffrante. Dans ce monde, le ministre ne se précipite point au milieu du feu, de
la peste ; il garde pour sa famille particulière ces
soins affectueux que le Prêtre de Rome prodigue
à la grande famille humaine.

Sous le rapport religieux, la Réformation conduit insensiblement à l'indifférence ou à l'absence
complète de foi : la raison en est que l'indépendance de l'esprit aboutit à deux abîmes : le doute
ou l'incrédulité.

Et par une réaction naturelle, la Réformation,
à sa naissance, ressuscita le fanatisme catholique
qui s'éteignait : elle pourrait donc être accusée
d'avoir été la cause indirecte des meurtres de la
Saint-Barthélemy, des fureurs de la Ligue, de
l'assassinat de Henri IV, des massacres d'Irlande,
de la Révocation de l'édit de Nantes, et des Dra-
gonnades. Le Protestantisme criait à l'intolérance
de Rome, tout en égorgeant les catholiques en

Angleterre et en France, en jetant au vent les
cendres des morts, en allumant les bûchers à
Genève, en se souillant des violences de Munster,
en dictant les lois atroces qui ont accablé les Irlandais, à peine aujourd'hui délivrés après trois siècles d'oppression. Que prétendait la Réformation
relativement au dogme et à la discipline ? Elle
pensait bien raisonner en niant quelques mystères de la foi catholique, en même temps qu'elle
en retenait d'autres tout aussi difficiles à comprendre. Elle attaquait les abus de la cour de
Rome? Mais ces abus ne se seraient-ils pas dé-
truits par le progrès de la civilisation? Ne s'éle-
vait-on pas de toutes parts et depuis long-temps
contre ces abus, comme je viens de le montrer?

La Réformation, pénétrée de l'esprit de son
fondateur, se déclara ennemie des arts; elle sac-
cagea les tombeaux, les églises et les monumens;
elle fit en France et en Angleterre des monceaux
de ruines. En retranchant l'imagination des fa-
cultés de l'homme, elle coupa les ailes au génie
et le mit à pied. Elle éclata au sujet de quelques
aumônes destinées à élever au monde chrétien
la basilique de Saint-Pierre. Les Grecs auraient-
ils refusé les secours demandés à leur piété,
pour bâtir un temple à Minerve?

Si la Réformation, à son origine, eût obtenu

un plein succès, elle aurait établi, du moins
pendant quelque temps, une autre espèce de
barbarie : traitant de superstition la pompe des
autels, d'idolâtrie les chefs-d'œuvre de la sculp-
ture, de l'architecture et de la peinture, elle
tendait à faire disparaître la haute éloquence et
la grande poésie, à détériorer le goût par la ré-
pudiation des modèles, à introduire quelque
chose de froid, de sec, de doctrinaire, de poin-
tilleux dans l'esprit ; à substituer une société
guindée et toute matérielle, à une société aisée
et toute intellectuelle, à mettre les machines et
le mouvement d'une roue en place des mains et
d'une opération mentale. Ces vérités se confir-
ment par l'observation d'un fait.

Dans les diverses branches de la Religion réformée, cette Communion s'est plus ou moins rap-
prochée du beau, selon qu'elle s'est plus ou moins
éloignée de la religion catholique. En Angleterre
où la hiérarchie ecclésiastique s'est maintenue,
les lettres ont eu leur siècle classique. Le luthéranisme conserve des étincelles d'imagination
que cherche à éteindre le calvinisme, et ainsi de
suite en descendant jusqu'au quaker qui voudrait réduire la vie sociale à la grossièreté des
manières et à la pratique des métiers.

Shakespeare, selon toutes les probabilités, s'il
était quelque chose, était catholique ; Pope et

Dryden le furent; Milton a imité quelques parties
des poèmes de saint Avite et de Masenius; Klopstock a emprunté la plupart des croyances ro-
maines. De nos jours, en Allemagne, la haute
imagination ne s'est manifestée que quand l'esprit du Protestantisme s'est affaibli et dénaturé :
les Goethe et les Schiller ont montré leur génie en
traitant des sujets catholiques. Rousseau et madame de Staël, en France, font une brillante exception à la règle; mais étaient-ils Protestans à
la manière des premiers disciples de Calvin?
C'est à Rome que les peintres, les architectes et
les sculpteurs des cultes dissidens, viennent aujourd'hui chercher des inspirations que la tolérance universelle leur permet de recueillir.

L'Europe, que dis-je? le monde est couvert
de monumens de la Religion Catholique. On lui
doit cette architecture gothique qui rivalise par
les détails et qui efface en grandeur les monumens de la Grèce. Il y a plus de trois cents ans que
le Protestantisme est né; il est puissant en Angleterre, en Allemagne, en Amérique; il est pratiqué
de plusieurs millions d'hommes. Qu'a-t-il élevé?
il vous montrera les ruines qu'il a faites, au milieu
desquelles il a planté quelques jardins, ou établi
quelques manufactures. Rebelle à l'autorité des
traditions, à l'expérience des âges, à l'antique sa-
gesse des vieillards, le Protestantisme se détacha

du passé et planta une société sans racines.
Avouant pour père un moine allemand du xvi^e
siècle, le réformé renonça à la magnifique généa-
logie qui fait remonter le catholique, par une
suite de saints et de grands hommes, jusqu'à
Jésus-Christ, de là jusqu'aux patriarches et au
berceau de l'univers. Le siècle protestant dénia
à sa première apparition toute parenté avec le
siècle de ce Léon, protecteur du monde civilisé
contre Attila, et avec le siècle de cet autre Léon
qui mettant fin au monde Barbare, embellit la
société lorsqu'il n'était plus nécessaire de la défendre.

Si la Réformation rétrécissait le génie dans
l'éloquence, la poésie et les arts, elle comprimait
les grands cœurs à la guerre; l'héroïsme est l'imagination dans l'ordre militaire. Le Catholicisme
avait produit les chevaliers; le Protestantisme
fit des capitaines, braves et vertueux comme
La Noue, mais sans élan (Falkland excepté),
souvent cruels à froid et austères moins de
mœurs que d'esprit : les Châtillon furent toujours effacés par les Guise. Le seul guerrier de
mouvement et de vie que les protestans comp-
tassent parmi eux, Henry IV, leur échappa. La
Réformation ébaucha Gustave-Adolphe, Charles XII et Frédéric; elle n'aurait pas fait Bona-
parte, de même qu'elle avorta de Tillotson et du

ministre Claude, et n'enfanta ni Fénelon ni Bossuet, de même qu'elle éleva Inigo Jones et Web, et ne créa point Raphaël et Michel-Ange.

On a écrit que le Protestantisme avait été favorable à la liberté politique; qu'il avait émancipé les nations : les faits parlent-ils comme les écrivains ?

Il est certain qu'à sa naissance la Réformation fut républicaine, mais dans le sens aristocratique, parce que ses premiers disciples furent des gentilshommes. Les calvinistes rêvèrent pour la France une espèce de gouvernement à principautés fédérales, qui l'auraient fait ressembler à l'empire germanique : chose étrange ! on aurait vu renaître la féodalité par le Protestantisme. Les nobles se précipitèrent par instinct dans ce culte nouveau, et à travers lequel s'exhalait jusqu'à eux une sorte de réminiscence de leur pouvoir évanoui. Mais cette première ferveur passée, les peuples ne recueillirent du Protestantisme aucune liberté politique.

Jetez les yeux sur le nord de l'Europe, dans les pays où la Réformation est née, où elle s'est maintenue, vous verrez partout l'unique volonté d'un maître : la Prusse, la Saxe, sont restées sous la monarchie absolue; le Danemarck était devenu un despotisme légal.

Le protestantisme échoua dans les pays républicains; il ne pénétra point dans la monarchie élective et républicaine de Pologne; il ne put envahir Gênes ; à peine obtint-il à Venise et à Ferrare une petite église clandestine qui mourut : les arts et le beau soleil du midi lui étaient mortels.

En Suisse, il ne réussit que dans les cantons aristocratiques, analogues à sa nature, et encore avec une grande effusion de sang. Les cantons populaires ou démocratiques, Schwitz, Ury et Underwald, berceau de la liberté helvétique, le repoussèrent.

En Angleterre, il n'a point été le véhicule de la constitution, formée bien avant le xvie siècle dans le giron de la foi catholique. Quand la Grande-Bretagne se sépara de la cour de Rome, le parlement avait déjà jugé et déposé des rois; les trois pouvoirs étaient distincts; l'impôt et l'armée ne se levaient que du consentement des communes et des lords ; la monarchie représentative était trouvée et marchait : le temps, la civilisation, les lumières croissantes, y auraient ajouté les ressorts qui lui manquaient encore, tout aussi bien sous l'influence du culte catholique que sous l'empire du culte protestant Le peuple anglais fut si loin d'obtenir une extension de ses libertés par le renversement de la religion de ses pères, que jamais le sénat de Tibère ne fut plus vil que le parlement de Henri VIII :

ce parlement alla jusqu'à décréter que la seule
volonté du tyran, fondateur de l'Église anglicane, avait force de loi. L'Angleterre fut-elle
plus libre sous le sceptre d'Élisabeth que sous
celui de Marie? La vérité est que le Protestantisme n'a rien changé aux institutions : là où il
a trouvé une monarchie représentative ou des
républiques aristocratiques, comme en Angleterre et en Suisse, il les a adoptées ; là où il a rencontré des gouvernemens militaires, comme
dans le nord de l'Europe, il s'en est accommodé,
et les a même rendus plus absolus.

Si les colonies anglaises ont formé la république plébéienne des États-Unis, elles n'ont point
dû leur émancipation au Protestantisme ; ce ne
sont point des guerres religieuses qui les ont
délivrées ; elles se sont révoltées contre l'oppression de la mère-patrie, protestante comme elles.
Le Maryland, Etat catholique et très peuplé, fit
cause commune avec les autres États, et aujour-
d'hui la plupart des États de l'Ouest sont catholiques : les progrès de cette Communion dans ce
pays, passent toute croyance, parce qu'elle s'y
est rajeunie dans son élément évangélique, la liberté populaire, tandis que les autres communions y meurent dans une indifférence profonde.

Enfin, auprès de cette grande république des
colonies anglaises protestantes, viennent de s'é-

lever les grandes républiques des colonies espagnoles catholiques : certes celles-ci, pour arriver à l'indépendance, ont eu bien d'autres obstacles à surmonter que les colonies anglo-américaines nourries au gouvernement représentatif, avant d'avoir rompu le faible lien qui les attachait au sein maternel.

Une seule république s'est formée en Europe à l'aide du protestantisme, la république hollandaise; mais la Hollande appartenait à ces communes industriélles des Pays-Bas qui, pendant plus de quatre siècles, luttèrent pour secouer le joug de leurs princes, et s'administrèrent en forme de républiques municipales, toutes zélées catholiques qu'elles étaient. Philippe II et les princes de la maison d'Autriche ne purent étouffer, dans la Belgique, cet esprit d'indépendance; et ce sont des prêtres catholiques qui l'ont rendue un moment, aujourd'hui même, à l'état républicain.

Une branche du luthéranisme a seule été politique, la branche Calviniste avec ses rameaux divers, en allant de l'anabaptiste au socinien; néanmoins cette branche n'a dans le fait rien produit pour la liberté populaire. En France, le Calvinisme eut pour disciples des prêtres et des nobles. Si Knox et Buchanan, en Écosse, prêchèrent la souveraineté du peuple, le jésuite Mariana, la

Boëtie et Bodin répandirent les mêmes doctrines parmi les catholiques. On verra que Milton, ennemi de ces rois protestans qu'il ne put cependant empêcher de remonter sur le trône, était aussi partisan de la *république aristocratique* et grand adversaire de l'égalité et de la démocratie.

Concluons de l'étroite investigation des faits, que le Protestantisme n'a point affranchi les peuples : il a apporté aux hommes la liberté philosophique, non la liberté politique ; or la première liberté n'a conquis nulle part la seconde, si ce n'est en France, vraie patrie de la catholicité. Comment arrive-t-il que l'Allemagne, très philosophique de sa nature, et déjà armée du Protestantisme, n'ait pas fait un pas vers la liberté politique dans le xviiie siècle, tandis que la France, très peu philosophique de tempérament, et sous le joug du Catholicisme, a gagné dans le même siècle toutes ses libertés ?

Descartes, fondateur du doute raisonné, auteur de la *Méthode* et des *Méditations*, destructeur du dogmatisme scolastique ; Descartes qui soutenait que, pour atteindre à la vérité, il fallait se défaire de toutes les opinions reçues ; Descartes fut toléré à Rome, pensionné du cardinal Mazarin, et persécuté par les théologiens de la Hollande.

L'homme de théorie méprise souverainement
la pratique : de la hauteur de sa doctrine, jugeant
les choses et les peuples, méditant sur les lois générales de la société, portant la hardiesse de ses
recherches jusque dans les mystères de la nature
divine, il se sent et se croit indépendant, parce
qu'il n'a que le corps d'enchaîné. Penser tout et
ne faire rien, c'est à la fois le caractère et la vertu
du génie philosophique : ce génie désire le bonheur du genre humain ; le spectacle de la liberté
le charme, mais peu lui importe de le voir par
les fenêtres d'une prison. Comme Socrate, le Protestantisme a été un Accoucheur d'esprits ; malheureusement les Intelligences qu'il a mises au
jour, n'ont été jusqu'ici que de belles Esclaves.

Au surplus, la plupart de ces réflexions sur la
religion Réformée ne se doivent appliquer qu'au
passé : aujourd'hui les protestans, pas plus que les
catholiques, ne sont ce qu'ils ont été ; les premiers
même ont gagné en imagination, en poésie, en
éloquence, en raison, en liberté, en vraie piété,
ce que les seconds ont perdu. Les antipathies entre les diverses Communions n'existent plus ; les
enfans du Christ, de quelque lignée qu'ils pro-
viennent, se sont resserrés au pied du Calvaire,
souche commune de la famille. Les désordres et
l'ambition de la cour romaine ont cessé ; il n'est
plus resté au Vatican que la vertu des premiers

évêques, la protection des arts et la majesté des
souvenirs. Tout tend à recomposer l'unité catholique; avec quelques concessions de part et
d'autre, l'accord serait bientôt fait. Pour jeter
un nouvel éclat, le christianisme n'attend qu'un
génie supérieur venu à son heure et dans sa place.
La religion chrétienne entre dans une ère nouvelle; comme les institutions et les mœurs, elle
subit la troisième transformation; elle cesse
d'être politique selon le vieil artifice social; elle
marche au grand principe de l'Évangile, l'égalité
démocratique naturelle devant les hommes,
comme elle l'avait déjà reconnue devant Dieu;
elle devient philosophique, sans cesser d'être divine; son cercle flexible s'étend avec les lumières
et les libertés, tandis que la Croix marque à jamais son centre immobile.

COMMENCEMENT DE LA LITTÉRATURE PROTESTANTE.

KNOX. BUCHANAN.

Quand une fois une route est ouverte, il ne manque pas d'hommes qui s'y viennent précipiter; Henri VIII suivit bientôt Luther: en établissant la plus rude des tyrannies religieuses et politiques, il montra combien la Réformation était favorable à l'indépendance des opinions et à la liberté.

Bien que je vienne d'avancer que le beau subsista de préférence dans les lettres là où les auteurs se rapprochèrent davantage du génie de l'Église romaine, il faut convenir toutefois que le changement de religion n'apporta pas une altération immédiate dans la littérature anglaise: pourquoi? parce que la Réformation eut lieu avant que la langue fût sortie de la barbarie:

tous les grands écrivains parurent après le règne
de Henri VIII.

Mais si les innovations dans le culte, en raison
de l'époque où elles furent introduites, n'éta-
blirent pas une ligne de démarcation très visible
dans l'échelle ascendante de la littérature, elles
en tracèrent une très profonde dans l'échelle
descendante. La littérature en Europe fut coupée
en deux par la Réformation ; chaque part forma
une littérature rivale et souvent ennemie l'une
de l'autre.

Ce serait le sujet d'un ouvrage utile pour le
goût, curieux pour la critique, philosophique
pour l'histoire de l'esprit humain, que l'examen
et la comparaison de la littérature Catholique et
de la littérature Protestante, depuis la division
des idées par le schisme : Les lettres en Angleterre, en Écosse, en Allemagne, en Hollande,
dans la France Calviniste, ne sont ni les Lettres
dans la France restée fidèle à ses autels, ni les
Lettres en l'Espagne, et en l'Italie. Qu'auraient été
Milton, Adisson, Hume, Robertson, catholiques ?
Que seraient devenus Racine, Bossuet, Massillon,
Bourdaloue, protestans ? Ces deux littératures
opposées ont agi et réagi l'une sur l'autre. L'éloquence de la chaire, par exemple, a changé
de route depuis la Réformation : les Pasteurs
ont prêché la morale, les Prêtres, le dogme ;

ces derniers ne parurent plus occupés qu'à se défendre, pressés entre Luther qui les poursuivait, et Voltaire qui s'avançait au devant d'eux. Les Protestans allèrent trop loin; les Catholiques restèrent trop en arrière.

La politique et la philosophie envahirent la littérature de la Réformation; cette littérature devint raide et raisonneuse. Knox, prêtre écossais, apostat, qui fit pleurer l'infortunée Marie Stuart par son menaçant fanatisme, qui publia *le premier son de la trompette contre le gouvernement des femmes*, qui établit le dogme de la souveraineté du peuple en matière religieuse et politique: *plebis est religionem reformare, principes ob justas causas deponi possunt*, etc. L'évêque de Luçon, depuis cardinal de Richelieu, réfuta les principes de Knox dans un ouvrage de controverse : « Les vostres, dit-il, ont escrit que « par droict divin et humain, il est permis de « tuer les roys impies, que c'est chose conforme « à la parole de Dieu, qu'un homme privé par « spécial instinct peut tuer un tyran, doctrine « détestable en tout poinct, qui n'entrera jamais « en la pensée de l'Église catholique. »

Buchanan développa les mêmes principes que Knox dans son Traité *de Jure regni apud Scotos ;* Knox et Buchanan vivaient au commencement de la Réformation; ils étaient liés avec Calvin et

Théodore de Beze; tous deux contemporains de Henri VIII, avaient écrit comme catholiques avant d'écrire comme protestans. — Knox fut *prêtre*, Buchanan *précepteur domestique* de Montaigne : on peut voir, dans les écrits en prose du premier et dans les poésies du second, comment les doctrines nouvelles avaient modifié leur génie.

On pourrait étudier, dans les propres ouvrages de Henri VIII, la même métamorphose du style et des idées. Il y avait loin de « l'Instruction du chrétien » (*Institution of a christian man*) ; « de la Science du chrétien » (*Erudition of a christian man*), à l'*Assertio septem sacramentorum;* traité, dit Hume, qui ne fait pas tort à sa capacité (de Henri VIII), « *which does no' discredit to his capacity.* » L'apôtre-roi, dans son impartialité, faisait brûler ensemble un luthérien et un catholique.

Nous avons vu comment la colère de Luther fut provoquée par l'ouvrage de Henri VIII. On ne sait guère aujourd'hui que l'*Assertio* eut une multitude d'éditions : publiée en 1521, on la trouve encore réimprimée quarante ans après, à Paris, en 1562. Elle est précédée d'une dédicace de l'*invincible* Henri au pape Léon X. Henri prie Sa Sainteté de l'excuser d'avoir, tout jeune qu'il est (lui, Henri), au milieu de l'occupation des armes, et des soins divers du trône, osé défendre la religion; 'mais il n'a pu voir attaquer les choses saintes, l'hérésie déborder de toutes parts sans en être indigné : il envoie son travail au vrai juge, afin qu'il le corrige s'il y trouve des erreurs.

Le doux et benin roi s'adresse ensuite aux lecteurs; il leur déclare que sans Éloquence et sans Savoir, seulement excité par la fidélité et la piété envers sa mère, l'Église, épouse du Christ, il vient combattre pour elle; il leur demande si jamais une pareille peste (la doctrine luthérienne) s'est répandue parmi le troupeau du Seigneur; si jamais serpent eut un poison pareil à celui que distille le livre de la *Captivité de Babylone?*

De là, entrant en matière, il dit un mot des Indulgences et soutient la croyance du Purgatoire. Il met Luther en opposition avec lui-même et affirme qu'il falsifie le Nouveau Testament; il établit par l'autorité des canons et par la tradition historique, le pouvoir universel de la papauté; il argumente en faveur des sept sacremens. Quant à l'Eucharistie il répond à l'objection contre l'*eau*, que si l'Église catholique mêle l'eau au vin dans le calice, c'est que du côté

du Christ mourant il sortit du sang et de l'eau,
*quia aqua cum sanguine de latere morientis
effluxit.* Il invite enfin, dans sa péroraison, tous
les chrétiens à se réunir contre Luther, comme
ils se réuniraient contre les Turcs, les Sarrasins
et tous les Infidèles, *adversus Turcas, adversus
Saracenos, adversus quicquid est uspiam infi-
delium consisterint.*

Le docteur Martin se fâcha et outragea le
docteur Henri. Henri en écrivit à son cousin le
duc de Saxe. Celui-ci prêcha Luther, et le moine
consentit à adresser au roi une lettre plus mo-
dérée. Elle est datée de Wittemberg, le 1er sep-
sembre 1525 : à entendre le Réformateur repentant, il ne s'est pas emporté contre le Souverain,
mais contre des misérables qui ont osé mettre
un libelle sous le nom d'un auguste monarque.
Il espère que le Roi voudra bien lui faire une
réponse clémente et bénigne : « de ta majesté
« royale, le très soumis Martin Luther, signé de
« ma propre main. »

Dans sa réplique, Henri s'excuse de n'avoir pas
répondu plus tôt; la lettre de Luther ne lui est
pas arrivée directement; elle s'est égarée en
chemin : il dit ensuite au nouvel apôtre que ses
erreurs sont honteuses et ses hérésies insensées;
que son érudition et ses raisonnemens, ni ap-
puyés, ni soutenus, prouvent une impudence

obstinée : « Si tu as une véritable repentance,
« Luther, ce n'est pas à mes pieds qu'il faut te
« prosterner; mais aux pieds de Dieu. »

Le roi qui fut le mari de six femmes, qui envoya deux reines à l'échafaud, qui chassa les religieuses et les moines de leurs couvens, qui
fonda une église où le clergé se marie, où les
vœux monastiques sont abolis, crie à Luther :
« Rends au cloître la chétive femme (*muliercula*),
« épouse adultère du Christ, avec laquelle tu vis
« sous le nom d'époux dans une très scélérate
« débauche et une double damnation. Passe le
« reste de tes jours dans les larmes et les gémis-
« semens pour la foule de tes péchés; retourne
« à ton monastère : là tu pourras rétracter tes
« erreurs, et, par le salut de ton ame, racheter
« les périls de ton corps. Là, gémissant sur tes
« hérésies pestilentielles, sur tes erreurs dissolues,
« implore la miséricorde divine, non avec une
« confiance arrogante, un geste, un verbe, un
« esprit publicains, mais avec une pénitence
« assidue. Change-toi; amende-toi : jusque là je
« serai contristé; toi tu seras perdu, et par toi,
« malheureux, une multitude périra. »

Afin qu'il ne manquât rien à cette scène,
Léon X décerna à Henri VIII le titre de *défenseur
de la foi*, porté par les rois protestans d'Angleterre presque jusqu'à nos jours. On voyait au

Vatican une harpe qu'un *chieftain* d'Irlande avait jadis fait passer au Saint-Siége, en signe de vassalité : Léon X la renvoya au *défenseur de la foi*, pour inféoder l'Irlande à la couronne britannique. L'Irlande ne devait pas se tenir offensée d'être donnée comme une harpe lorsque l'investiture de Rome elle-même se faisait par un camail, *prefecturæ Romanæ investitura fiebat per mantum*. (Décret. Innoc. III. liv. I.) Si Henri VIII avait mis la main sur Luther, il y aurait eu un Réformateur de moins en Europe.

N'oublions pas que tandis que Henri VIII était déclaré *défenseur de la foi* par la cour de Rome, Luther était élu *Pape* dans une des chapelles du Vatican, par les soldats Luthériens du catholique Charles-Quint.

L'histoire présente des spectacles bien divers : en offre-t-elle un plus extraordinaire que celui de la querelle de Luther et de Henri VIII, quand on songe à ce que furent ces deux Champions et à la révolution qu'ils ont produite? Voilà les Instituteurs des peuples, les Anachorètes du rocher, les austères enfans des doctes déserts d'une nouvelle Thébaïde, auxquels des hommes de raison, de lumière, de vertu, de liberté, ont soumis leur conscience et leur génie! Qui mène donc le genre humain?

Henri VIII était auteur en vers comme il l'était en prose : il jouait de la flûte et de l'épinette ; il mit en musique des ballades pour sa cour, des messes pour sa chapelle : il reste de lui un motet, une antienne et beaucoup d'échafauds. N'était-ce pas un Troubadour d'une grande imagination que cet homme, lequel se servit d'une statue de bois de la Vierge pour matière du bûcher de l'ancien confesseur de Catherine d'Aragon ; que cet homme qui manda à son tribunal le cadavre de saint Thomas de Cantorbery, le jugea, le condamna à mort, malgré la maxime de droit, *non bis in idem ;* qui fit lier des fagots sur le dos de cinq anabaptistes hollandais, et se donna le joyeux spectacle de cinq autodafé errans? Il eut un jour un beau sujet de sonnet romantique : du haut d'une colline solitaire du parc de Richemont, il épia la nouvelle du supplice d'Anne Boleyn ; il tressaillit d'aise au signal parti de la Tour de Londres. Quelle volupté! le fer avait tranché le cou délicat, ensanglanté les beaux cheveux auxquels le roi poète avait attaché ses fatales caresses.

Sous Henri VIII nous trouvons Surrey et Thomas More. Le comte de Surrey détacha la poésie anglaise des formes du Moyen-âge; il acheva de la jeter dans le cadre italien, en composant des sonnets, à la manière de Pétrarque, pour Géraldine. On a cru que Géraldine *avait été* Élizabeth Fitz-Gérald; d'autres la font fille de lord Cildair : toujours ces femmes belles et aimées *ont été ;* elles ne sont plus. Surrey, se trouvant à Florence, envoya un cartel de défi à tout chrétien, juif, maure, turc et cannibale, soutenant, lui Surrey, envers et contre tous, l'incomparable beauté de Géraldine : Pétrarque soupirait pour Laure et ne se battait pas. Les Anglais promenaient alors leur chevalerie et leurs passions sur ces ruines, où ils traînent aujourd'hui leurs modes et leur ennui.

Revenu à Londres, Surrey fut d'abord enfermé dans le château de Windsor par l'orthodoxe Henri VIII; le comte était accusé d'avoir fait gras en carême :

> Here noble Surrey felt the sacred rage.
>
> (Pope.)

La dernière victime du premier roi protestant

de la Grande-Bretagne fut le noble amant de
Géraldine : le prince Réformateur prouva l'atta-
chement qu'il portait aux Lettres, en livrant à la
hache du bourreau Thomas More, et le Poète
qui commence la série des poètes anglais modernes. On montre à la Tour de Londres les épées
qui abattirent des têtes illustres : un morceau de
fer survit au moule qui renfermait la puissance
ou le génie.

Surrey, dans la traduction de quelques passages de *l'Énéide* inventa le vers blanc, que
Milton et Thomson adoptèrent, que lord Byron
a rejeté.

Thomas More, en latin *Morus*, était, comme
son bon roi, poète et prosateur. La plupart de
ses ouvrages sont écrits en latin. La tête du chan-
celier fut exposée pendant quatorze jours sur le
pont de Londres. Henri VIII, dans sa clémence,
avait commué la peine de la potence, prononcée
contre l'auteur de l'*Utopie*, en celle de la décapi-
tation, à quoi le magistrat lettré répondit : « Dieu
« préserve mes amis de la même faveur ! »

A cette époque, dans un espace d'environ
vingt-cinq années, la prose fut moins heureuse
que la poésie. Il est difficile de lire avec quelque
profit, ou quelque plaisir, Wolsey, Crammer,
Habington, Drummond et Joseph Hall, le prédicateur.

ÉDOUARD VI ET MARIE.

Édouard VI et la reine Marie, qui succédèrent à Henri VIII et précédèrent Élisabeth, sont aussi comptés au nombre des auteurs dans la Grande-Bretagne. Le jeune roi mort à seize ans, élevé par deux savans de cette époque, John Cheke et Antony Cooke, et enseigné par Cardan, laissa un journal écrit de sa main et utile à l'histoire. Tenu à l'écart et comme exilé dans sa jeunesse, Édouard jouissait des loisirs que d'autres princes ont trouvés dans le bannissement en terre étrangère.

Édouard était zélé réformateur et sa sœur Marie fut violente catholique : elle ramena de force la nation à la communion romaine. Gardiner et tant d'autres, qui avaient brûlé les catholiques pour la Réformation, brûlèrent pour le catholicisme les protestans qu'eux-mêmes avaient faits : on voit ainsi, dans les révolutions, de vieux hommes fidèles à tous les Pouvoirs, ranimer leur carcasse pour radoter leur bassesse. Les Communes se prostituaient aux volontés de Marie

15.

comme elles s'étaient livrées aux ordres de son père. On changeait de foi plus que d'habit; on jura; puis on rejura le contraire de ce qu'on avait déjà juré; puis on retourna aux premiers sermens sous Élisabeth. Combien faut-il de parjures pour faire une fidélité?

Marie a laissé des lettres latines et françaises : Érasme a loué les premières et elles ne valent rien du tout; les secondes sont illisibles.

SPENSER.

C'est de l'époque de Spenser que date la poésie anglaise moderne. La *Fairie queen* est, comme chacun sait, un ouvrage allégorique : il s'agit de douze Vertus morales privées, classées comme dans l'Arioste ; ces Vertus sont transformées en chevaliers, et le roi Arthur est à la tête de l'escadron. La reine des fées, Gloriana, est Élisabeth, et Philippe Sidney, le roi Arthur. Lord Buckhurst, dans le *Miroir des magistrats*, a pu fournir la première idée de la *Reine des fées*. La forme du poëme de Spenser est calquée sur l'*Orlando* et la *Jérusalemme*. Chaque chant se compose de stances de neuf vers. Les six derniers chants manquent, sauf deux fragmens.

L'allégorie fut en vogue dans les lais, réputés élégans et polis, du Moyen-âge. Vous trouvez partout dames Loyauté, Raison, Prouesse, écuyer

Désir, chevalier Amour et la châtelaine sa mère,
empereur Orgueil, etc. Qui pouvait mettre ces
choses-là dans les esprits des xiiie, xive, xve et
xvie siècle? L'éducation classique. Élevés parmi
les dieux de l'antiquité et au fond d'un monde
passé, il sortait de l'enceinte des colléges des
hommes subtils, sans rapport avec la foule vivante. Ne pouvant employer les divinités païennes
parce qu'ils étaient chrétiens, ils inventaient des
divinités morales, ils faisaient prendre à ces graves
songes les mœurs de la chevalerie et les mêlaient
aux fées populaires : ils leur ouvraient les tournois, les châteaux des barons et des comtes, la
cour des ducs et des rois, ayant soin de les conduire à Lisieux et à Pontoise où l'on parlait le
beau françois.

Spenser a l'imagination brillante, l'invention
féconde, l'abondance rhythmique; avec tout
cela, il est glacé et ennuyeux. Nos voisins trouvent sans doute dans la *Reine des fées* ce charme
d'un vieux style, qui nous plaît tant dans notre
propre langue, mais que nous ne pouvons sentir
dans une langue étrangère.

Spenser commença son poëme en Irlande,
dans le château de Kilcoman, et dans une con-
cession de trois mille vingt-huit acres de terre,
confisqués à la propriété du comte de Desmond.
C'est là qu'assis à des foyers qui n'étaient pas les

siens, et dont les héritiers erraient sans asile, il
célébra la montagne de Mole et les rives de la
Mulla, sans songer que des orphelins fugitifs ne
voyaient plus ces champs paternels. Virgile aurait dû se rappeler au poète :

> Nos patriæ fines et dulcia linquimus arva ;
> Nos patriam fugimus : . . . .

On a de Spenser une espèce de Mémoire sur
les mœurs et les antiquités de l'Irlande, que je
préfère à la *Fairie Queen* (*Vue sur la situation de
l'Irlande*, 1633).

Les Anglais faisaient autrefois le commerce de
leurs enfans, et les vendaient, surtout en Irlande.
Un concile tenu à Armach, en 1117, par les ecclésiastiques irlandais, déclara « qu'afin d'éviter la
« colère de Jésus-Christ, ennemi de la servitude,
« on affranchirait dans toute l'île les esclaves
« anglais, et on leur rendrait leur ancienne li-
« berté. » (*Wilkin, Concil.*, tom. Iᵉʳ.) Comment
les Irlandais ont-ils été payés de cette résolution
de leurs pères ? On le sait : le temps de l'affran-
chissement du Christ est enfin venu pour eux.

Nous arrivons à Shakespeare ! parlons-en tout
à notre aise, comme dit Montesquieu d'Alexandre.

Je cite seulement ici pour mémoire *Everyman*,
joué sous Henri VIII, l'*Aiguille de la mère Gurton*,
par Stell, en 1551. Les auteurs dramatiques contemporains de Shakespeare étaient Robert Green,
Heywood, Decker, Rowley, Peal, Chapman, Ben-
Johnson, Beaumont, Fletcher : *jacet oratio !* Pourtant la comédie du *Fox* et celle de l'*Alchimiste*,
de Ben-Johnson, sont encore estimées.

Spenser fut le poète célèbre sous Élisabeth.
L'auteur éclipsé de Macbeth et de Richard III se
montrait à peine dans les rayons du *Calendrier
du Berger* et de la *Reine des fées*. Montmorency,
Biron, Sully, tour à tour ambassadeurs de France
auprès d'Élisabeth et de Jacques Ier, entendirent-
ils jamais parler d'un baladin, acteur dans ses
propres farces et dans celles des autres ? pronon-
cèrent-ils jamais le nom, si barbare en français,
de *Shakespeare ?* soupçonnèrent-ils qu'il y avait

là une gloire devant laquelle leurs honneurs, leurs
pompes, leurs rangs, viendraient s'abîmer? Hé
bien! le comédien de tréteaux, chargé du rôle
du spectre dans *Hamlet*, était le grand fantôme,
l'Ombre du Moyen-âge qui se levait sur le monde,
comme l'astre de la nuit, au moment où le Moyen-
âge achevait de descendre parmi les morts : siècles
énormes que Dante ouvrit, que ferma Shakespeare (1).

Dans le *précis historique* de Witheloke, contemporain du chantre du *Paradis perdu*, on lit :
« Un certain aveugle, nommé Milton, secrétaire
« du parlement pour les dépêches latines. » Molière, l'*histrion*, jouait son Pourceaugnac, de
même que Shakespeare, le *bateleur*, grimaçait
son Falstaff. Camarade du pauvre Mondorge,
l'auteur du *Tartufe* avait changé son illustre nom
de *Poquelin* pour le nom obscur de *Molière*, afin
de ne pas déshonorer son père le tapissier.

> Avant qu'un peu de terre obtenu par prière
> Pour jamais sous la tombe eût enfermé Molière,
> Mille de ses beaux traits, aujourd'hui si vantés,
> Furent des sots esprits à nos yeux rebutés.

Ainsi ces voyageurs voilés qui viennent de fois
à autre s'asseoir à notre table, sont traités par

(1) Shakespeare écrit lui-même son nom *Shakspeare :* l'autre
orthographe a prévalu. On trouve aussi souvent *Shakespear.*

nous en hôtes vulgaires; nous ignorons leur nature immortelle jusqu'au jour de leur disparition.
En quittant la terre ils se transfigurent et nous
disent, comme l'envoyé du ciel à Tobie : « Je suis
« l'un des Sept qui sommes présens devant le
« Seigneur. »

Ces Divinités méconnues des hommes à leur
passage, ne se méconnaissent point entre elles.
« Qu'a besoin mon Shakespeare, dit Milton,
« pour ses os vénérés, de pierres entassées par
« le travail d'un siècle; ou faut-il que ses saintes
« reliques soient cachées sous une pyramide à
« pointe étoilée (1)? Fils chéri de la mémoire,
« grand héritier de la gloire, que t'importe un si
« faible témoignage de ton nom, toi qui t'es
« bâti, à notre merveilleux étonnement, un mo-
« nument de longue vie....; tu demeures enseveli
« dans une telle pompe, que les rois, pour avoir
« un pareil tombeau, souhaiteraient mourir. »

> What needs my Shakspear, for his honor'd bones,
> The labour of an age in piled stones ?
> Or that his hallov'd reliques should be hid
> Under a stary-pointing pyramid?

(1) C'est la traduction mot pour mot : on peut aussi traduire
(par un de ces souvenirs classiques si familiers au genie de Milton) une pyramide dont le *sommet frappe les astres , porte les astres,
perce les astres.*

Dear son of memory, great heir of fame,
What need'st thou such veak witness of thy name?
Thou in our wouder and astonishment
Hast built thyself a live-long monument.

. . . .

And so sepulchr'd in such pomp dost lie,
That Kings, for such a tomb, would wish to die.

Michel-Ange, enviant le sort et le génie de Dante, s'écrie :

Pur fuss' io tal : . . . .
Per l'aspro esilio suo con sua virtute,
Darei del mondo il piu felice stato.

« Que n'ai-je été tel que lui !.... Pour son dur « exil avec sa vertu, je donnerais toutes les fé-« licités de la terre. »

Le Tasse célèbre Camoëns encore presque ignoré, et lui sert de Renommée en attendant la Messagère aux cent bouches.

Vasco . . . .
. . . .
. . . . buon Luigi
Tant' oltre stende il glorioso volo,
Che i tuoi spalmati legni andar men lunge.
(CAMOENS.)

« Vasco. . . . . Camoëns a tant dé-

« ployé son vol glorieux, que tes vaisseaux spal-
« més ont été moins loin. »

Est-il rien de plus admirable que cette société
d'illustres égaux se révélant les uns aux autres
par des signes, se saluant, et s'entretenant ensemble dans une langue d'eux seuls connue ?

Mais que pensait Milton des prédictions heu-
reuses faites aux Stuarts à travers le terrible drame
du *Prince de Danemark ?* L'Apologiste du jugement de Charles Ier était à même de prouver à
son Shakespeare qu'il s'était trompé ; il pouvait
lui dire, en se servant de ces paroles d'Hamlet,
*l'Angleterre n'a pas encore usé les souliers avec
lesquels elle a suivi le corps !* La prophétie a été
retranchée : les Stuarts ont disparu d'Hamlet
comme du monde.

QUE J'AI MAL JUGÉ SHAKESPEARE AUTREFOIS. FAUX ADMIRATEURS DU POÈTE.

J'ai mesuré autrefois Shaskespeare avec la lunette classique; instrument excellent pour apercevoir les ornemens de bon ou de mauvais goût, les détails parfaits ou imparfaits; mais miscroscope inapplicable à l'observation de l'ensemble, le foyer de la lentille ne portant que sur un point et n'embrassant pas la surface entière. Dante, aujourd'hui l'objet d'une de mes plus hautes admirations, s'offrit à mes yeux dans la même perspective raccourcie. Je voulais trouver une épopée selon les *règles* dans une épopée libre qui renferme l'histoire des idées, des connaissances, des croyances, des hommes et des évènemens de toute une époque; monument semblable à ces cathédrales empreintes du génie des vieux âges, où l'élégance et la variété des détails, égalent la grandeur et la majesté de l'ensemble.

L'école classique qui ne mêlait pas la vie des

auteurs à leurs ouvrages, se privait encore d'un
puissant moyen d'appréciation. Le bannissement
du Dante donne une clé de son génie: quand on
suit le proscrit dans les cloîtres où il *demandait
la paix ;* quand on assiste à la composition de ses
poëmes sur les grands chemins, en divers lieux de
son exil; quand on entend son dernier soupir
s'exhaler en terre étrangère ; ne lit-on pas avec
plus de charme les belles strophes mélancoliques
des Trois destinées de l'homme après sa mort?

Qu'Homère n'ait pas existé; que ce soit la Grèce
entière qui chante au lieu d'un de ses fils, je par-
donne aux érudits cette poétique hérésie ; mais
toutefois je ne veux rien perdre des aventures
d'Homère. Oui, le Poète a nécessairement joué
dans son berceau avec neuf tourterelles ; son ga-
zouillement enfantin ressemblait au ramage de
neuf espèces d'oiseaux. Niez-vous ces faits *incon-
testables?* Comment comprendrez-vous alors la
ceinture de Vénus ? Nargue des anachronismes! Je
tiens que la vie du père des fables a été re-
tracée par Hérodote, père de l'histoire. Pourquoi donc serais-je allé à Chio et à Smirne, si
ce n'eût été pour y saluer l'école et le fleuve de
Mélésigènes , en dépit de Wolf, de Woold ,
d'Ilgen , de Dugaz-Montbel et de leurs semblables? Des traditions relatives au chantre de
l'Odyssée, je ne repousse que celle qui fait du

Poète un Hollandais. Génie de la Grèce, génie d'Homère, d'Hésiode, d'Eschyle, de Sophocle, d'Euripide, de Sapho, de Simonide, d'Alcée, trompez-nous toujours : je crois ferme à vos mensonges ; ce que vous dites est aussi vrai qu'il est vrai que je vous ai vu assis sur le mont Hymète, au milieu des abeilles, sous le portique d'un couvent de caloyers : vous étiez devenu chrétien, mais vous n'en aviez pas moins gardé votre lyre d'or, et vos ailes couleur du ciel où se dessinent les ruines d'Athènes.

Toutefois si jadis on resta trop en deçà du romantique, maintenant on a passé le but ; chose ordinaire à l'esprit français qui sautille du blanc au noir comme le Cavalier au jeu d'échecs. Le pis est que notre enthousiasme actuel pour Shakespeare est moins excité par ses clartés que par ses taches ; nous applaudissons en lui ce que nous sifflerions ailleurs.

Pensez-vous que les adeptes soient ravis des traits de passion de Roméo et Juliette ? Il s'agit bien de cela ! Vous n'avez donc pas entendu Mercutio comparer Roméo à *un hareng saure sans ses œufs ?*

Without his roe, like a drieed herring.

Pierre n'a-t-il pas dit aux musiciens : « Je ne « vous apporterai pas des *croches*, je ferai de vous

I. 16

« un *re*, je ferai de vous un *fa; notez*-moi bien. »

I will carry no crotchets : J' ill re *you, J' ill* fa *you ; do you* note *me.*

Pauvres gens qui ne sentez pas ce qu'il y a de merveilleux dans ce dialogue : la nature elle-même prise sur le fait! Quelle simplicité! quel naturel! quelle franchise! quel contraste comme dans la vie! quel rapprochement de tous les langages, de toutes les scènes, de tous les rangs de la société!

Et toi, Shakespeare, je te suppose revenant au monde et je m'amuse de la colère où te mettraient tes faux adorateurs. Tu t'indignerais du culte rendu à des trivialités dont tu serais le premier à rougir, bien qu'elles ne fussent pas de toi, mais de ton siècle; tu déclarerais incapables de sentir tes beautés, des hommes capables de se passionner pour tes défauts, capables surtout de les imiter de sang-froid, au milieu des mœurs nouvelles.

Voltaire fit connaître Shakespeare à la France. Le jugement qu'il porta d'abord du tragique anglais fut, comme la plupart de ses premiers jugemens, plein de mesure, de goût et d'impartialité. Il écrivait à lord Bolingbroke vers 1730 :

« Avec quel plaisir n'ai-je pas vu à Londres « votre tragédie de *Jules César* qui, depuis cent « cinquante années, fait les délices de votre nation ! »

Il dit ailleurs :

« Shakespeare créa le théâtre anglais. Il avait « un génie plein de force et de fécondité, de naturel et de sublime, sans la moindre étincelle « de bon goût et sans la moindre connaissance « des règles. Je vais vous dire une chose hasardée, « mais vraie : c'est que le mérite de cet auteur « a perdu le théâtre anglais. Il y a de si belles

16.

« scènes, des morceaux si grands et si terribles
« répandus dans ses farces monstrueuses qu'on
« appelle *tragédies*, que ces pièces ont toujours
« été jouées avec un grand succès. »

Telles furent les premières opinions de Voltaire sur Shakespeare; mais lorsqu'on eut voulu
faire passer ce génie pour un modèle de perfection, lorsqu'on ne rougit point d'abaisser devant
lui les chefs-d'œuvre de la scène grecque et française, alors l'auteur de *Mérope* sentit le danger.
Il vit qu'en révélant des beautés, il avait séduit
des hommes qui, comme lui, ne sauraient pas
séparer l'alliage de l'or. Il voulut revenir sur ses
pas; il attaqua l'idole par lui-même encensée; il
était trop tard, et en vain il se repentit d'avoir
*ouvert la porte à la médiocrité, déifié le sauvage
ivre, placé le monstre sur l'autel.*

Irons-nous plus loin dans notre engouement
que nos voisins eux-mêmes? En théorie, admi-
rateurs sans réserve de Shakespeare, leur zèle en
pratique est beaucoup plus circonspect : pourquoi ne jouent-ils pas tout entier l'œuvre du
Dieu? par quelle audace ont-ils resserré, rogné,
altéré, transposé des scènes d'*Hamlet*, de *Macbeth*, d'*Othello*, du *Marchand de Venise*, de *Richard III*, etc.? pourquoi ces sacriléges ont-ils
été commis par les hommes les plus éclairés des

trois royaumes? Dryden assure que *la langue de Shakespeare est hors d'usage*, et il a repétri avec Davenant les ouvrages de Shakespeare. Shaftesbury déclare que le style du vieux ménestrel est *grossier et barbare, ses tournures et son esprit tout-à-fait passés de mode*. Pope remarque qu'il a écrit *pour la populace*, sans songer à plaire à *des esprits d'une meilleure sorte, qu'il présente à la critiqne le sujet le plus agréable et le plus dégoûtant*. Tate s'était approprié *le roi Lear* alors si complètement oublié qu'on ne s'aperçut pas du plagiat. Rowe dans sa Vie de Shakespeare prononce aussi bien des blasphèmes. Sherlock a osé dire qu'*il n'y a rien de médiocre dans Shakespeare ; que tout ce qu'il a écrit est excellent ou détestable ; que jamais il ne suivit ni même ne conçut un plan, mais qu'il fait souvent fort bien une scène*. Lansdown a poussé l'impiété jusqu'à refaire *le Marchand de Venise*. Prenons bien garde à d'innocentes méprises : quand nous nous pâmons à telle scène du dénouement de *Roméo et Juliette*, nous croyons brûler d'un pur amour pour Shakespeare, et nos ardens hommages s'adressent à Garrick. Comme le jeune Diafoirus, nous nous trompons de caresses, de personnes et de complimens : — « Madame, c'est « avec justice que le ciel vous a concédé le nom de « belle-mère. — Ce n'est pas ma femme, mon-

« sieur, c'est ma fille à qui vous parlez. — Où
« donc est-elle? — Elle va venir.—Attendrai-je,
« mon père, qu'elle soit venue? »

Écoutons Johnson, le grand admirateur de
Shakespeare, le restaurateur de sa gloire : « Sha-
« kespeare avec ses qualités a des défauts, et des
« défauts capables d'obscurcir et d'engourdir
« tout autre mérite que le sien... Les effusions
« de la passion, quand la force de la situation
« les fait sortir de son génie, sont, pour la plu-
« part, frappantes et énergiques; mais, lorsqu'il
« sollicite son invention, et qu'il tend ses fa-
« cultés, le fruit de cet enfantement laborieux
« est l'enflure, la bassesse, l'ennui et l'obscurité,
« *tumour, meanness, tediousness, and obscurity*.
« Dans la narration, il affecte une pompe dis-
« proportionnée de diction..... Il a des scènes
« d'une excellence continue et non douteuse;
« mais il n'a pas peut-être une seule pièce qui,
« si elle était aujourd'hui représentée comme
« l'ouvrage d'un contemporain, pût être en-
« tendue jusqu'au bout. »

Sommes-nous meilleurs juges d'un auteur anglais que le célèbre critique Johnson? Et néanmoins, si nous venions dire maintenant en France
des choses aussi crues, ne serions-nous pas la-
pidés? Le malin Aristarque n'aurait-il pas raison,
quand il soupçonne certains enthousiastes de ca-

resser leurs propres difformités sur les bosses de Shakespeare?

Si vous vous rappelez ce que j'ai dit des changemens survenus dans la langue écrite et parlée en Angleterre, et des deux époques où le Normand et l'Italien envahirent l'idiome anglo-saxon, vous aurez déjà une idée des compositions de l'Eschyle britannique. On y retrouve le mélange des sujets et des styles du midi et du nord. Dans les sujets empruntés de l'Italie, Shaskespeare transporte le naturel de sentiment des nations scandinaves et calédoniennes ; dans les sujets tirés des chroniques septentrionales, il introduit l'affectation du style des populations transalpines ; passant de la ballade écossaise à la nouvelle italienne, il n'a en propre que son génie : ce présent du ciel était assez beau pour s'en contenter.

QUE LES DÉFAUTS DE SHAKESPEARE TIENNENT A SON SIÈCLE.

LANGUE DE SHAKESPEARE. — LANGUE DE DANTE.

Mais, s'il n'est pas raisonnable d'offrir pour modèle, dans les OEuvres de Shakespeare, ce que l'on stygmatise dans les autres monumens de la même époque, il serait injuste d'attribuer au poète seul des infirmités de goût et de diction, auxquelles son temps était sujet.

L'orateur de la chambre des communes compare Henri VIII à Salomon pour la justice et la prudence, à Samson pour la force et le courage, à Absalon pour la grace et la beauté. Un autre orateur, de la même chambre, déclare à la reine Élisabeth que, parmi les grands législateurs, on a compté trois femmes : la reine Palestina avant le déluge, la reine Cérès après, et la reine Marie, mère du roi Stilicus ; la reine Élisabeth sera la quatrième. Le roi Jacques Iᵉʳ parle comme le tra-

gique lorsqu'il dit à son parlement : « Je suis
« l'époux, et la Grande-Bretagne est mon épouse
« légitime; je suis la tête, elle est le corps. L'An-
« gleterre et l'Écosse étant deux royaumes dans
« une même île, je ne puis, moi, prince chré-
« tien, tomber dans le crime de bigamie. »

Le *beau style*, vers le milieu du XVIᵉ siècle, était
un canevas scolastique et subtil, brodé de sen-
tences, de jeux de mots et de *concetti* italiens.
Élisabeth aurait pu donner à son Poète des leçons
de collège; elle parlait latin, composait des épi-
grammes en grec, traduisait des tragédies de Sophocle et des harangues de Démosthènes. A sa
cour galante, guindée, quintessenciée, pesante
et réformatrice, il était du bon ton d'entremê-
ler les locutions anglaises d'expressions françaises, et d'articuler de manière à laisser un doute
dans les sons, pour produire une équivoque dans
les mots.

En France, même afféterie : Ronsard est à sa
manière une espèce de Shaskespeare, non par son
génie, non par son néologisme grec, mais par le
tour forcé de sa phrase. Les Mémoires, charmans
d'ailleurs, de la savante Marguerite ou *Margot* de
Valois, jargonnent une métaphysique sentimen-
tale, qui couvre assez mal des sensations très
physiques. Un demi-siècle plus tôt, la sœur de
François Iᵉʳ avait donné des *contes*, lesquels ont

du moins le naturel de ceux de Boccace. La *Guisiade*, de Pierre-Mathieu, tragédie classique, avec des chœurs, sur un sujet national, reproduit la phraséologie de Shakespeare : d'Épernon s'écrie :

> Venez mes compagnons, monstres abominables,
> Jetez sur Blois l'horreur de vos traits effroyables.
> Prenez pour mains des crocs, pour yeux des dards de feux,
> Pour voix un gros canon, des serpents pour cheveux ;
> Changez Blois en enfer, apportez-y vos genes,
> Vos roues, vos gibets, vos feux, vos fouets, vos peines.

Coligni, dans la tragédie qui porte son nom :

> O mânes noircissants ès enfers impiteux !
> O mes chers compagnons, hé que je suis honteux
> Qu'un enfant ait bridé mon effroyable audace ;
> Que me reste-t-il, chétif, pour hontoyer ma race,
> Sinon que me cacher et du vilain licol,
> De mes bourrelles mains hault estraindre mon col.

Il est bon de faire ici une observation sur deux hommes que les imaginations à la fois vagues et systématiques de nos jours, confondent souvent et fort mal à propos, mêlant les temps, les positions, les supériorités et les souvenirs.

Il n'en fut pas de Shakespeare comme il en fut de Dante : le tragique anglais rencontra une langue non achevée, il est vrai, mais aux trois-quarts faite, déjà employée par de grands esprits

et des poètes célèbres, Bacon et Thomas More,
Surrey et Spenser. Cette langue était devenue
une espèce de barbare maniérée, grotesquement
attifée, surchargée de modes étrangères. Se figure-
t-on ce que souffrait Shakespeare, lorsque, au
milieu d'une vive conception, il était obligé d'introduire dans sa phrase inspirée quelques mots
d'outre-mer : *Bon! je proteste!* ou tel autre. Se
représente-t-on ce Colosse obligé d'enfoncer ses
pieds énormes dans de petits sabots chinois, tré-
buchant avec des entraves qu'il rompait en ru-
gissant, comme un lion brise ses chaînes?

Dante, venu deux siècles et demi avant Shakespeare, ne trouva rien en arrivant au monde.
La société latine expirée, avait laissé une langue
belle, mais d'une beauté morte; langue inutile à
l'usage commun, parce qu'elle n'exprimait plus
le caractère, les idées, les mœurs et les besoins
de la vie nouvelle. La nécessité de s'entendre
avait fait naître un idiome vulgaire employé des
deux côtés des Alpes du midi, et aux deux ver-
sans des Pyrénées orientales. Dante adopta ce
bâtard de Rome, que les savans et les hommes
du pouvoir dédaignaient de reconnaître; il le
trouva vagabond dans les rues de Florence,
nourri au hasard par un peuple républicain, dans
toute la rudesse plébéienne et démocratique. Il
communiqua au fils de son choix sa virilité, sa

simplicité, son indépendance, sa noblesse, sa
tristesse, sa sublimité sainte, sa grâce sauvage.
Dante tira du néant la parole de son esprit; il
donna l'être au verbe de son génie; il fabriqua
lui-même la lyre dont il devait obtenir des sons
si beaux, comme ces astronomes qui inven-
tèrent les instrumens avec lesquels ils mesurèrent les cieux. L'*italien* et la *Divina Comedia*
jaillirent à la fois de son cerveau; du même
coup l'illustre exilé dota la race humaine d'une
langue admirable et d'un poëme immortel.

ÉTAT MATÉRIEL DU THÉATRE EN ANGLETERRE
AU XVIᵉ SIÈCLE.

Du temps de Shakespeare de jeunes garçons remplissaient encore les rôles de femmes, les acteurs ne se distinguaient des spectateurs que par les plumes dont ils ornaient leurs chapeaux et les nœuds de rubans qu'ils portaient sur leurs souliers : point de musique dans les entr'actes. Les pièces se jouaient souvent dans la cour des auberges : les fenêtres de la maison donnant sur cette cour, servaient de loges. Lorsqu'on représentait une tragédie à Londres, la salle était tendue de noir, comme la nef d'une église pour un enterrement.

Quant aux moyens d'illusion, Shakespeare les rappelle, en s'en moquant, dans *le Songe d'une nuit d'été* : un homme, enduit de plâtre, figurait la muraille interposée entre Pyrame et Thisbée, et l'écartement des doigts de cet homme, la crevasse formée dans cette muraille. Un comparse avec une lanterne, un buisson et un chien, signifiaient le clair de la lune. La scène, sans changer, était supposée tantôt un jardin rempli de fleurs, tantôt un rocher contre lequel se brisait un vaisseau, tantôt un champ de bataille où quatre matamores désignaient deux armées. Pour attirail dramatique, dans l'inventaire d'une troupe de comédiens, on trouve un dragon, une roue pour le siége de Londres, un grand cheval avec ses jambes, des membres de Maures, quatre têtes de Turcs, une bouche de fer, chargée apparemment de prononcer les accens les plus doux et les plus sublimes du poète. On avait aussi de *fausses peaux* à l'usage des personnages qu'on écorchait vifs sur la scène, comme le juge prévaricateur dans *Cambise* : un pareil spectacle ferait aujourd'hui courir tout Paris.

Au reste, la vérité du théâtre et l'exactitude du costume sont beaucoup moins nécessaires à l'art qu'on ne le suppose. Le génie de Racine n'emprunte rien de la coupe de l'habit; dans les chefs-d'œuvre de Raphaël, les fonds sont négligés et les costumes inexacts. Les fureurs d'Oreste ou la prophétie de Joad, lues dans un salon par Talma, en frac, faisaient autant d'effet que déclamées sur la scène par Talma, en manteau grec ou en robe juive. Iphigénie était ac-

coutrée comme madame de Sévigné, lorsque
Boileau adressait ces beaux vers à son ami :

> Jamais Iphigénie, en Aulide immolée,
> N'a coûté tant de pleurs à la Grèce assemblée ,
> Que dans l'heureux spectacle à nos yeux étalé ,
> En a fait sous son nom verser la Chanmêlé.

Cette exactitude dans la représentation de
l'objet inanimé, est l'esprit de la littérature et
des arts de notre temps : elle annonce la décadence de la haute poésie et du vrai drame; on
se contente des petites beautés, quand on est
impuissant aux grandes; on imite, à tromper
l'œil, des fauteuils et du velours, quand on ne
peut plus peindre la physionomie de l'homme
assis sur ce velours et dans ces fauteuils. Cependant une fois descendu à cette vérité de la forme
matérielle, on se trouve forcé de la reproduire,
car le public, matérialisé lui-même, l'exige.

A l'époque de Shakespeare les *Gentlemen* se
tenaient sur le théâtre, ayant pour siége les
planches mêmes, ou un tabouret dont ils payaient
le prix. Le parterre, debout et pressé, roulait
dans un trou noir et poudreux : c'étaient deux
camps hostiles en présence. Le parterre accueil-
lait les *Gentlemen* avec des huées, leur jetait de
la boue et leur crachait au nez en criant : « *A
bas les sots!* » Les gentlemen ripostaient par les

épithètes de *Stinkards* et d'animaux. Les *Stinkards* mangeaient des pommes et buvaient de la bière; les *Gentlemen* jouaient aux cartes, et fumaient le tabac nouvellement introduit. Le bel air était de déchirer les cartes comme si l'on avait fait quelque grande perte, d'en jeter avec colère les débris sur l'avant-scène, de rire, de parler haut, de tourner le dos aux acteurs. Ainsi furent accueillies et respectées, à leur apparition, les tragédies du grand maître : John Bull lançait des trognons de pomme à la Divinité dont il encense aujourd'hui les images. L'insulte de la Fortune, fit de Shakespeare et de Molière deux comédiens, afin de donner pour quelques oboles, au dernier des misérables, le droit d'outrager à la fois des chefs-d'œuvre et deux grands hommes.

Shakespeare a retrouvé l'art dramatique; Molière l'a porté à sa perfection; semblables à deux philosophes anciens, ils s'étaient partagé l'empire des ris et des larmes, et tous les deux se consolaient peut-être des injustices du sort, l'un en peignant les travers, l'autre les douleurs des hommes.

CARACTÈRE DU GÉNIE DE SHAKESPEARE.

Shakespeare est donc admirable encore en raison des obstacles qu'il lui fallut surmonter. Jamais esprit plus vrai n'eut à se servir d'une langue plus fausse; heureusement il ne savait presque rien, et il échappa par son ignorance à l'une des contagions de son siècle : des chants populaires, des extraits de l'histoire d'Angleterre, puisés dans le *Miroir des Magistrats*, de lord Buckhurst, des lectures des Nouvelles françaises de Belleforest, des versions des poètes et des conteurs de l'Italie, composaient toute son érudition.

Ben Johnson, son rival, son admirateur et son détracteur, était au contraire très instruit. Les cinquante-deux commentateurs de Shakespeare, ont recherché curieusement les traductions des auteurs anciens, qui pouvaient exister de son temps. Je ne remarque, comme pièces dramatiques, dans le catalogue, qu'une *Jocaste*, tirée des *Phéniciennes* d'Euridipe, l'*Andria* et l'*Eu-nuque* de Térence, *les Ménechmes* de Plaute, et les tragédies de Sénèque. Il est douteux que Shakespeare ait eu connaissance de ces traductions; car il n'a pas emprunté le fond de ses pièces des originaux *translaté en anglais*, mais de quelques imitations anglaises de ces mêmes originaux : c'est ce qu'on voit par *Roméo et Juliette*, dont il n'a pris l'histoire ni dans *Girolamo de la Corte*, ni dans la nouvelle de *Bandello;* mais dans un petit poëme anglais, intitulé la *tragique Histoire de Roméo et Juliette*. Il en est ainsi du sujet d'*Hamlet*, qu'il n'a pu tirer immédiatement de *Saxo Grammaticus*.

La réforme sous Henri VIII, en faisant tomber les *Miracles* et les *Mystères*, hâta la renaissance du théâtre en dehors du cercle des croyances religieuses; et si l'antiquité grecque n'eût rencontré Shakespeare pour l'empêcher de passer, le Classique se fût emparé des lettres anglaises un siècle avant son triomphe en France.

Au jugement de Samuel Johnson, et c'est en général l'opinion des Anglais, Shakespeare était plutôt doué du génie comique que du génie tragique : la critique remarque que, dans les scènes les plus pathétiques, le rire prend au Poëte, tandis que dans les scènes comiques, une pensée sérieuse ne lui vient jamais. Si nous autres

Français nous avons de la peine à sentir le *vis comica* de Falstaff, tandis que nous comprenons la douleur de Desdémone, c'est que les peuples ont différentes manières de rire, et qu'ils n'en ont qu'une de pleurer.

Les poètes tragiques trouvent quelquefois le comique, les poètes comiques s'élèvent rarement au tragique : il y a donc quelque chose de plus vaste dans le génie de Melpomène, que dans l'esprit de Thalie. Quiconque représente le côté souffrant de l'homme, peut aussi représenter le côté gai, parce que celui qui saisit le *plus* peut saisir le *moins*. Au contraire, le peintre qui s'attache aux choses plaisantes, laisse échapper les rapports sévères, parce que la faculté de distinguer les petits objets, suppose presque toujours l'impossibilité d'embrasser les grands. Un seul poète comique marche l'égal de Sophocle et de Corneille, Molière : mais chose remarquable, le comique du *Tartufe* et du *Misantrope*, par son extrême profondeur, et, si j'ose le dire, par sa *tristesse*, se rapproche de la gravité tragique.

Il y a deux manières de faire rire : l'une est de présenter d'abord les défauts, et de mettre ensuite en relief les qualités ; ce comique mène quelquefois à l'attendrissement : l'autre manière consiste à donner d'abord des louanges,

et à couvrir ensuite la personne louée de tant
de ridicules, qu'on finit par perdre l'estime
qu'on avait conçue pour de nobles talens ou de
hautes vertus. Ce comique est le *nihil mirari*,
qui flétrit tout.

Le caractère dominant du fondateur du théâtre anglais, se forme de la nationalité, de l'éloquence, des observations, des pensées, des
maximes tirées de la connaissance du cœur humain et applicables aux diverses conditions de
l'homme; il se forme surtout de l'abondance de
la vie. On comparait un jour le génie de Racine
à l'Apollon du Belvédère, et le génie de Shakespeare à la statue équestre de Philippe IV, à
Notre-Dame de Paris : « Soit, répondit Diderot :
« mais que penseriez-vous si cette statue de
« bois, enfonçant son casque, secouant ses
« gantelets, agitant son épée, se mettait à che-
« vaucher dans la cathédrale? » Le poëte d'Albion doué de la puissance créatrice, anime jusqu'aux objets inanimés; décorations, planches
de la scène, rameau d'arbre, brin de bruyère,
ossemens, tout parle : rien n'est mort sous son
toucher, pas même la Mort.

Shakespeare fait un grand usage des contrastes; il aime à mêler les divertissemens et les
acclamations de la joie, à des pompes funèbres
et à des cris de douleur. Que des musiciens

appelés aux noces de Juliette arrivent précisément pour accompagner son cercueil; qu'indifférens au deuil de la maison, ils se livrent
à d'indécentes plaisanteries, et s'entretiennent
des choses les plus étrangères à la catastrophe :
qui ne reconnaît là toute la vie, qui ne sent toute
l'amertume de ce tableau et qui n'a été témoin
de pareilles scènes? Ces effets ne furent point
inconnus des Grecs; on retrouve dans Euripide
des traces de ces naïvetés que Shakespeare mêle
au plus haut ton tragique. Phèdre vient d'expirer; le chœur ne sait s'il doit entrer dans l'appartement de la princesse.

PREMIER DEMI-CHŒUR

Compagnons, que ferons-nous? Devons-nous
entrer dans le palais, pour aider à dégager la
reine de ses liens *étroits?*

SECOND DEMI-CHŒUR.

Ce soin appartient à ses esclaves. Pourquoi ne
sont-ils pas présens? Quand on se mêle de beaucoup d'affaires, il n'y a plus de sûreté dans la
vie.

Dans *Alceste*, la Mort et Apollon échangent des
plaisanteries. La Mort veut saisir Alceste tandis
qu'elle est jeune, parce qu'elle ne se soucie pas

d'une proie ridée. Ces contrastes touchent de près au terrible, mais aussi une seule nuance, ou trop forte ou trop faible dans l'expression, les rend bas ou ridicules.

QUE LA MANIÈRE DE COMPOSER DE SHAKESPEARE A CORROMPU LE GOUT. — ÉCRIRE EST UN ART.

Shakespeare joue ensemble, et au même moment, la tragédie dans le palais, la comédie à la porte; il ne peint pas une classe particulière d'individus; il mêle, comme dans le monde réel, le roi et l'esclave, le patricien et le plébéien, le guerrier et le laboureur, l'homme illustre et l'homme ignoré; il ne distingue pas les genres : il ne sépare pas le noble de l'ignoble, le sérieux du bouffon, le triste du gai, le rire des larmes, la joie de la douleur, le bien du mal. Il met en mouvement la société entière, ainsi qu'il déroule en entier la vie d'un homme. Le Poète semble persuadé que notre existence n'est pas renfermée dans un seul jour, qu'il y a unité du berceau à la tombe : quand il tient une jeune tête, s'il ne l'abat pas, il ne vous la rendra que blanchie; le temps lui a remis ses pouvoirs.

Mais cette universalité de Shakespeare a, par l'autorité de l'exemple et l'abus de l'imitation, servi à corrompre l'art; elle a fondé l'erreur sur laquelle s'est malheureusement établie la nouvelle école dramatique. Si pour atteindre la hauteur de l'art tragique, il suffit d'entasser des scènes disparates sans suite et sans liaison, de brasser ensemble le burlesque et le pathétique, de placer le porteur d'eau auprès du monarque, la marchande d'herbes auprès de la reine : qui ne peut raisonnablement se flatter d'être le rival des plus grands maîtres? Quiconque se voudra donner la peine de retracer les accidens d'une de ses journées, ses conversations avec des hommes de rangs divers, les objets variés qui ont passé sous ses yeux, le bal et le convoi, le festin du riche et la détresse du pauvre ; quiconque aura écrit d'heure en heure son journal aura fait un drame à la manière du poète anglais.

Persuadons-nous qu'écrire est un art; que cet art a des genres; que chaque genre a des règles. Les genres et les règles ne sont point arbitraires ; ils sont nés de la nature même : l'art a seulement séparé ce que la nature a confondu; il a choisi les plus beaux traits sans s'écarter de la ressemblance du modèle. La perfection ne détruit point la vérité : Racine dans toute l'excellence de son *art*, est plus *naturel* que Shakespeare, comme l'*Apollon*, dans toute sa *divinité*, a plus les formes *humaines* qu'un colosse égyptien.

La liberté qu'on se donne de tout dire et de tout représenter, le fracas de la scène, la multitude des personnages, imposent, mais ont au fond peu de valeur; ce sont liberté et jeux d'enfans. Rien de plus facile que de captiver l'attention et d'amuser par un conte ; pas de petite fille qui, sur ce point, n'en remontre aux plus habiles. Croyez-vous qu'il n'eût pas été aisé à Racine de réduire en actions les choses que son goût lui a fait rejeter en récit? Dans *Phèdre*, la femme de Thésée eût attenté, sous les yeux du parterre, à la pudeur d'Hippolyte; au lieu du beau récit de Théramène, on aurait eu les chevaux de Franconi et un terrible monstre de carton; dans *Britannicus*, Néron, au moyen de quelque stratagème de coulisse, eût violé Junie sous les yeux des spectateurs; dans *Bajazet*, on eût vu le combat de ce frère du sultan contre les eunuques; ainsi du reste. Racine n'a retranché de ses chefs-d'œuvre que ce que des esprits ordinaires y auraient pu mettre. Le plus méchant drame peut faire pleurer mille fois davantage que la plus sublime tragédie. Les vraies larmes sont celles que fait couler une belle poésie, les larmes qui tombent au son de la lyre d'Orphée; il faut qu'il s'y mêle autant d'admiration que de douleur : les anciens donnaient aux Furies mêmes un beau visage, parce qu'il y a une beauté morale dans le remords.

Cet amour du laid qui nous a saisis, cette horreur de l'idéal, cette passion pour les bancroches, les culs-de-jatte, les borgnes, les moricauds, les édentés; cette tendresse pour les verrues, les rides, les escares, les formes triviales, sales, communes, sont une dépravation de l'esprit; elle ne nous est pas donnée par cette nature dont on parle tant. Lors même que nous aimons une certaine laideur, c'est que nous y trouvons une certaine beauté. Nous préférons naturellement une belle femme à une femme laide, une rose à un chardon, la baie de Naples à la plaine de Montrouge, le Parthenon à un toit à porc : il en est de même au figuré et au moral. Arrière donc cette école *animalisée* et *matérialisée* qui nous mènerait dans l'effigie de l'objet, à préférer notre visage moulé avec tous ses défauts par une Machine, à notre ressemblance produite par le pinceau de Raphaël.

Toutefois je ne prétends pas ôter aux temps et aux révolutions les changemens forcés qu'ils apportent dans les opinions littéraires, comme dans les opinions politiques; mais ces changemens ne justifient pas la corruption du goût; ils en montrent seulement une des causes. Il est tout simple que les mœurs en changeant, fassent varier la forme de nos peines et de nos plaisirs.

Le silence intérieur régna dans la monarchie absolue sous le pouvoir de Louis XIV et sous la somnolence de Louis XV : manquant d'émotions au dedans, les poètes en cherchaient au dehors ; ils empruntaient des catastrophes à Rome et à la Grèce, pour faire pleurer une société assez malheureuse pour n'avoir que des sujets de rire. A cette société si peu accoutumée aux évènemens tragiques, il ne fallait pas même présenter des scènes fictives trop sanglantes ; elle aurait reculé devant des horreurs, eussent-elles eu trois mille ans de date, eussent-elles été consacrées par le génie de Sophocle.

Mais aujourd'hui que le peuple n'étant plus à l'écart, a pris sa place dans notre gouvernement, comme le chœur dans la tragédie grecque; que des spectacles terribles et réels nous ont occupés depuis quarante années, le mouvement communiqué à la société tend à se communiquer au théâtre. La tragédie classique, avec ses unités et ses décorations immobiles, paraît et doit paraître froide: de la froideur à l'ennui il n'y a qu'un pas. Par là s'explique, sans l'excuser, l'outré de la scène moderne, le *fac-simile* de tous les crimes, l'apparition des gibets et des bourreaux, la présence des assassinats, des viols, des incestes, la fantasmagorie des cimetières, des souterrains et des vieux châteaux.

Il n'existe ni un acteur pour jouer la tragédie classique, ni un public pour la goûter, l'entendre et la juger. L'ordre, le vrai, le beau, ne sont ni connus, ni sentis, ni appréciés. Notre esprit est si gâté par le laisser-aller et l'outrecuidance du siècle, que si l'on pouvait faire renaître la société charmante des Lafayette et des Sévigné, ou la société des Geoffrin et des philosophes, elles nous paraîtraient insipides. Avant et après la civilisation, lorsqu'on n'a pas ou qu'on n'a plus le goût des jouissances intellectuelles, on cherche la représentation des objets sensibles : les peuples commencent et finissent par des gladiateurs et des marionnettes; les enfans et les vieillards sont puérils et cruels.

CITATION DE SHAKESPEARE.

S'il me fallait choisir parmi les plus beaux ouvrages de Shakespeare, je serais bien embarrassé
entre *Macbeth, Richard III, Roméo et Juliette,
Othello, Jules-César, Hamlet;* non que j'estime
beaucoup dans la dernière pièce le monologue
tant vanté, et pour cause, de l'école voltairienne :
je me demande toujours comment le prince très
philosophe du Danemarck, pouvait avoir les
doutes qu'il manifeste sur l'autre vie : après
avoir causé avec la « pauvre ombre », *poor ghost,*
du Roi son père, ne devait-il pas savoir à quoi
s'en tenir ?

Une des plus fortes scènes qui soient au théâtre, est celle des trois reines dans *Richard III,*
Marguerite, Élisabeth et la Duchesse. Écoutez
Marguerite retraçant ses adversités pour s'en-
durcir aux misères de sa rivale, et finissant par
ces mots : « Tu usurpes ma place, et tu ne pren-
« drais pas la part qui te revient de mes maux ?
« Adieu, femme d'Yorck ! reine des tristes revers !

« *Farewell, Yorck's wife, and queen of sad mis-*
« *chance!* » C'est là du tragique, et du tragique
au plus haut degré.

Je ne sais si jamais homme a jeté des regards
plus profonds sur la nature humaine que Shakespeare.

Troisième scène du quatrième acte de Macbeth :

MACDUFF.

Qui s'avance ici?

MALCOLM.

C'est un Écossais, et cependant je ne le connais pas.

MACDUFF.

Cousin, soyez le bienvenu !

MALCOLM.

Je le reconnais à présent. Grand Dieu, ren-
verse les obstacles qui nous rendent étrangers
les uns aux autres !

ROSSE.

Puisse votre souhait s'accomplir !

MACDUFF.

L'Écosse est-elle toujours aussi malheureuse?

ROSSE.

Hélas ! déplorable patrie! elle est presque ef-
frayée de connaître ses propres maux. Ne l'ap-
pelons plus notre mère, mais notre tombe. On
n'y voit plus sourire personne, hors l'enfant

qui ignore ses malheurs. Les soupirs, les gémisse-
mens, les cris frappent les airs, et ne sont point
remarqués. Le plus violent chagrin semble un
mal ordinaire ; quand la cloche de la mort sonne,
on demande à peine pour qui ?

MACDUFF.

O récit trop véritable !

MALCOLM.

Quel est le dernier malheur ?

ROSSE, à *Macduff.*

. . . . Votre château est surpris, votre femme et
vos enfans sont inhumainement massacrés.....

MACDUFF.

Mes enfans aussi ?

ROSSE.

Femmes, enfans, serviteurs, tout ce qu'on a
trouvé.

MACDUFF.

Et ma femme aussi ?

ROSSE.

Je vous l'ai dit.

MALCOLM.

Prenez courage; la vengeance offre un remède
à vos maux. Courons, punissons le tyran.

MACDUFF.

Il n'a point d'enfans !

Ce dialogue rappelle celui de Flavian et de Curiace dans Corneille. Flavian vient annoncer à

I.   18

l'amant de Camille qu'il a été choisi pour combattre les Horaces.

CURIACE.

Albe de trois guerriers a-t-elle fait le choix ?

FLAVIAN.

Je viens pour vous l'apprendre:

CURIACE.

Eh bien ! qui sont les trois?

FLAVIAN.

Vos deux frères et vous.

CURIACE.

Qui ?

FLAVIAN.

Vous et vos deux frères.

Les interrogations de *Macduff* et de *Curiace*
sont des beautés du même ordre : *Mes enfans
aussi ? — Femmes, enfans. — Et ma femme
aussi? — Je vous l'ai dit. —* Eh bien ! qui sont
les trois ? — Vos deux frères et vous. — Qui ?
— Vous et vos deux frères. Mais le mot de
Shakespeare : *Il n'a point d'enfans!* reste sans
parallèle.

Le même homme qui a tracé ce tableau, a sou-
piré la scène charmante des adieux de *Roméo
et Juliette* : Roméo, condamné à l'exil, est sur-

pris par le jour naissant chez Juliette, à laquelle
il est marié secrètement :

> Wilt thou be gone? It is not yet near day :
> It was the nightingale, and not the lark
> That pierced the fearful hollow of thine ear, etc.

JULIETTE.

Veux-tu déjà partir? le jour ne paraît point encore : c'était le rossignol, et non l'alouette, dont
la voix a frappé ton oreille alarmée : il chante
toute la nuit sur cet oranger lointain. Crois-moi,
mon jeune époux, c'était le rossignol.

ROMÉO.

C'était l'alouette, qui annonce l'aurore, ce
n'était pas le rossignol. Regarde, ô mon amour!
regarde les traits de lumière qui pénètrent les
nuages dans l'orient. Les flambeaux de la nuit
s'éteignent; et le jour se lève sur le sommet va-
poreux des montagnes. Il faut ou partir et vivre,
ou rester et mourir.

JULIETTE.

La lumière que tu vois là bas n'est pas celle
du jour : c'est quelque météore qui te servira de
flambeau, et t'éclairera sur la route de Mantoue.
Reste encore; il n'est pas encore nécessaire que
tu me quittes.

ROMÉO.

Eh bien! que je sois arrêté! que je sois con-

duit à la mort! si tu le désires, je suis satisfait.
Je dirai : « Cette blancheur lointaine n'est pas
« celle du matin; ce n'est que le pâle reflet de la
« lune; ce n'est pas l'alouette dont les chants re-
« tentissent si haut au-desus de nos têtes, dans
« la voûte du ciel! » Ah! je crains moins de rester
que de partir. Viens, ô mort! Mais que regardes-
tu, ma bien-aimée? Parlons, parlons encore ensemble; il n'est pas encore jour!

JULIETTE.

« Il est jour! il est jour! Fuis, pars, éloigne-toi!
C'est l'alouette qui chante; je reconnais sa voix
aiguë. Ah! dérobe-toi à la mort : la lumière croît
de plus en plus. »

Ce contraste des charmes du matin et des derniers plaisirs des deux jeunes époux, avec la catastrophe qui va suivre, est bien touchant: le sentiment dramatique en est plus naïf encore que celui
des pièces grecques, et moins pastoral que celui
des tragi-comédies italiennes. Je ne connais
qu'une scène indienne de quelque ressemblance
lointaine avec la scène de *Roméo et Juliette;* encore n'est-ce que par la fraîcheur des images, la
simplicité des regrets et des adieux, nullement par
l'intérêt de la situation. *Sacontala,* prête à quitter
le séjour paternel, se sent arrêtée par son voile.

SACONTALA.

Qui saisit ainsi les plis de mon voile?

UN VIEILLARD.

C'est le chevreau que tu as tant de fois nourri des grains du synmaka. Il ne veut pas quitter les pas de sa bienfaitrice.

SACONTALA.

Pourquoi pleures-tu, tendre chevreau? Je suis forcée d'abandonner notre commune demeure. Lorsque tu perdis ta mère, peu de temps après ta naissance, je te pris sous ma garde. Retourne à ta crèche, pauvre jeune chevreau; il faut à présent nous séparer.

La scène des adieux de Roméo et de Juliette n'est point indiquée dans *Bandello*, elle appartient à Shakespeare. *Bandello* raconte en peu de mots la séparation des deux amans.

A la fine cominciando l'aurora a voler uscire; si basciarono; estrettamente abbraciarono gli amanti, e pieni di lagrime e sospiri si dissero adio.

« Enfin, l'aurore commençant à paraître, les « deux amans se baisèrent, s'embrassèrent étroi- « tement, et, pleins de larmes et de soupirs, ils se « dirent adieu. »

FEMMES.

Rapprochez lady Macbeth et Marguerite de Desdémone, d'Ophélia, de Miranda, de Cordélia, de Jessica, de Perdita, d'Imogène, et vous serez émerveillés de la souplesse du talent du poète. Ces jeunes femmes ont une idéalité ravissante : le vieux roi Léar, aveugle, dit à sa fidèle Cordélia, « Quand tu me demanderas ma bénédic- « tion, je me mettrai à genoux et je te deman- « derai pardon ; nous vivrons ainsi en priant et « en chantant. »

Ophélia, bizarrement parée de brins de paille et de fleurs, prenant son frère pour Hamlet qu'elle aime et qui a tué son père, lui adresse ces paroles : « Voilà du romarin ; c'est pour la mémoire ; « je vous en prie, cher amour, souvenez-vous de « moi. . . . . Je vous donnerais bien des

« violettes, mais elles se sont toutes fanées, quand
« mon père est mort. »

Dans *Hamlet*, dans cette tragédie des aliénés,
dans ce *Bedlam royal* où tout le monde est in-
sensé et criminel, où la démence simulée se joint
à la démence vraie, où le fou contrefait le fou,
où les morts eux-mêmes fournissent à la scène
la tête d'un *fou*; dans cet odéon des ombres, où
l'on ne voit que des spectres, où l'on n'entend
que des rêveries, que le *qui vive* des sentinelles,
que le craillement des oiseaux de nuit et le bruit
de la mer, Gertrude raconte qu'Ophélia s'est
noyée : « Au bord du ruisseau croît un saule qui
« réfléchit son feuillage gris dans le cristal de
« l'onde. Elle fit avec ce feuillage de capricieuses
« guirlandes entrelacées de coquelicots, d'orties,
« de marguerites et de ces longues fleurs pour-
« pres que nos simples bergers appellent d'un
« nom grossier, mais que nos froides vierges
« nomment des doigts de mort. Là, grimpant
« pour attacher aux rameaux pendans sa cou-
« ronne d'herbes sauvages, une jalouse éclisse se
« rompt; Ophélia et son trophée rustique tom-
« bent dans le ruisseau en pleurs; ses robes s'é-
« talent larges, et la soutiennent un moment sem-
« blable à une *mermaid* (1). Pendant ce temps,

(1) Vierge de la mer, fée de mer, sirène.

« elle chantait des morceaux de vieilles ballades,
« comme une personne incapable de sentir son
« propre péril, ou comme une créature née et
« revêtue de l'élément qu'elle habite. Mais cela
« ne pouvait durer; ses vêtemens appesantis par
« l'eau qu'ils avaient bue, entraînèrent la pauvre
« infortunée de ses lais mélodieux à une fan-
« geuse mort : *From melodious lay to muddy*
« *death.* »

On apporte le corps d'Ophelia dans le cime-
tière. La coupable reine s'écrie : « Des parfums
« au parfum! adieu! » *sweets to sweet! Farewell!*
elle répand des fleurs sur le corps de la jeune
fille. « J'avais espéré que tu serais la femme de
mon Hamlet; je pensais, aimable fille, que je
sèmerais de fleurs ton lit nuptial et non ton cercueil. »

C'est un enchantement que tout cela.

Othello, au milieu de son délire, dit à Desdémone : « O toi, fleur des bois, qui es si belle
« et exhales un parfum si doux! ton approche
« enivre les sens!... je voudrais que tu ne fusses
« jamais née.... »

Le Maure, prêt à tuer sa femme endormie,
s'approche du lit : « Je veux respirer encore la
« rose sur sa tige... encore un baiser; encore
« un! sois telle que tu es là quand tu seras morte,

« et je veux te tuer et je t'aimerai après. *I wil kill*
« *thee ; and love thee after.* »

Dans *le Conte d'Hiver*, on retrouve la même
grâce appliquée au bonheur. Perdita s'adressant
à Florizel :

« Et vous le plus beau de mes amis, je vou-
« drais bien avoir quelques fleurs de printemps
« qui pussent aller avec votre jeunesse. . . . je
« suis dépourvue de toutes les fleurs dont je vou-
« drais entrelacer les festons pour vous en cou-
« vrir tout entier, vous, mon doux ami. »

Florizel répond :

« Quand vous parlez, je voudrais vous entendre
« parler toujours; si vous chantez, je voudrais
« vous entendre chanter toujours; je voudrais
« vous voir donner l'aumône, prier, régler votre
« maison, tout faire en chantant. Lorsque vous
« dansez, je voudrais que vous fussiez une vague
« de la mer toujours mobile. »

Dans Cymbeline, Imogène est accusée d'infi-
délité par Posthumus : « Infidèle à sa couche !
« Qu'est-ce qu'être infidèle? Est-ce d'y veiller et
« d'y penser à lui; d'y pleurer au son de chaque
« heure ? »

A la caverne, Arviragus croit Imogène morte
et la rapporte dans ses bras; alors Guiderius : —

« O le plus charmant, le plus beau des lis, mon
« frère ne te soutient pas la moitié si bien que
« tu te soutenais toi-même!

— « O Mélancolie, dit Belarius, qui jamais a
« pu sonder ton sein, trouver la terre qui indique
« la côte accessible à ta barque languissante? »

Imogène se jette au cou de Posthumus dé-
trompé : « Reste, lui dit-il, ô mon ame, sus-
« pendue là comme un fruit, jusqu'à ce que
« l'arbre meure. »

> . . . . . . Hang there like fruit, my soul,
> Till the tree die!

« Eh! quoi, s'écrie Cymbeline, Imogène, ma
« fille, n'as-tu rien à demander à ton père? —
« Votre bénédiction, seigneur, » répond Imogène
en tombant à ses pieds. *Your blessing, sir.*

Je ne considère ici que le style et je n'entre
point dans la composition du drame; je ne montre
point ce qu'il y a de poignant dans l'égarement
d'Ophélia, de résolution d'amour dans l'adoles-
cente Juliette; ce qu'il y a de nature, de passion et
de frayeur dans Desdémone, quand Othello la ré-
veille pour la tuer; ce qu'il y a de pieux, de tendre

et de généreux dans Imogène, bien qu'en tout
cela le romanesque prenne la place du tragique,
et que le tableau tienne plus des sens que de
l'ame.

MODÈLES CLASSIQUES.

Mais enfin pleine et entière justice étant rendue à des suavités de pinceau et d'harmonie, je dois dire que les ouvrages de l'ère romantique gagnent beaucoup à être cités par extraits : quelques pages fécondes sont précédées de beaucoup de feuillets arides. Lire Shakespeare jusqu'au bout sans passer une ligne, c'est remplir un pieux mais pénible devoir envers la gloire et la mort : des chants entiers de Dante sont une chronique rimée dont la diction ne rachète pas toujours l'ennui. Le mérite des monumens des siècles classiques est d'une nature contraire : il consiste dans la perfection de l'ensemble et la juste proportion des parties.

Force est encore de reconnaître une autre vérité : Shakespeare n'a qu'un type pour ses jeunes femmes, toutes si jeunes, qu'elles sont presque des enfans : sœurs jumelles, elles se ressemblent (à part la différence des caractères de *fille*, d'*amante*, d'*épouse*) ; elles ont le même sourire, le

même regard, le même son de voix; si l'on ef-
façait leurs noms, ou si l'on fermait les yeux,
on ne saurait laquelle d'entre elles a parlé; leur
langage est plus élégiaque que dramatique. Ces
têtes charmantes d'éphèbes, sont dés croquis tels
que ces dessins tracés par Raphaël, lorsqu'il
voulait fixer la physionomie d'une figure céleste
au moment où elle apparaissait à son génie; il
se promettait de convertir ce trait en tableau.
Shakespeare, obligé de s'en tenir à ses premiers
crayons, n'a pas toujours eu le temps de peindre.

N'allons donc pas comparer les ombres ossia-
niques du théâtre anglais, ces victimes si tendres
et cependant si hardies qui se laissent immoler
comme de courageux agneaux; n'allons pas comparer ces Délie de Tibulle, ces Chariclée d'Hé-
liodore, aux femmes de la scène grecque et française, soutenant à elles seules le poids d'une
tragédie. Autres sont des situations isolées, des
effets heureux d'un instant, des touches vives;
autres des rôles écrits d'un bout à l'autre avec
la même supériorité, des caractères fortement
accusés, occupant leur vraie place dans le tableau. Les Desdémone, les Juliette, les Ophélia,
les Perdita, les Cordélia, les Miranda, ne sont ni
des Antigone, ni des Électre, ni des Iphigénie,
ni des Phèdre, ni des Andromaque, ni des Chimène, ni des Roxane, ni des Monime, ni des

Bérénice, ni des Esther, ni même des Zaïre et des Aménaïde. Quelques phrases d'une passion émue, plus ou moins bien rendues en prose poétique, ne sauraient l'emporter sur les mêmes sentimens exprimés dans le pur langage des dieux. Iphigénie dit à son père :

> Peut-être assez d'honneurs environnaient ma vie,
> Pour ne pas souhaiter qu'elle me fût ravie,
> Ni qu'en me l'arrachant un sévère destin
> Si près de ma naissance en eût marqué la fin.
> Fille d'Agamemnon, c'est moi qui la première,
> Seigneur, vous appelai de ce doux nom de père.
> . . . .
> Hélas ! avec plaisir je me faisais conter
> Tous les noms des pays que vous allez dompter ;
> Et déjà d'Ilion présageant la conquête,
> D'un triomphe si beau je préparais la fête.

Monime dit à Phœdime :

> Si tu m'aimais, Phœdime, il fallait me pleurer,
> Quand d'un titre funeste on me vint honorer,
> Et lorsque m'arrachant du doux sein de la Grèce
> Dans ce climat barbare on traîna ta maîtresse.
> Retourne maintenant chez ces peuples heureux ;
> Et si mon nom encor s'est conservé chez eux,
> Dis-leur ce que tu vois, et de toute ma gloire,
> Phœdime, conte-leur la malheureuse histoire.

La romance du *saule* approche-t-elle de cette complainte exhalée du *doux sein de la Grèce* ?

Voulez-vous des combats de l'ame pour les opposer à l'amour de Juliette et de Desdémone?

Pauline répond à Polyeucte qui lui conseille de retourner à Sévère :

> Que t'ai-je fait, cruel, pour être ainsi traitée,
> Et pour me reprocher, au mépris de ma foi,
> Un amour si puissant que j'ai vaincu pour toi?
> . . . .
> Souffre que de toi-même elle obtienne ta vie,
> Pour vivre sous tes lois à jamais asservie.

Polyeucte est allé à la mort, *à la gloire;* Pauline dit à Félix :

> Mon époux, en mourant, m'a laissé ses lumières;
> Son sang, dont tes bourreaux viennent de me couvrir,
> M'a dessillé les yeux, et me les vient d'ouvrir.
> Je vois, je sais, je crois, je suis désabusée,
> De ce bienheureux sang tu me vois baptisée;
> Je suis chrétienne ! . . . .
> . . . .

Que cela est beau! quelle lutte de toutes les affections de la nature humaine, au milieu desquelles intervient la Divinité pour créer miraculeusement une passion nouvelle dans le cœur de Pauline, l'enthousiasme religieux. On sent qu'on habite des régions plus élevées que la terre où demeurent Desdémone et Juliette. Ce, *je suis chrétienne,* est une déclaration d'amour dans le ciel.

Et Chimène? Il faudrait citer le rôle entier. Corneille compose le caractère du Cid et de Chimène d'un mélange d'honneur, de piété filiale et d'amour.

> J'aimais, j'étais aimée et nos pères d'accord ;
> Et je vous en contais la première nouvelle
> Au malheureux moment que naissait leur querelle.

La passion, l'entraînement, l'intérêt dramatique vont croissant et s'échauffant de scène en scène jusqu'à ce vers fameux :

> Sors vainqueur d'un combat dont Chimène est le prix !

lequel amène ce cri de bonheur, de courage, d'orgueil et de gloire :

> Paraissez, Navarrois, Maures et Castillans !

Que sont enfin toutes les filles de Shakespeare auprès d'Esther ?

> Est-ce toi, chère Elise? O jour trois fois heureux !
> Que béni soit le Ciel qui te rend à mes vœux !
> Toi, qui, de Benjamin comme moi descendue,
> Fus de mes premiers ans la compagne assidue,
> Et qui, d'un même joug souffrant l'oppression,
> M'aidais à soupirer les malheurs de Sion.
>
> . . . .
>
> On m'élevait alors solitaire et cachée,
> Sous les yeux vigilans du sage Mardochée.
>
> . . . .

Du triste état des Juifs, jour et nuit agité,
Il me tira du sein de mon obscurité,
Et sur mes faibles mains fondant leur délivrance
Il me fit d'un empire accepter l'espérance.

. . . .

Cependant mon amour pour notre nation
A rempli ce palais des filles de Sion,
Jeunes et tendres fleurs par le sort agitées,
Sous un ciel étranger comme moi transplantées.

. . . .

Aux pieds de l'Éternel je viens m'humilier,
Et goûter le plaisir de me faire oublier.
Mais à tous les Persans je cache leurs familles.
Il faut les appeler. Venez, venez, mes filles,
Compagnes autrefois de ma captivité,
De l'antique Jacob jeune postérité.

S'il était des Huns, Hotentots, Hurons, Wendes, Wilzes et Welches, insensibles à la pudeur, à la noblesse, à la mélodie de cet ineffable langage, qu'ils soient septante fois sept fois heureux du charme de leurs propres ouvrages! « J'ai cru, dit « Racine dans sa préface d'*Esther*, que je pour- « rais remplir toute mon action avec les seules « scènes que Dieu lui-même, pour ainsi dire, a « préparées. » Racine avait raison de le croire : lui seul avait cette harpe de David consacrée aux scènes *préparées* de Dieu.

En jugeant avec impartialité dans leur ensem- ble les ouvrages étrangers et les nôtres (si toute- fois on peut juger les ouvrages étrangers, ce dont

je doute beaucoup), on trouverait qu'égaux en
force de pensée, nous l'emportons par l'ordre et
la raison de la composition. Le Génie enfante, le
Goût conserve. Le Goût est le bon sens du génie;
sans le goût, le génie n'est qu'une sublime folie.
Ce toucher sûr, par qui la lyre ne rend que le son
qu'elle doit rendre, est encore plus rare que la
faculté qui crée. L'Esprit et le Génie diversement
répartis, enfouis, latens, inconnus, *passent souvent parmi nous sans déballer*, comme dit Montesquieu: ils existent en même proportion dans tous
les âges, mais, dans le cours de ces âges, il n'y a
que certaines nations, chez ces nations qu'un certain moment où le Goût se montre dans sa pureté:
avant ce moment, après ce moment, tout pèche
par défaut ou par excès. Voilà pourquoi les ouvrages accomplis sont si rares; car il faut qu'ils
soient produits aux heureux jours de l'union
du Goût et du Génie. Or, cette grande rencontre,
comme celle de quelques astres, semble n'arriver qu'après la révolution de plusieurs siècles,
et ne durer qu'un instant.

19.

SIÈCLE DE SHAKESPEARE.

Le moment de l'apparition d'un grand génie doit
être remarqué, afin d'expliquer plusieurs affinités
de ce génie, de montrer ce qu'il a reçu du passé,
puisé dans le présent, laissé à l'avenir. L'imagination fantasmagorique de notre époque, qui pétrit
des personnages avec des nuées; cette imagination maladive, dédaignant la réalité, s'est engendré un Shakespeare à sa façon : l'enfant du boucher de Stratford est un géant tombé de Pélion
et d'Ossa au milieu d'une société sauvage, et dé-
passant cette société de cent coudées; que sais-je?
Shakespeare est comme Dante une comète solitaire, qui traversa les constellations du vieux ciel,
retourna aux pieds de Dieu, et lui dit comme le
tonnerre : « Me voici. »

L'amphigouri et le roman n'ont point droit de
cité dans le domaine des faits. Dante parut en un

temps qu'on pourrait appeler de ténèbres; la boussole conduisait à peine le marin dans les eaux connues de la Méditerranée; ni l'Amérique ni le passage aux Indes par le cap de Bonne-Espérance n'étaient trouvés; la poudre à canon n'avait point encore changé les armes, et l'imprimerie le monde; la féodalité pesait de tout le poids de sa nuit sur l'Europe asservie.

Mais lorsque la mère de Shaskespeare accoucha d'un enfant obscur en 1564, déjà s'étaient écoulés les deux tiers du fameux siècle de la renaissance et de la Réformation, de ce siècle où les principales découvertes modernes étaient accomplies, le vrai système du monde trouvé, le ciel observé, le globe exploré, les sciences étudiées, les beaux-arts arrivés à une perfection qu'ils n'ont jamais atteinte depuis. Les grandes choses et les grands hommes se pressaient de toutes parts: des familles allaient semer dans les bois de la Nouvelle-Angleterre les germes d'une indépendance fructueuse; des provinces brisaient le joug de leurs oppresseurs, et se plaçaient au rang des nations.

Sur les trônes, après Charles-Quint, François Ier, Léon X, brillaient Sixte-Quint, Élisabeth, Henri IV, don Sébastien, et ce Philippe qui n'était pas un tyran vulgaire.

Parmi les guerriers, on comptait : don Juan

d'Autriche, le duc d'Albe, les amiraux Veniero et Jean André Doria, le prince d'Orange, les deux Guise, Coligny, Biron, Lesdiguières, Montluc, La Noue.

Parmi les magistrats, les légistes, les ministres, les politiques : L'Hôpital, Harlay, Du Moulins Cujas, Sully, Olivarez, Cécil, d'Ossat.

Parmi les prélats, les sectaires, les savans, les érudits, les gens de lettres : saint Charles Borromée, saint François de Sales, Calvin, Théodore de Bèze, Buchanan, Tycho-Brahé, Galilée, Bacon, Cardan, Kepler, Ramus, Scaliger, Étienne, Manuce, Just Lipse, Vida, Baronius, Mariana, Amyot, Du Haillan, Montaigne, Bignon, De Thou, d'Aubigné, Brantôme, Marot, Ronsard et mille autres.

Parmi les artistes : Titien, Paul Veronèse, Annibal Carrache, Sansovino, Jules Romain, le Dominiquin, Palladio, Vignole, Jean Goujon, le Guide, Poussin, Rubens, Van-Dyck, Velasquez : Michel-Ange avait voulu attendre pour mourir l'année de la naissance de Shakespeare.

Loin d'être un chef de civilisation rayonnant au sein de la barbarie, Shakespeare, dernier-né du moyen-âge, était un Barbare se dressant dans les rangs de la civilisation en progrès, et la rentraînant au passé. Il ne fut point une étoile solitaire, il marcha de concert avec des astres dignes de son firmament, Camoëns, Tasse, Ercilla, Lope de Vega, Calderón, trois poètes épiques et deux tragiques du premier ordre. Examinons tout cela en détail, et commençons d'abord par le matériel de la société.

Aux jours de Shakespeare, si la culture de l'esprit était poussée plus loin, en différentes branches, qu'elle ne l'est même de notre temps, la société matérielle s'était également raffinée. Sans parler de l'Italie où les palais, chefs-d'œuvre des arts, étaient meublés d'autres chefs-d'œuvre; de l'Italie, enrichie du commerce de Florence, de Gênes, de Venise, étincelante de ses manufactures d'étoffes de soie, d'or et de velours; sans aller chercher une civilisation complète au-delà des Alpes, restons dans la patrie du poète; nous y verrons les améliorations considérables dues à l'administration d'Élisabeth.

Erasme nous apprend que sous Henry VII et Henry VIII, on pouvait à peine respirer dans les appartemens : ils ne recevaient l'air et le jour qu'au travers de treillis extrêmement serrés; les vitraux étaient réservés au fenestrage des châteaux et des églises. Chaque étage des maisons s'avançait en saillie et abritait l'étage au-dessous : portés ainsi sur deux lignes obliques et à redans, les toits se touchaient presque, et les rues noires se trouvaient quasi fermées par le haut. La plupart

des habitations n'avaient point de cheminées;
le plain-pied des chambres consistait en un
mastic de terre recouvert de joncs ou d'une
couche de sable, destinée à absorber les im-
mondices des chats et des chiens. Erasme attribue
les pestes, fréquentes alors en Angleterre, à la
malpropreté des Anglais.

Chez les riches, l'ameublement se composait
de tapisseries d'Arras, de longues planches por-
tées sur des tréteaux en guise de tables de réfec-
toire, d'un buffet, d'une chaise, de quelques
bancs et de plusieurs escabelles. Les pauvres dor-
maient sur une claie ou sur une paillasse, ayant
pour couverture une serpillère, pour traversin
une bûche. Celui qui possédait un matelas de
laine et un oreiller rempli de son, excitait
l'envie de ses voisins. Harrison déclare tenir
ces détails de la bouche des vieillards, et il
ajoute : « A présent (règne d'Élisabeth) les fer-
« miers ont trois ou quatre lits de plume garnis
« de couvertures et de tapis, de tentures de soie;
« leurs tables sont parées de linge blanc, leurs
« buffets garnis de vaisselle de terre, d'une salière
« d'argent, d'une timbale et d'une douzaine de
« cuillers du même métal »

Les fermiers de notre France actuelle, si fière
de sa civilisation, ne sont pas encore tous arrivés
à une pareille aisance.

Shakespeare s'éleva sous la protection de cette reine qui envoyait le matelot chercher au bout du monde la richesse du laboureur. Assez de paix et de gloire florissait dans l'intérieur de l'Angleterre, pour qu'un poète chantât en sûreté, sans toutefois que la société manquât *au dedans* et *au dehors* de spectacles propres à remuer l'ame et à échauffer la pensée.

Au dedans : Élisabeth offrait en sa personne un caractère historique. Shakespeare avait vingt-trois ans, lorsque Marie Stuart fut décapitée. Né de parens catholiques, peut-être catholique lui-même, il ouït raconter sans doute à ses co-religionnaires qu'Élisabeth essaya de faire séduire sa captive par Rolstone, afin de la déshonorer, et que, profitant du massacre de la Saint-Barthélemi, elle fut tentée de livrer la reine d'Écosse au talion des Écossais protestans. Qui sait si la curiosité n'avait pas attiré le jeune William de Stratford à Fotheringay, au moment de la catastrophe? Qui sait s'il n'avait pas vu le lit, la chambre, les voûtes tendues de noir, le billot, la tête de Marie séparée du tronc et dans laquelle un premier coup de hache mal appliqué avait enfoncé la coëffe et des cheveux blancs? Qui sait si ses regards ne s'étaient pas arrêtés sur l'élégant cadavre, objet de la curiosité et de la souillure du bourreau?

Plus tard Élisabeth jeta une autre tête aux

pieds de Shakespeare ; Mahomet II décapitait un Icoglan pour faire poser la mort devant un peintre. Étrange composé d'homme et de femme ! Élisabeth ne paraît avoir eu dans sa vie enveloppée d'un mystère, qu'une passion et jamais d'amour : « La dernière maladie de cette reine, « disent les mémoires du temps, procédait d'une « tristesse qu'elle a toujours tenue fort secrète ; « elle n'a jamais voulu user de remèdes quel- « conques, comme si elle eût pris cette résolu- « tion de longue main de vouloir mourir, en- « nuyée de sa vie par quelque occasion secrète « qu'on a voulu dire être la mort du comte « d'Essex. »

Ce seizième siècle, printemps de la civilisation nouvelle, germait en Angleterre plus qu'ailleurs ; il développait, en les éprouvant, les générations puissantes dont les entrailles portaient déjà la liberté, Cromwell et Milton. Élisabeth dînait au son des tambours et des trompettes, tandis que son parlement faisait des lois atroces contre les papistes, et que le joug d'une sanglante oppression s'appesantissait sur la malheureuse Irlande. Les hautes œuvres de Tiburn se mêlaient aux ballets des nymphes, les austérités des puritains aux fêtes de Kenilworth, les comédies aux sermons, les libelles aux cantiques,

les critiques littéraires aux discussions philosophiques et aux controverses des sectes.

Un esprit d'aventures agitait la nation comme
à l'époque des guerres de la Palestine : des volon-
taires croisés protestans s'embarquaient pour
aller combattre les *idolâtres*, c'est-à-dire les *catholiques*; ils suivaient sur l'Océan sir Francis
Drake, sir Walter Raleigh, ces Pierre l'hermite
de mers, amis du Christ, ennemis de la croix.
Engagés dans la cause des libertés religieuses,
les Anglais servaient quiconque cherchait à s'af-
franchir; ils versaient leur sang sous le panache
blanc d'Henri IV, sous le drapeau jaune du prince
d'Orange. Shakespeare assistait à ce spectacle :
il entendit gronder les orages protecteurs qui
jetèrent les débris des vaisseaux espagnols sur
les grèves de sa patrie délivrée.

Au dehors, le tableau ne favorisait pas moins
l'inspiration du poète : en Ecosse, l'ambition et
les vices de Murray, le meurtre de Rizzio, Darnley
étranglé et son corps lancé au loin, Bothwell
épousant Marie dans la forteresse de Dunbar,
obligé de fuir et devenant pirate en Norvége,
Morton livré au supplice.

Dans les Pays-Bas, tous les malheurs insépa-
rables de l'émancipation d'un peuple : un cardinal de Granvelle, un duc d'Albe, la fin tragique
du comte d'Egmont et du comte de Horn.

En Espagne, la mort de don Carlos, Philippe II bâtissant le sombre Escurial, multipliant les auto-da-fé, et disant à ses médecins : « Vous crai- « gnez de tirer quelques gouttes de sang à un « homme qui en a fait répandre des fleuves. »

En Italie, l'histoire de la Cenci renouvelée des anciennes *aventures* de Venise, de Vérone, de Milan, de Bologne, de Florence.

En Allemagne, le commencement de Wallenstein.

En France, la plus prochaine terre de la patrie de Shakespeare, que voyait-il ?

Le toscin de la Saint-Barthélemi sonna la huitième année de la vie de l'auteur de *Macbeth* : l'Angleterre retentit de ce massacre ; elle en publia les détails exagérés, s'ils pouvaient l'être. On imprima à Londres et à Edimbourg, on vendit dans les villes et dans les campagnes des relations capables d'ébranler l'imagination d'un enfant. On ne s'entretenait que de l'accueil fait par Elisabeth à l'ambassadeur de Charles IX. « Le silence de la nuit régnait dans toutes les « pièces de l'appartement royal. Les dames et « les courtisans étaient rangés en haie de chaque « côté, tous en grand deuil, et quand l'ambas- « sadeur passa au milieu d'eux, aucun ne jeta un « regard de politesse, ni ne lui rendit son salut. » Marloe mit sur la scène *le Massacre de Paris* :

et Shakespeare à son début put s'y trouver chargé de quelque rôle.

Après le règne de Charles IX, vint celui d'Henri III, si fécond en catastrophes : Catherine de Médicis, les mignons, la journée des barricades, l'égorgement des deux Guise à Blois, la mort d'Henri III à Saint-Cloud, les fureurs de la Ligue, l'assassinat d'Henri IV, variaient sans cesse les émotions d'un poète qui vit se dérouler cette longue chaîne d'évènemens. Les soldats d'Elisabeth, le comte d'Essex lui-même, mêlés à nos guerres civiles, combattirent au Hâvre, à Ivry, à Rouen, à Amiens. Quelques vétérans de l'armée anglaise pouvaient conter au foyer de William ce qu'ils avaient su de nos calamités et de nos champs de bataille.

C'était donc le génie même de son temps, qui soufflait à Shakespeare son génie. Les drames innombrables, joués autour de lui, préparaient des sujets aux héritiers de son art : Charles IX, le duc de Guise, Marie Stuart, don Carlos, le comte d'Essex, devaient inspirer Schiller, Ottway, Alfieri, Campistron, Thomas Corneille, Chénier, Reynouard.

Shakespeare naquit entre la révolution religieuse commencée sous Henri VIII, et la révolution politique prête à s'opérer sous Charles Ier. Tout était meurtre et catastrophe au-dessus de lui; tout fut meurtre et catastrophe au-dessous.

Au règne d'Edouard VI : Sommerset, le protecteur du royaume et oncle du jeune roi, envoyé au supplice.

Au règne de Marie : les martyrs du protestantisme, Jane Gray décapitée, Philippe, l'exterminateur des protestans, débarquant en Angleterre, comme pour passer en revue et dévouer à la mort le camp ennemi.

Au règne d'Élisabeth : les martyrs du catholicisme, Élisabeth elle-même, marquée de l'onction sainte, selon le rit romain, et devenue la persécutrice de la foi qui lui posa la couronne sur la tête; Élisabeth, fille de cette Anne Bouleyn, cause du schisme, sacrifiée après Thomas Morus, morte à demi folle, priant, riant, comparant la petitesse de son cou à la largeur du coutelas de l'exécuteur.

Shakespeare, dans sa jeunesse, rencontra de vieux moines, chassés de leurs cloîtres, lesquels avaient vu Henri VIII, ses réformes, ses destructions de monastères, ses *fous*, ses épouses, ses maîtresses, ses bourreaux : lorsque le poète quitta la vie, Charles Ier comptait seize ans.

Ainsi, d'une main, Shakespeare avait pu toucher les têtes blanchies que menaça le glaive de l'avant-dernier des Tudor; de l'autre, la tête brune du second des Stuarts, que peignit

Van-Dyck, et que la hache des parlementaires devait abattre. Appuyé sur ces fronts tragiques, le grand tragique s'enfonça dans la tombe; il remplit l'intervalle des jours où il vécut, de ses spectres, de ses rois aveugles, de ses ambitieux punis, de ses femmes infortunées, afin de joindre par des fictions analogues les réalités du passé aux réalités de l'avenir.

POÈTES ET ÉCRIVAINS CONTEMPORAINS DE SHAKESPEARE.

Jacques Ier gouverna entre l'épée qui l'avait effrayé dans le ventre de sa mère et l'épée qui fit mourir mais ne fit pas trembler son fils. Son règne sépara l'échafaud de Fotheringay de celui de White-Hall ; espace obscur où s'éteignirent Bacon et Shakespeare.

Ces deux illustres contemporains se rencontrèrent sur le même sol; je vous ai nommé plus haut les étrangers leurs compagnons de gloire. La France, la moins bien partagée alors dans les lettres, ne nous offre qu'Amyot, de Thou, Ronsard et Montaigne; esprits d'un moindre vol : Hardy et Garnier balbutiaient à peine les premiers accens de notre Melpomène. Toutefois la mort de Rabelais n'avait précédé que de quinze années la naissance de Shakespeare : le bouffon eût été de taille à se mesurer avec le tragique.

Celui-ci avait déjà passé trente-un ans sur la

I.   20

terre, quand l'infortuné Tasse et l'héroïque Ercilla
la quittèrent, tous deux morts en 1595. Le poète
anglais fondait le théâtre de sa nation, lorsque
Lope de Vega établissait la scène espagnole :
mais Lope eut un rival dans Caldéron. L'auteur du *Meilleur Alcade* était embarqué en
qualité de volontaire sur l'invincible Armada
au moment où l'auteur de Falstaff calmait les
inquiétudes de *la belle Vestale assise sur le trône
d'Occident.*

Le dramatiste castillan rappelle cette fameuse
flotte dans la *Fuerza lastimosa* : « Les vents,
« dit-il, détruisirent la plus belle armée navale
« qu'on ait jamais vue. » Lope venait l'épée
au poing assaillir Shakespeare dans ses foyers,
comme les ménestrels de Guillaume le Conquérant attaquèrent les Scaldes d'Harold. Lope a fait
de la religion ce que Shakespeare a fait de l'histoire : les personnages du premier entonnent sur
la scène le *Gloria Patri* entrecoupé de romances;
ceux du second chantent des ballades égayées des
lazzi du fossoyeur.

Blessé à Lépante en 1570, esclave à Alger
en 1575, racheté en 1581, Cervantes, qui commença dans une prison son inimitable comédie,
n'osa la continuer que long-temps après, tant
le chef-d'œuvre avait été méconnu ! Cervantes
mourut la même année et le même mois que Sha-

kespeare : deux documens constatent la richesse des deux auteurs.

William Shakespeare, par son testament, lègue à sa femme le second de ses lits après le meilleur; il donne à deux de ses camarades de théâtre trente-deux shellings pour acheter une bague; il institue sa fille aînée, Suzanne, sa légataire universelle; il fait quelques petits cadeaux à sa seconde fille Judith, laquelle signait une croix au bas des actes, déclarant ne savoir écrire.

Michel Cervantes reconnaît, par un billet, qu'il a reçu en dot de sa femme, Catherine Salazor y Palacios, un dévidoir, un poëlon de fer, trois broches, une pelle, une râpe, une vergète, six boisseaux de farine, cinq livres de cire, deux petits escabeaux, une table à quatre pieds, un matelas garni de sa laine, un chandelier de cuivre, deux draps de lit, deux enfans Jésus avec leurs petites robes et leurs chemises, quarante-quatre poules et poulets avec un coq. Il n'y a pas aujourd'hui si mince écrivain qui ne crie à l'injustice des hommes, à leur mépris pour les talens, s'il n'est gorgé de pensions dont la centième partie aurait fait la fortune de Cervantes et de Shakespeare. Le peintre du Fou du roi Léar alla donc, en 1616, chercher un monde plus sage, avec le peintre de Don Quichotte; dignes compagnons de voyage.

20.

Corneille était venu pour les remplacer dans
cette famille cosmopolite de grands hommes dont
les fils naissent chez tous les peuples, comme à
Rome les Brutus succédaient aux Brutus, les Scipion aux Scipion. Le chantre du *Cid*, enfant de
six ans, vit les derniers jours du chantre d'*O-
thello*, comme Michel-Ange remit sa palette, son
ciseau, son équerre et sa lyre à la mort, l'année
même où Shakespeare, le cothurne au pied, le
masque à la main, entra dans la vie, comme le
poète mourant de la Lusitanie salua les premiers
soleils du poète d'Albion. Lorsque le jeune boucher de Stratford, armé du couteau, adressait,
avant de les égorger, une harangue à ses victimes, les brebis et les génisses, Camoëns faisait
entendre au tombeau d'Inès, sur les bords du
Tage, les accens du cygne :

« Depuis tant d'années que je vous vais chan-
« tant, ô nymphes du Tage, ô vous, Lusitaniens,
« la fortune me traîne errant à travers les mal-
« heurs et les périls, tantôt sur la mer, tantôt
« au milieu des combats. . . . . , tantôt
« dégradé par une honteuse indigence, sans
« autre asile qu'un hôpital. . . . . . . Il ne suf-
« fisait pas que je fusse voué à tant de misères,
« il fallait encore qu'elles me vinssent de ceux-là
« mêmes que j'ai chantés : . . . . Poètes!

« vous donnez la gloire ; en voilà le prix. . . . .

. . . .

> Vaõ os annos descendo, e já do estio
> Ha pouco que passar até o outono, etc.

« Mes années vont déclinant ; avant peu j'aurai
« passé de l'été à l'automne. Les chagrins m'en-
« traînent au rivage du noir repos et de l'éternel
« sommeil. »

Faut-il donc que chez toutes les nations et dans
tous les siècles, les plus grands génies arrivent à
ces dernières paroles du Camoëns !

Milton, âgé de huit ans quand Shakespeare
mourut, s'éleva comme à l'ombre du tombeau de
ce grand homme; Milton se plaint aussi d'être
venu dans de mauvais jours, un siècle trop tard.
Il craint que *la froideur du climat ou des ans
n'ait engourdi ses ailes humiliées.* . . . .

. . . . cold climat,
or years damp, my intended-wing deprest. . .

Il a cette frayeur au moment même où il écrit
le neuvième livre du *Paradis perdu*, qui renferme la séduction d'Ève, et les scènes les plus
pathétiques entre Ève et Adam !

Ces hommes divins, prédécesseurs ou contemporains de Shakespeare, ont quelque chose en
eux qui participe de la beauté de leur patrie :
Dante était un citoyen illustre et un guerrier

vaillant: le Tasse eût été bien placé dans la
troupe brillante qui suivait Renaud; Lope et
Caldéron portèrent les armes; Ercilla est à la fois
l'Homère et l'Achille de son épopée; Cervantes
et le Camoëns montraient les cicatrices glorieuses
de leur courage et de leur infortune. Le style de
ces poètes-soldats a souvent l'élévation de leur
existence : il aurait fallu à Shakespeare une autre
carrière; il est passionné dans ses compositions,
rarement noble : la dignité manque quelquefois
à son style, comme elle manque à sa vie.

Et quelle a été cette vie? qu'en sait-on? peu
de chose. Celui qui l'a portée, l'a cachée, et ne
s'est soucié ni de ses travaux ni de ses jours.

Si l'on étudie les sentimens intimes de Shakespeare dans ses ouvrages, le peintre de tant de
noirs tableaux semblerait avoir été un homme
léger, rapportant tout à sa propre existence : il
est vrai qu'il trouvait assez d'occupation dans
une aussi grande vie intérieure. Le père du
poète, probablement catholique, d'abord chef
bailli et alderman à Stratford, était devenu marchand de laine et boucher. William, fils aîné
d'une famille de dix enfans, exerça le métier de
son père. Je vous ai dit que le dépositaire du
poignard de Melpomène saigna des veaux avant
de tuer des tyrans, et qu'il adressait des harangues pathétiques aux spectateurs de l'injuste
mort de ces innocentes bêtes. Shakespeare, dans
sa jeunesse, livra, sous un pommier resté célèbre, des assauts de cruchons de bière aux trin-

queurs de Bidford. A dix-huit ans il épousa la
fille d'un cultivateur, Anna Hatway, plus âgée
que lui de sept années. Il en eut une première
fille, et puis deux jumeaux, un fils et une fille.
Cette fécondité ne le fixa et ne le toucha guère;
il oublia si bien et si vite madame Anna, qu'il ne
s'en souvint que pour lui laisser, par *interligne*,
dans son testament mentionné plus haut, *le second de ses lits après le meilleur*.

Une aventure de braconnier le chassa de son
village. Appréhendé au corps dans le parc de sir
Thomas Lucy, il comparut devant l'offensé, et
se vengea de lui en placardant à sa porte une
ballade satirique. La rancune de Shakespeare
dura; car de sir Thomas Lucy il fit le bailli Shal-
low, dans la *seconde partie de Henri VI*, et l'ac-
cabla des bouffonneries de Falstaff. La colère de
sir Thomas ayant obligé Shakespeare de quitter
Stratford, il alla chercher fortune à Londres.

La misère l'y suivit. Réduit à garder les chevaux des gentlemen à la porte des théâtres, il
disciplina une troupe d'intelligens serviteurs, qui
prirent le nom de *garçons de Shakespeare* (Shakespeare's Boys). De la porte des théâtres se glis-
sant dans la coulisse, il y remplit la fonction de
call boy (garçon appeleur). Green, son parent,
acteur à Black-Friars, le poussa de la coulisse
sur la scène, et d'acteur il devint auteur. On pu-

blia contre lui des critiques et des pamphlets auxquels il ne répondit pas un mot. Il remplissait le rôle de *frère Laurence* dans *Roméo et Juliette*, et jouait celui du *spectre* dans *Hamlet* d'une manière effrayante. On sait qu'il joûtait d'esprit avec Ben Johnson au club de la Sirène, fondé par sir Walter Raleigh. Le reste de sa carrière théâtrale est ignoré; ses pas ne sont plus marqués dans cette carrière que par des chefs-d'œuvre qui tombaient deux ou trois fois l'an de son génie, *bis pomis utilis arbos*, et dont il ne prenait aucun souci. Il n'attachait pas même son nom à ces chefs-d'œuvre, tandis qu'il laissait écrire ce grand nom au catalogue de comédiens oubliés, *entre-parleurs* (comme on disait alors) dans des pièces encore plus oubliées. Il ne s'est donné la peine ni de recueillir ni d'imprimer ses drames : la postérité, qui ne lui vint jamais en mémoire, les exhuma des vieux répertoires, comme on déterre les débris d'une statue de Phidias parmi les obscures images des athlètes d'Olympie.

Dante se joint sans façon au groupe des grands poètes : *Vidi quattro grand ombre a moi venire;* le Tasse parle de son immortalité; ainsi des autres. Shakespeare ne dit rien de sa personne, de sa famille, de sa femme, de son fils (mort à l'âge de douze ans), de ses deux filles, de son pays,

de ses ouvrages, de sa gloire; soit qu'il n'eût pas
la conscience de son génie, soit qu'il en eût le
dédain, il paraît n'avoir pas cru au souvenir :
« Ah! ciel, s'écrie Hamlet, mort depuis deux
« mois et pas encore oublié! On peut espérer
« alors que la mémoire d'un grand homme lui
« survivra six mois; mais, par Notre-Dame, il
« faudra pour cela qu'il ait bâti des églises; au-
« trement, qu'il se résigne à ce qu'on ne pense
« plus à lui. »

Shakespeare quitta brusquement le théâtre à
cinquante ans, dans la plénitude de ses succès et
de son génie. Sans chercher des causes extraor-
dinaires à cette retraite, il est probable que l'in-
souciant acteur descendit de la scène aussitôt
qu'il eut acquis une petite indépendance. On
s'obstine à juger le caractère d'un homme par la
nature de son talent, et réciproquement la nature
de ce talent par le caractère de l'homme; mais
l'homme et le talent sont quelquefois très disparates, sans cesser d'être homogènes. Quel est le
véritable homme de Shakespeare le tragique, ou
de Shakespeare le joyeux vivant? Tous les deux
sont vrais; ils se lient ensemble au moyen des
mystérieux rapports de la nature.

Lord Southampton fut l'ami de Shakespeare,
et l'on ne voit pas qu'il ait rien fait de considé-
rable pour lui. Élisabeth et Jacques Ier protégè-

rent l'acteur, et apparemment le méprisèrent.
De retour à ses foyers, il planta le premier
mûrier qu'on ait vu dans le canton de Stratford.
Il mourut, en 1616, à Newplace, sa maison des
champs. Né le 23 avril 1564, ce même jour,
23 avril, qui l'avait amené devant les hommes,
le vint chercher, en 1616, pour le conduire devant Dieu. Enterré sous une dalle de l'église de
Stratford, il eut une statue, assise dans une niche
comme un saint, peinte en noir et en écarlate,
repeinte par le grand-père de mistriss Siddon, et
rebarbouillée de plâtre par Malone. Une crevasse
se forma, il y a plusieurs années, dans le sé-
pulcre; le marguillier de surveillance ne dé-
couvrit ni ossemens ni cercueil: il aperçut de la
poussière, et l'on a dit que c'était quelque chose
que d'avoir vu la poussière de Shakespeare. Le
poète, dans une épitaphe, défendait de toucher
à ses cendres : ami du repos, du silence et de
l'obscurité, il se mettait en garde contre le mouvement, le bruit et l'éclat de son avenir. Voici
donc toute la vie et toute la mort de cet immortel : une maison dans un hameau, un mûrier, la
lanterne avec laquelle l'auteur-acteur jouait le
rôle de *frère Laurence* dans *Roméo et Juliette*,
une grossière effigie villageoise, une tombe entr'ouverte.

Castrell, ministre protestant, acheta la maison

de Newplace; l'ecclésiastique bourru, impor-
tuné du pèlerinage des dévots à la mémoire du
grand homme, abattit le mûrier; plus tard il fit
raser la maison, dont il vendit les matériaux.
En 1740, des Anglaises élevèrent à Shakespeare,
dans Westminster, un monument de marbre;
elles honorèrent ainsi le poète qui tant aima les
femmes, et qui avait dit dans *Cymbeline* :
« L'Angleterre est un nid de cygnes au milieu
« d'un vaste étang. »

Shakespeare était-il boiteux comme lord Byron,
Walter-Scott et les Prières, filles de Jupiter? Les
libelles, publiés contre lui de son vivant, ne lui
reprochent pas un défaut si apparent à la scène.
Lame se disait d'une main comme d'un pied :
lame of one hand. Lame signifie, en général,
imparfait, défectueux, et se prend dans le même
sens au figuré. Quoi qu'il en soit, le *boy* de
Stratford, loin d'être honteux de son infirmité
comme Childe-Harold, ne craint pas de la rappeler à l'une de ses maîtresses :

. . . . lame by fortune's dearest spite.

« Boiteux par la moquerie la plus chère de la
« fortune. »

Shakespeare aurait eu beaucoup d'amours, si
l'on en comptait une par sonnet : total, cent cin-

quante-quatre. Sir William Davenant se vantait
d'être le fils d'une belle hôtellière, amie de Shakespeare, laquelle tenait l'auberge de la *Couronne* à
Oxford. Le poète se traite assez mal dans ses
petites odes, et dit des vérités désagréables aux
objets de son culte. Il se reproche à lui-même
quelque chose : gémit-il mystérieusement de
ses mœurs, ou se plaint-il du peu d'honneur de
sa vie ? C'est ce qu'on ne peut démêler. « Mon
« nom a reçu une flétrissure, *my name receives*
« *a brand.* Ayez pitié de moi, et souhaitez que
« je sois renouvelé, tandis que, comme un pa-
« tient volontaire, je boirai un antidote d'Eysell
« contre ma forte corruption. . . . .
« Je ne puis toujours t'avouer, de peur que ma
« faute déplorée ne te fasse honte. Et toi, tu ne
« peux m'honorer d'une faveur publique, sans
« ravir l'honneur à ton nom, *unless thou take*
« *that honour from thy name.* »

Des commentateurs se sont figuré que Shakespeare rendait hommage à la reine Élisabeth ou
à lord Southampton transformé symboliquement
en une maîtresse. Rien de plus commun au xv^e
siècle, que ce mysticisme de sentiment et cet abus
de l'allégorie : Hamlet parle d'Yorick comme
d'une femme, quand les fossoyeurs retrouvent
sa tête : « Hélas ! pauvre Yorick ! je l'ai connu,

« Horatio : c'était un compagnon joyeux et d'une
« imagination exquise. . . . .
« Là étaient attachées ces lèvres que j'ai baisées
« ne sais combien de fois ! » *That I have kiss'd,
I know not how oft*. Au temps de Shakespeare l'u-
sage de s'embrasser sur la joue était inconnu :
Hamlet dit à Yorick ce que Marguerite d'Écosse
disait à Alain Chartier.

Quoi qu'il en soit, beaucoup de sonnets sont
visiblement adressés à des femmes. Des jeux d'esprit gâtent ces effusions érotiques, mais leur
harmonie avait fait surnommer l'auteur *le poète
à la langue de miel*. Depuis Catulle il est ques-
tion, chez les nourrissons des muses, d'une rose
qu'il se faut hâter d'enlever à sa tige, avant qu'elle
soit effeuillée ; Shakespeare parle plus clair : il invite son amie à renaître dans une belle petite
fille, laquelle renaîtra à son tour dans une autre
belle petite fille, et ainsi de suite ; moyen sûr
pour que la rose, toujours cueillie, ne soit
jamais fanée.

Le créateur de Desdemone et de Juliette vieil-
lissait sans cesser d'être amoureux. La femme inconnue à laquelle il s'adresse en vers charmans,
était-elle fière et heureuse d'être l'objet des sonnets de Shakespeare ? on peut en douter : la gloire
est pour un vieil homme ce que sont les diamans

pour une vieille femme : ils la parent, et ne peuvent l'embellir.

My love is strengthen'd, though more weak in seeming, etc.

« Mon amour est augmenté, quoique plus faible
« en apparence ; . . . . . notre amour nouveau
« n'était encore qu'au printemps, quand j'avais ac-
« coutumé de le saluer de mes vers ; ainsi Philo-
« mèle chante au commencement de l'été, et re-
« tient ses soupirs à mesure que les jours mûrissent ;
« non que l'été soit maintenant moins doux qu'il
« était quand les hymnes mélancoliques du ros-
« signol *silenciaient* la nuit ! mais une musique du
« désert s'élève à présent de chaque rameau, et
« les choses agréables, devenues communes,
« perdent leurs plus chères délices. Comme l'oi-
« seau, je me tais quelquefois pour ne pas vous
« fatiguer de mes chansons. »

That ime of year thou may 'st, in me behold
When yellow leaves, or none, or few, do hang, etc.

« Tu peux voir en moi ce temps de l'année où
« quelques feuilles jaunies pendent aux rameaux
« qui tremblent à la bise, voûtes en ruine et dé-
« pouillées où naguère les petits oiseaux gazouil-

« laient. . . . . Tu vois en moi le rayon
« d'un feu qui s'éteint sur les cendres de sa jeu-
« nesse, comme sur un lit de mort où il expire,
« consumé par ce qui le nourrissait. Ces choses
« que tu vois, doivent rendre ton amour plus
« empressé d'aimer un bien que si tôt tu vas
« perdre.

No longer mourn for me when I am dead,
Than you shall hear the surly sullen bell, etc.

« Ne pleurez pas long-temps pour moi, quand je
« serai mort: vous entendrez la triste cloche, sus-
« pendue haut, annoncer au monde que j'ai fui
« ce monde vil, pour habiter avec les vers plus
« vils encore. Si vous lisez ces mots, ne vous rap-
« pelez pas la main qui les a tracés; je vous aime
« tant que je veux être oublié dans vos doux sou-
« venirs, si en pensant à moi vous pouviez être
« malheureuse. Oh! si vous jetez un regard sur
« ces lignes quand peut-être je ne serai plus qu'une
« masse d'argile, ne redites pas même mon pauvre
« nom, et laissez votre amour se faner avec ma
« vie. »

Il y a plus de poésie, d'imagination, de mélancolie dans ces vers que de sensibilité, de passion et de profondeur. Shakespeare aime, mais

il ne croit pas plus à l'amour qu'il ne croyait à autre chose : une femme pour lui est un oiseau, une brise, une fleur ; chose qui charme et passe. Par l'insouciance ou l'ignorance de sa renommée, par son état qui le jetait à l'écart de la société, en dehors des conditions où il ne pouvait atteindre, il semble avoir pris la vie comme une heure légère et désoccupée, comme un loisir rapide et doux.

Les poètes aiment mieux la liberté et la muse que leur maîtresse : le pape offrit à Pétrarque de le séculariser, afin qu'il pût épouser Laure. Pétrarque répondit à l'obligeante proposition de Sa Sainteté : « J'ai encore bien des sonnets à « faire. »

Shakespeare, cet esprit si tragique, tira son sérieux de sa moquerie, de son dédain de lui-même et de l'espèce humaine : il doutait de tout ; *Perhaps* est un mot qui lui revient sans cesse. Montaigne, de l'autre côté de la mer, répétait : « Peut-être. Que sais-je ? »

SHAKESPEARE AU NOMBRE DES CINQ OU SIX GRANDS GÉNIES DOMINATEURS.

Pour conclure,

Shakespeare est au nombre des cinq ou six écrivains qui ont suffi aux besoins et à l'aliment de la pensée : ces génies-mères semblent avoir enfanté et allaité tous les autres. Homère a fécondé l'antiquité; Eschyle, Sophocle, Euripide, Aristophane, Horace, Virgile, sont ses fils. Dante a engendré l'Italie moderne, depuis Pétrarque jusqu'au Tasse. Rabelais a créé les lettres françaises; Montaigne, Lafontaine, Molière, viennent de sa descendance. L'Angleterre est toute Shakespeare, et, jusque dans ces derniers temps, il a prêté sa langue à Byron, son dialogue à Walter Scott.

On renie souvent ces maîtres suprêmes; on se révolte contre eux; on compte leurs défauts; on les accuse d'ennui, de longueur, de bizarrerie, de mauvais goût, en les volant et en se parant de

21.

leurs dépouilles ; mais on se débat en vain sous
leur joug. Tout se teint de leurs couleurs; partout
s'impriment leurs traces : ils inventent des mots
et des noms qui vont grossir le vocabulaire général des peuples ; leurs dires et leurs expressions
deviennent proverbes, leurs personnages fictifs
se changent en personnages réels, lesquels ont
hoirs et lignée. Il ouvrent des horizons d'où
jaillissent des faisceaux de lumière ; ils sèment
des idées, germes de mille autres ; ils fournissent des imaginations, des sujets, des styles
à tous les arts : leurs œuvres sont des mines in-
épuisables, ou les entrailles mêmes de l'esprit
humain.

De tels génies occupent le premier rang; leur
immensité, leur variété, leur fécondité, leur originalité, les font reconnaître tout d'abord pour
lois, exemplaires, moules, types des diverses intelligences, comme il y a quatre ou cinq races
d'hommes, dont les autres ne sont que des
nuances ou des rameaux. Donnons-nous garde
d'insulter aux désordres dans lesquels tombent
quelquefois ces êtres puissans; n'imitons pas
Cham le maudit; ne rions pas si nous rencon-
trons nu et endormi, à l'ombre de l'arche échouée
sur les montagnes d'Arménie, l'unique et solitaire nautonnier de l'abîme. Respectons ce navi-
gateur diluvien qui recommença la création

après l'épuisement des cataractes du ciel : pieux enfans bénis de notre père, couvrons-le pudiquement de notre manteau.

Shakespeare, de son vivant, n'a jamais pensé à vivre après sa vie : que lui importe aujourd'hui mon cantique d'admiration? En admettant toutes les suppositions, en raisonnant d'après les vérités ou les erreurs dont l'esprit humain est pénétré ou imbu, que fait à Shakespeare une renommée dont le bruit ne peut monter jusqu'à lui? Chrétien, au milieu des félicités éternelles, s'occupe-t-il du néant du monde? Déiste, dégagé des ombres de la matière, perdu dans les splendeurs de Dieu, abaisse-t-il un regard sur le grain de sable où il a passé? Athée, il dort de ce sommeil sans souffle et sans réveil, qu'on appelle la mort. Rien donc de plus vain que la gloire au-delà du tombeau, à moins qu'elle n'ait fait vivre l'amitié, qu'elle n'ait été utile à la vertu, secourable au malheur, et qu'il ne nous soit donné de jouir dans le ciel d'une idée consolante, généreuse, libératrice, laissée par nous sur la terre.

TROISIÈME PARTIE.

LITTÉRATURE

SOUS LES DEUX PREMIERS STUART ET PENDANT
LA RÉPUBLIQUE.

CE QUE L'ANGLETERRE DOIT AUX STUART.

A ce nom des Stuart, l'idée d'une longue tragédie vient à l'esprit. On se demande si Shakespeare n'aurait pas dû naître à leur époque : non.
Shakespeare enveloppé dans le mouvement ré-
volutionnaire, n'eût pas eu assez de loisir pour
développer les diverses parties de son génie :
peut-être même, devenu homme politique, n'eût-
il rien produit; les faits auraient dévoré sa vie.

La Grande-Bretagne doit à la race des Stuart
deux choses inappréciables pour une nation : la
force et la liberté. Jacques Ier, en apportant la
couronne d'Écosse à l'Angleterre, réunit les peuples de l'île en un seul corps, et fit disparaître

du sol la guerre étrangère. L'Écosse avait des
alliances continentales; presque toutes les fois
que des hostilités éclataient entre la France et
l'Angleterre, l'Écosse faisait une puissante diver-
sion en faveur de la première. Si l'Écosse n'eût
pas été réunie en 1792 à l'Angleterre, celle-ci
n'aurait pu soutenir la longue guerre de la Révolution.

Quant à la liberté anglaise, les Stuart la fixèrent en la combattant : Charles Ier la paya de sa
téte, Jacques II de sa race.

JACQUES Iᵉʳ. BASILICON DORON..

A l'époque où l'on existe, on tient compte
des médiocrités, par la raison que les médiocrités sont hargneuses, intrigantes, envieuses,
et que du commun des choses et des hommes, se
compose le train du monde; mais, lorsqu'il s'agit
du passé, rien n'oblige à ressusciter le troupeau
vulgaire qui désabusé sur lui-même par la bonne
foi de la mort, serait stupéfait de revivre, et incapable de se tenir debout. Quelques personnages demeurent sur la vieille toile du temps,
quand le reste du tableau est effacé; c'est d'eux
qu'il se faut uniquement occuper : il suffit de
nommer les individus secondaires, en ne s'arrê-
tant qu'aux grandes figures qui à de longs in-
tervalles, succèdent aux grandes figures. Cependant il est essentiel de noter chemin faisant, les
révolutions survenues dans le fond ou dans la
forme de la pensée humaine. Je dis *essentiel* pour
parler comme les Importans et les Doctes, car

hors la religion et ses vertus qui seules peuvent produire la liberté, est-il quelque chose *d'essentiel* dans ce monde?

Le premier des quatre Stuart qui monta sur le trône d'Angleterre, a laissé des ouvrages plus estimés que sa mémoire; je le nomme : il faut mentionner les rois qui peuvent écrire sur l'*Apocalyse, la vraie loi des monarchies libres,* et le don royal, *Basilicon Doron*. Si Jacques Ier ne se fût pas donné tant de peine afin d'établir le *droit divin* et conquérir le titre de *Majesté sacrée*, on n'aurait peut-être pas eu l'occasion de faire passer son malheureux fils pour l'auteur de l'*Icon Basiliké*. Jacques Ier tua le fameux Walter Raleigh, dont l'Histoire universelle est encore lue à cause de sir Walter lui-même : s'il y a des livres qui font vivre le nom de leurs auteurs, il y a des auteurs dont le nom fait vivre leurs livres.

Toutefois le *Don Royal*, Basilicon Doron, mérite un examen particulier : il contient des choses historiques intéressantes, et fait voir Jacques Ier sous un nouveau jour.

Le *Don* ou le *Présent Royal* est dédié à Henri, fils aîné de Jacques. Le roi, dans une épître au jeune Prince, lui dit d'abord (je me sers d'une vieille traduction française, fidèle et naïve) : « Et « afin que cette instruction soulage votre mé-

« moire, je l'ai divisée en trois parties. La pre-
« mière vous dira votre devoir envers Dieu
« comme chrétien ; la seconde votre devoir vers
« votre peuple comme roi ; et la dernière vous
« enseignera comment vous avez à vous porter
« ès-choses communes et ordinaires de notre vie,
« lesquelles de soi ne sont ni bonnes ni mauvaises,
« sinon en tant que l'on en use bien ou mal et
« qui serviront toutefois à augmenter votre ré-
« putation et autorité, si vous en usez bien. »

Le roi s'adresse ensuite au lecteur :

« Or, parmi mes plus secrètes actions, les-
« quelles, outre mon attente, sont venues à la
« connaissance du public, il en est ainsi arrivé à
« mon écrit auquel je donnai le titre de *Don*
« *Royal*, parce que je l'adressais à mon fils aîné,
« destiné de Dieu, comme je crois, pour seoir un
« jour sur mon trône après moi.
« Pour tenir cet écrit plus caché, j'avais pris
« serment du libraire de n'en imprimer que sept
« copies pour les distribuer et faire garder secrè-
« tement par sept de mes plus confidens servi-
« teurs, afin que si par le temps, qui perd et con-
« sume toutes choses, les unes étaient perdues,
« il en restât encore quelqu'une après ma mort,
« pour servir de gage à mon fils de la sincérité de

« mon affection envers lui, même du soin que
« j'ai eu de son éducation.

« Mais puisque contre mon dessein, cet écrit
« est publié partout et ensuite sujet à la censure
« de tous (car chacun en jugera selon son hu-
« meur et sa passion), je suis maintenant contraint
« d'en permettre l'impression. »

La première partie de l'ouvrage, *Devoirs d'un
Roi Chrétien envers Dieu*, renferme des choses
bonnes, mais communes ; on n'y trouve guère de
remarquable que ce passage :

« J'ai nommé la conscience gardienne de la
« religion. C'est un œil que Dieu a mis dans
« l'homme toujours veillant sur toutes les actions
« de sa vie, pour lui donner joie et contentement
« du bien qu'il a fait, et un vif ressentiment au
« contraire quand il a mal fait. Car comme la
« conscience sert aux méchans de torture et de
« bourreau, aussi est-elle pour consolation aux
« gens de bien. N'est-ce pas un avantage grand
« d'avoir chez nous, et avec nous pendant notre
« vie, le registre de tous les péchés, desquels
« nous sommes accusés ou à l'heure de la mort,
« ou bien au jour du jugement ?

« Gardez donc votre conscience nette, même
« de deux taches et imperfections auxquelles les

« hommes sont sujets pour la plupart : ou de stu-
« pidité qui engendre l'athéïsme, ou de supersti-
« tion, mère des hérésies. Par la première, j'en-
« tends une ame infectée de lèpre, une conscience
« cautérisée, devenue sans sentiment de son mal,
« et endormie dans son péché. Par la superstition,
« j'entends ceux qui se lient eux-mêmes à une
« autre règle et forme de servir Dieu , que celle
« qui est ordonnée en sa parole. »

La seconde partie du Présent Royal : *Devoirs
d'un Roi en sa charge*, s'ouvre par ce bel exorde :

« Comme vous portez ces deux qualités de
« chrétien et de roi, aussi faut-il que vous met-
« tiez peine à vous en bien acquitter, afin que
« vous soyez et bon chrétien et bon roi tout
« ensemble, gardant justice et équité en votre
« administration, ce qui se fera par deux moyens :
« l'un à établir de bonnes lois, et les faire bien
« observer ; car l'un sans l'autre ne sert de rien,
« puisque l'observation de la loi est la vie de la
« loi ; l'autre, que par vos mœurs et votre vie,
« vous soyez en bon exemple à vos sujets ; car
« naturellement le peuple forme ses mœurs au
« moule de son prince : même les lois n'ont tant
« de pouvoir et d'effet sur les hommes, que la

« vie et l'exemple de ceux qui leur comman-
« dent. »

Jacques semble être un prophète de famille,
quand il écrit ces paragraphes sur la mort d'un
bon roi et sur celle d'un tyran :

« Pour le premier, considérez la différence
« qu'il y a entre le roi légitime et le tyran; et par
« ce moyen, vous entendrez beaucoup mieux
« quel est votre devoir , car les contraires mis
« à l'opposite l'un de l'autre se font mieux voir
« et discerner. L'un sait qu'il est ordonné pour
« son peuple, et que Dieu lui en a commis la
« charge et le gouvernement, duquel il est comp-
« table : l'autre croit que le peuple est fait pour
« lui, afin de s'en servir pour ses passions et ses
« appétits déréglés; en un mot, que son peuple
« est sa proie; sa tyrannie le fruit de sa domi-
« nation.

« Et ores qu'il y en ait que la déloyauté des
« sujets fait mourir avant le temps (ce qui arrive
« rarement) si est-ce que leur réputation vit
« après eux; et la déloyauté de ces traîtres est
« toujours suivie de sa punition en leurs corps,
« biens et renommée ; car l'infamie en reste même
« à leur postérité. Mais, quant au tyran, sa mé-
« chante vie arme et anime enfin ses sujets à de-

« venir ses bourreaux. Et, bien que la révolte
« ne soit jamais loisible de leur part, si est-on si
« las et rebuté de ses déportemens, que sa chute
« n'est guère regrettée par la plupart de son
« peuple, moins par ses voisins. Et, outre la mé-
« moire honteuse qu'il laisse au monde après soi,
« et les peines éternelles qui l'attendent en l'au-
« tre, il arrive souvent que les auteurs de cet
« assassinat demeurent impunis, et le fait ratifié
« par les lois, approuvé par la postérité. Il vous
« est donc fort facile, mon fils, de choisir de ces
« deux façons de vivre, la meilleure ; et, élisant
« plutôt le chemin de la vertu, assurer votre vie
« et votre état : et ores qu'il vous arrive quel-
« que infortune, vous soyez pour le moins re-
« gretté des gens de bien, votre vie approuvée,
« et votre nom en bonne odeur à tout le monde. »

En parlant des excès qu'il faut réprimer,
Jacques dit à son héritier :

« Puisque vous avez l'autorité du magistrat
« légitime et souverain, ne souffrez point que
« ceux desquels vous avez l'honneur d'être issu,
« et qui auront eu puissance et autorité sur vous,
« soient diffamés par qui que ce soit : mêmement,
« puisque le fait vous touche aussi en particulier,
« pour ne laisser, à ceux qui viendront après

« vous, sujet de vous traiter à la même mesure
« que vous aurez mesuré les autres.

   « Ayant donc l'honneur de tirer votre origine
« d'aussi illustres aïeux qu'autre prince de la
« chrestienté, réprimez l'insolence des médisans,
« qui sous titre de taxer un vice dans la personne,
« essaient malicieusement de tacher la race et
« la famille entière pour la rendre odieuse à la
« postérité. Car quel amour pouvez-vous espérer
« de ceux qui veulent mal à ceux desquels vous
« êtes né? Et pour quelle raison détruit-on tant
« qu'on peut les louveteaux et renardeaux sous
« la mère, sinon parce qu'on n'en peut aimer la
« race malfaisante? Et d'ailleurs pourquoi sera
« le poulain d'un coursier de Naples de plus grand
« prix en un marché, que celui d'une haridelle,
« sinon pour l'estime qu'on fait de la race dont
« il est? Aussi, est-ce une chose monstrueuse de
« voir une personne haïr le père et aimer les en-
« fans; et à la vérité le plus court chemin pour
« rendre le fils méprisé est de diffamer le père
« et l'exposer en haine. En un mot, j'en parle
« comme savant par mon expérience propre. Car
« outre les jugemens de Dieu que j'ai vus à l'œil,
« et remarqués sur les principaux chefs des
« conspirations faites contre mes pères et aïeux,
« je puis dire avec vérité n'en avoir point trouvé
« de plus fidèles et affectionnés à mon service,

« même au plus fort de mes affaires et afflictions,
« que ceux qui les ont fidèlement servis jusqu'à
« la fin, et particulièrement la reine, ma mère.
« J'entends de ceux qui lors étaient en âge de
« discrétion. Ainsi, mon fils, je vous décharge
« mon cœur et ma conscience, en vous ouvrant
« la vérité; et ne me soucie de ce qu'en diront
« ou penseront les traîtres, leurs fauteurs et
« complices. »

Ces énergiques paroles font voir que Jacques a
été calomnié, lorsqu'on a prétendu qu'il avait été
indifférent à la catastrophe de sa mère. Ces paroles ont d'autant plus de mérite qu'il n'était
pas roi d'Angleterre lorsqu'il les écrivait : En
Écosse les ennemis de Marie Stuart l'environ-
naient, et Élisabeth, dont il attendait le trône,
vivait encore.

Le paragraphe suivant donne une idée de l'état
de l'Écosse à cette époque.

« Ce propos me ramentoit de parler des excès
« et ravages qui se font au haut pays d'Écosse et
« aux frontières. De ces gens il y a de deux sortes.
« Les uns en la terre-ferme, qui sont grossiers
« pour la plupart, et toutefois non sans quelque
« reste et apparence de civilité. L'autre sorte est

« aux isles, entièrement sauvage et incivile. Faites
« valoir étroitement mes ordonnances contre telles
« gens, leurs chefs et conducteurs, et sans doute
« vous les dompterez. Quant aux autres, suivez
« ma piste et mon dessein à y faire des peuplades
« et colonies de gens civilisés du dedans de notre
« isle, afin de ramener ces barbares à quelque
« douceur et civilité; ou bien les transporter
« ailleurs.

« Mais quant à la frontière, d'autant que je
« sais si vous n'êtes un jour roi de toute l'isle,
« selon que le droit de votre succession vous y
« appelle, que malaisément viendrez-vous à bout
« de jouir paisiblement de cette plus rude et sté-
« rile partie septentrionale, d'icelle même de bien
« assurer la couronne sur votre tête propre; il
« me seroit ensuite superflu de vous en parler
« davantage. Mais si un jour vous êtes Seigneur
« de toute l'isle, vous en chevirez aussi facile-
« ment que de tout le reste; car cette frontière
« viendra à être le milieu de votre royaume.

« La réformation de la religion fut faite en
« Écosse assez extraordinairement et par œuvre
« de Dieu.

« Le changement ne se fit point ainsi que chez
« nos voisins d'Angleterre, en Danemarck et plu-
« sieurs autres lieux de l'Allemagne, avec ordre et
« par l'autorité du prince, ou magistrat souve-

« verain. Aussi quelques esprits brouillons et
« bouillans parmi les désordres, empiétèrent
« tellement l'autorité sur le peuple, qu'ayant
« après goûté la douceur du commandement,
« commencèrent à se figurer entre eux-mêmes
« une forme de gouvernement populaire, et s'y
« trouvant amorcés premièrement par le nau-
« frage de ma grand' mère, puis par celui de ma
« feü ma mère, et après, par la licence du long
« temps de ma minorité, avancèrent tellement
« l'œuvre de leur démocratie imaginaire, qu'ils
« ne se nourrissoient plus de là en avant que de
« l'espérance de se faire tribuns du peuple. »

Ce que dit ici Jacques Ier de la faction puri-
taine explique la théorie du *droit divin* qu'il
fit si malheureusement soutenir dans la suite.
N'ayant vu que les troubles et les désolations
occasionés par le principe de la *souveraineté
du peuple*, il se réfugia dans le *droit divin*: il
ne se trouvait pas assez en sûreté dans le principe
de l'hérédité monarchique.

Jacques discourt de la noblesse; il en exa-
mine les défauts et les qualités. Le système du
roi sur les grandes charges de l'État, est d'un
esprit judicieux. A l'égard des classes indus-
trielles, Jacques devance les idées de son siècle:

il veut que *l'on donne et que l'on publie toute liberté de commerce aux étrangers.*

Traitant du mariage des princes, Jacques recommande la pureté à son fils : un conseil politique d'une vérité frappante, se trouve mêlé à ces instructions morales.

« Il vous faut principalement avoir égard aux
« raisons principales de l'institution du mariage,
« et toutes autres choses vous seront ajoutées,
« qui me fait désirer que vous en preniez une
« qui soit entièrement de votre religion, si son
« rang et ses autres qualités sont sortables
« à votre état et dignité. Car bien qu'à mon
« grand regret le nombre des grands princes,
« faisant profession de notre religion, soit petit,
« et à cette cause que ce mien avis réussira plus
« difficilement, si vous faut-il penser à bon es-
« cient à ces difficultés : à savoir comment vous
« et votre femme serez une chair, pour tenir cette
« union et amitié nécessaire, si vous êtes mem-
« bres de deux églises opposites : diversité de
« religions apporte quant et soi diversité de
« mœurs; et la division de vos pasteurs causera
« division parmi vos sujets, qui prendront exem-
« ple sur votre maison et famille; outre la consé-
« quence d'une mauvaise éducation de vos en-
« fans. Et ne présumez pas de pouvoir toujours

« manier et former une femme à vos mœurs. —
« Salomon s'y trompa et se laissa tromper aux
« femmes, le plus sage toutefois de tous les rois;
« et à la vérité le don de persévérance est de
« Dieu, non pas de nous. »

Si Charles Ier eût suivi le conseil que Jacques
donnait à Henri, il se fût épargné bien des malheurs.

Au reste, l'horreur avec laquelle le roi d'É-
cosse parle de certaines dépravations, me fait
croire que, sur ce point, il a été encore mal
jugé : un mot soldatesque de notre Henri IV
ne peut pas faire autorité historique ; il ne faut
prendre ce mot que pour un *ventre-saint-gris*.
L'abandonnement aux favoris prouve la faiblesse
et ne suppose pas nécessairement la corruption :
quand on est livré à des vices honteux, on les
cache, mais on ne fait pas avec un certain accent,
l'éloge des vertus contraires : le voile des paroles
couvrirait mal la rougeur du front.

La troisième partie du *Basilicon Doron*, *des
déportemens d'un roi, ès choses communes et in-
différentes*, amuse par sa naïveté. Jacques instruit son fils à être attentif à *sa grâce et sa façon
à table :* Henri ne doit être ni friand, ni gour-
mand; son vivre doit être apprêté sans beaucoup
de sauces, « car ces compositions et meslinges

« ressemblent mieux à médecine qu'à viande, et
« l'usage en étoit anciennement blâmé par les
« Romains. » Henri doit éviter l'ivrognerie, vice
qui croît avec l'âge et ne meurt qu'avec la vie :
« En votre manger, mon fils, ne soyez grossier
« et incivil comme un cynique, ni mignard et
« délicat comme une épousée; mais mangez
« d'une façon franche, virile et honnête.

    « Soyez pareillement modéré en votre dor-
« mir. . . . .; ne vous arrêtez point aux songes
« ni aux présages. . . . . Votre habillement doit
« être modeste, non superflu comme d'un dé-
« bauché, non chétif et mécanique comme d'un
« faquin, non trop curieusement enrichi et fa-
« çonné comme d'un galant de cour, ni d'une
« façon grossière et rustique comme celui d'un
« manant, non bigarré comme d'un gendarme
« éventé ou d'un mignon frisé, ni trop grave et
« simple comme d'un homme d'église. . . . .
« En temps de guerre que votre vêtement soit
« plus brave et votre contenance plus gaillarde
« et relevée. Toutefois que ce soit sans porter
« vos cheveux longs ou laisser croître vos ongles,
« qui ne sont qu'excrément de nature. »

    Quant aux jeux et aux exercices, Jacques veut
que son fils y mette du choix ; il recommande
le *courir,* le *sauter,* le *tirer des armes,* le *tirer de
l'arc,* le *jouer à la paume.* « Exercez-vous, mon

« fils, à dompter les grands chevaux, et qui ont
« le plus de fougue, afin que je puisse dire de
« vous ce que Philippe disait de son fils Alexan-
« dre : « La Macédoine est trop peu de chose
« pour lui. »

Jacques permet aussi la chasse, mais la chasse
aux chiens courans, qu'il trouve plus noble et
plus propre à un prince. Au reste, il renvoie
sur ce point son fils à Xénophon « auteur an-
« cien et renommé, lequel n'a eu dessein, dit-il,
« de flatter ni vous ni moi. »

« Quant au langage, mon fils, soyez franc en
« votre parler, naïf, net, court et sententieux,
« évitant ces deux extrémités, ou de termes
« grossiers et rustiques, ou de mots trop recher-
« chés qui ressentent l'écritoire.... Si votre es-
« prit vous porte à composer en vers ou en prose,
« c'est chose que je ne veux blâmer. N'entre-
« prenez point de trop long ouvrage ; que cela
« ne vous divertisse de votre charge.

« Pour écrire dignement, il faut élire un sujet
« digne de vous, plein de vertu et non de vanité,
« vous rendant toujours clair et intelligible le
« plus que vous pourrez. Et si ce sont vers, sou-
« venez-vous que ce n'est la partie principale
« de la poésie de bien rimer et couler doucement
« avec mots bien propres et bien choisis ; mais
« plutôt, lorsqu'elle sera tournée en prose, d'y

« faire voir une riche invention des fleurs poéti-
« ques et des comparaisons belles et judicieuses,
« afin que la prose même retienne le lustre et la
« grâce du poëme. Je vous avise aussi d'écrire
« en votre langue propre; car il ne nous reste
« quasi rien à dire en grec et en latin, et prou de
« petits écoliers vous surpasseront en ces deux
« langues. Joint qu'il est plus séant à un roi d'or-
« ner et enrichir sa langue propre, en laquelle
« il peut et doit devancer tous ses sujets, comme
« pareillement en toutes autres choses honnêtes
« et recommandables. »

Ces derniers conseils sont curieux : ce roi auteur
qui s'exprimait avec tant d'emphase devant ses
parlemens, montre ici du goût et de la mesure.
Son ouvrage finit par une grande vue : Jacques
croit que tôt ou tard la réunion de l'Ecosse et
de l'Angleterre produira un puissant empire.

Je me suis étendu sur le traité du *Don Royal*,
presque ignoré aujourd'hui; on ne le connaît
guère que par un de ces jugemens composés
à l'usage de ceux qui ne lisent rien, par ceux qui
n'ont point lu. Voltaire feuilletait tout, sans
se donner le temps d'étudier; il a jeté dans le
monde une foule de ces opinions de prime-
abord, qu'adoptent l'ignorance et la paresse : si
quelquefois l'auteur de l'*Essai sur les Mœurs*

rencontre juste, c'est qu'il devine. Ainsi, de siècle en siècle, des choses d'une fausseté évidente, sont crues et répétées comme articles de foi; elles acquièrent par le temps une sorte de vérité et d'authenticité de mensonge que rien ne saurait détruire.

Henri, ce nom me fait mal à écrire, Henri à qui le *Basilicon Doron* est adressé, mourut à l'âge de dix-huit ans. S'il eût vécu, Charles Iᵉʳ n'eût pas régné; les révolutions de 1649 et de 1688 n'auraient pas eu lieu; notre Révolution n'aurait pas eu les mêmes conséquences : sans l'antécédent du jugement de Charles Iᵉʳ, l'idée ne serait venue à personne en France, de conduire Louis XVI à l'échafaud; le monde était changé.

Ces réflexions qui se présentent à l'occasion de toutes les catastrophes historiques, sont vaines : il y a toujours un moment dans les annales des peuples où, si telle chose n'était pas advenue, si tel homme n'était pas mort ou était mort, si telle mesure avait été prise, si telle faute n'avait été faite, rien de ce qui est arrivé ne serait arrivé. Mais Dieu veut que les hommes naissent avec le caractère propre à l'évènement qu'ils doivent amener : Louis XVI a cent fois pu se sauver; il ne s'est pas sauvé, tout simplement parce qu'il était Louis XVI. Il est donc puéril de se lamenter sur des accidens qui produisent ce

qu'ils sont destinés à produire : à chaque pas
dans la vie, mille lointains divers, mille futuri-
tions s'ouvrent devant nous; cependant vous
n'atteignez qu'un horizon, vous ne courez qu'à
un avenir.

Jacques Ier tua le fameux Walter Raleigh : l'*Histoire universelle* est encore lue à cause de sir Walter lui-même : s'il y a des livres qui font vivre le nom de leurs auteurs, il y a des auteurs dont le nom fait vivre leurs livres.

Cowley, dans l'ordre des poètes, arrive immédiatement après Shakespeare, bien qu'il fût né plus tard que Milton : royaliste d'opinion, il travailla pour le théâtre, et composa des poëmes, des satires et des élégies. Il abonde en traits d'esprit; sa versification manque, dit-on, d'harmonie; son style, souvent recherché, est cependant plus naturel et plus correct que celui de ses prédécesseurs.

Cowley nous attaque : depuis Surrey jusqu'à lord Byron, il n'y a peut-être pas un écrivain anglais qui n'insulte le nom, le caractère et le génie français. Nous, avec une impartialité et une abnégation admirables, nous acceptons l'outrage : confessant humblement notre infériorité, nous célébrons à son de trompe l'excellence de tous les auteurs d'outre-mer nés ou à naître, petits ou grands, mâles ou femelles.

Dans son poëme de la guerre civile, Cowley s'écrie :

> It was not so, when Edward prov'd his cause,
> By a sword stronger than the salique laws,
> . . . . ; when the French did fight,
> With women's hearts, against the women's right.

« Il n'en était pas ainsi quand Edouard sou- « tenait sa cause par une épée plus forte que la « loi salique, alors que les Français combattaient « avec des cœurs de femmes contre le droit des « femmes. »

Le roi Jean, Charny, Ribeaumont, Beauma- noir, les trente Bretons, Duguesclin, Clisson, et cent mille autres avaient des cœurs de femmes.

De tous les hommes qui ont illustré la Grande-Bretagne, celui qui m'attire le plus, est lord Falkland : j'ai souhaité cent fois avoir été ce modèle accompli de lumières, de générosité, d'indépendance, de n'avoir jamais paru sur la terre dans ma propre forme et sous mon nom. Doué du triple génie des lettres, des armes et de la politique, fidèle aux Muses sous la tente, à la Liberté dans le palais, dévoué à un monarque

infortuné, sans méconnaître les fautes de ce monarque, Falkland a laissé un souvenir mêlé de
mélancolie et d'admiration. Les vers que Cowley
lui adresse au retour d'une expédition militaire,
sont nobles et vrais : le poète commence par
énumérer les vertus et les talens de son héros,
puis il ajoute :

> Such is the man vhom we require the same
> We leut the north ; untouch'd , as is his fame.
> He is too good for war , and ought to be
> As far from danger, as from fear he's free.
> Those men alone. . . . .
> Whose valour is the only art they know ,
> Were for sad war and bloody battles born ;
> Let them the state defend, and he adorn.

« Voilà l'homme que nous redemandons aux
« Écossais, tel que nous le leur avons prêté,
« exempt de blessures comme sa gloire. Trop
« bon pour la guerre, il doit être tenu aussi
« loin du danger qu'il l'est de la crainte. Les
« guerriers dont la valeur est le seul art..., sont
« nés pour la triste guerre et les batailles san-
« glantes : qu'ils défendent l'état et que Falkland
« l'embellisse. »

Inutiles vœux ! la vie au milieu des malheurs
de son pays devint à charge à l'ami des Muses.
Sa tristesse se laissait remarquer jusque dans la

négligence de ses vêtemens. Le matin de la première bataille de Naseby, on devina son dessein
de mourir au changement de ses habits; il se
para comme pour un jour de fête; il demanda
du linge blanc : « Je ne veux pas, dit-il en sou-
« riant, que mon corps soit trouvé dans du linge
« sale : je prévois de grands malheurs, mais j'en
« serai dehors avant la fin de la journée. » Il se
mit au premier rang du régiment de lord Byron :
une balle de la liberté qu'il aimait, l'affranchit
des sermens de l'honneur dont il était l'esclave.

Il reste quelques discours et quelques vers de
Falkland : secrétaire d'Etat de Charles Ier, il ré-
digeait avec Clarendon les proclamations royales.
Il aida Chilling Worth dans son *Histoire du Protestantisme.*

La Bible, traduite en partie sous Henri VIII,
fut retraduite sous Jacques II par les quarante-
sept savans : cette dernière traduction est un
chef-d'œuvre. Les auteurs de cet immense ouvrage firent pour la langue anglaise ce que Luther fit pour la langue allemande, ce que les
écrivains, sous Louis XIII, firent pour la langue
française : ils la fixèrent.

ÉCRITS POLITIQUES SOUS CHARLES Ier
ET CROMWELL.

Chercher les lettres dans les temps d'orage, c'est demander un abri à ces vallées paisibles que les poètes placent au bord de la mer ; mais si l'on est mené par quelque Génie heureux dans ces retraites, d'autres Esprits vous poussent au milieu de la tempète et des flots. La politique monte sur le trépied et se transforme en sibylle ; les pamphlets, les libelles, les vers satiriques abondent, s'imprègnent de haine et sont écrits avec le sang des factions. Les guerres civiles d'Angleterre firent pulluler des productions déplorables.

Un de ces fanatiques, que Butler a livrés au ridicule, s'écrie :

« An alarm to all flesh, etc.

« Howle, howle, bawl an roard, ve lusfull, cur-
« sing, swearing drunken, lewd, superstitions,
« devilish, sensual, earthly inhabitants of the
« whole earth, bow, bow you most surly trees
« and lofty oaks; ye tall cedars and low shrubs,
« cry out aloud; hear, hear ye, proud waves, and
« boistrous seas; also listen, ye uncircumcised,
« stiff, necked, and mad-raging bubbles, who
« even hate to be reformed. »

« Alarme à toute chair, etc.

« Hurlez, hurlez, criez, beuglez, rugissez, ô
« vous, libidineux, maudits jureurs, ivrognes,
« impurs, superstitieux, diaboliques, sensuels
« habitans terrestres de la terre. Courbez-vous,
« courbez-vous, ô vous arbres très dédaigneux;
« et vous, chênes élevés, vous, hauts cèdres et
« petits buissons, criez de toutes vos forces;
« écoutez, écoutez, vagues orgueilleuses, et vous,
« mers indomptables; écoutez aussi, vous, incir-
« concis, écume raide, nue et enragée, qui haïssez
« la réforme. »

Les poètes égalaient les orateurs.

Dear friend J.-C., with true unfeigned love
I thee salute. . . . .
. . . .
. . . . . . dear friend; a member joyntly knit

To all, in Christ, in heavenly places sit;
And there, to friends no stranger would I be,
. . . .
For truly, friend, I dearly love, and own,
All travelling souls, who truly sigh and groan
For the adoption which sets free from sin, etc.

« Cher ami Jésus-Christ, je te salue avec un
« amour sans réserve. . . . .
« Cher ami, moi membre conjointement uni à
« tous en Christ, qui est assis aux lieux célestes.
« Là, je ne serais point étranger parmi les amis;
« j'aime tendrement, et je l'avoue, les ames voya-
« geuses qui soupirent et gémissent véritable-
« ment pour l'Adoption qui rachète les péchés. »

Cromwell ne s'élevait guère au-dessus de cette
éloquence; on peut en juger par ses discours
obscurs et ses lettres diffuses. Sa poésie était
dans les faits et dans son épée: il fut poète
quand il regarda Charles Ier dans son cercueil. Sa
Muse était cette femme qui, à son dire, lui était
apparue dans son enfance et lui avait annoncé
la royauté.

23.

L'ABBÉ DE LAMENNAIS.

La révolution française a produit aussi des écrivains qui ont vu la liberté dans la religion; mais ici notre supériorité est manifeste. C'est dans les champs de la Croix que l'abbé de Lamennais a recueilli cet intérêt si tendre pour la nature humaine, pour les classes laborieuses, pauvres et souffrantes de la société; c'est en errant avec le Christ sur les chemins, en voyant les petits rassemblés aux pieds du Sauveur du monde, qu'il a retrouvé la poésie de l'évangile. Ne dirait-on pas que ce tableau est une parabole détachée du sermon de la Montagne ?

« C'était une nuit d'hiver. Le vent soufflait au « dehors, et la neige blanchissait les toits.

« Sous un de ces toits, dans une chambre « étroite, étaient assises, travaillant de leurs « mains, une femme à cheveux blancs et une « jeune fille.

« Et de temps en temps la vieille femme ré-

« chauffait à un petit brasier ses mains pâles. Une
« lampe d'argile éclairait cette pauvre demeure,
« et un rayon de la lampe venait expirer sur une
« image de la Vierge, suspendue au mur.

« Et la jeune fille levant les yeux regarda en
« silence, pendant quelques momens, la femme
« à cheveux blancs ; puis elle lui dit : Ma mère,
« vous n'avez pas été toujours dans ce dénue-
« ment.

« Et il y avait dans sa voix une douceur et une
« tendresse inexprimables.

« Et la femme à cheveux blancs répondit : Ma
« fille, Dieu est le maître : ce qu'il fait est bien
« fait.

« Ayant dit ces mots, elle se tut un peu de
« temps ; ensuite elle reprit :

« Quand je perdis votre père, ce fut une dou-
« leur que je crus sans consolations : cependant
« vous me restiez ; mais je ne sentais qu'une
« chose alors.

« Depuis, j'ai pensé que s'il vivait et qu'il nous
« vît en cette détresse, son ame se briserait ; et
« j'ai reconnu que Dieu avait été bon envers lui.

« La jeune fille ne répondit rien, mais elle
« baissa la tête, et quelques larmes, qu'elle s'ef-
« forçait de cacher, tombèrent sur la toile qu'elle
« tenait entre ses mains.

« La mère ajouta : Dieu qui a été bon envers

« lui a été bon aussi envers nous. De quoi avons-
« nous manqué, tandis que tant d'autres man-
« quent de tout?

« Il est vrai qu'il a fallu nous habituer à peu,
« et, ce peu, le gagner par notre travail; mais ce
« peu ne suffit-il pas? et tous n'ont-ils pas été
« dès le commencement condamnés à vivre de
« leur travail?

« Dieu, dans sa bonté, nous a donné le pain
« de chaque jour; et combien ne l'ont pas! un
« abri; et combien ne savent ou se retirer!

« Il vous a, ma fille, donnée à moi : de quoi me
« plaindrais-je?

« A ces dernières paroles, la jeune fille tout
« émue tomba aux genoux de sa mère, prit ses
« mains, les baisa, et se pencha sur son sein en
« pleurant.

« Et la mère, faisant un effort pour élever la
« voix : Ma fille, dit-elle, le bonheur n'est pas de
« posséder beaucoup, mais d'espérer et d'aimer
« beaucoup.

« Notre espérance n'est pas ici-bas ni notre
« amour non plus, ou s'il y est, ce n'est qu'en
« passant.

« Après Dieu, vous m'êtes tout en ce monde;
« mais ce monde s'évanouit comme un songe, et
« c'est pourquoi mon amour s'élève avec vous
« vers un autre monde.

« Lorsque je vous portais dans mon sein, un
« jour j'ai prié avec plus d'ardeur la Vierge Marie,
« et elle m'apparut pendant mon sommeil, et il
« me semblait qu'avec un sourire céleste elle me
« présentait un petit enfant.

« Et je pris l'enfant qu'elle me présentait, et
« lorsque je le tins dans mes bras, la Vierge-
« Mère posa sur sa tête une couronne de roses
« blanches.

« Peu de mois après vous naquîtes, et la douce
« vision était toujours devant mes yeux

« Ce disant, la femme aux cheveux blancs tres-
« saillit, et serra sur son cœur la jeune fille.

« A quelque temps de là, une ame sainte vit
« deux formes lumineuses monter vers le ciel,
« et une troupe d'anges les accompagnait, et l'air
« retentissait de leurs chants d'allégresse. »

Nous vivons, comme au siècle de Cromwell,
dans un siècle de réforme : si l'on remarque au
temps de Cromwell plus de morale et plus de
conviction dans les ames, on remarque en notre
temps plus de mansuétude et de douceur dans les
esprits. Le sentiment du Puritain est loin de cette
harmonie et de cette paix que la philosophie
religieuse de M. Ballanche introduit dans le
christianisme.

KILLING TO MURDER. LOCKE. HOBBES. DENHAM.
HARRINGTON. HARVEY. SIEYES. MIRABEAU.
BENJAMIN CONSTANT. CARREL.

Le pamphlet le plus célèbre de cette époque
fut le *Killing no murder*, « tuer n'est pas assas-
siner. » L'auteur, le colonel républicain Titus,
invite, dans une dédicace ironique, son *Altesse
Olivier Cromwell* à mourir pour le bonheur et la
délivrance des Anglais. Depuis la publication de
cet écrit, on ne vit plus le Protecteur sourire ; il
se sentait abandonné de l'esprit de la révolution
d'où lui était venue sa grandeur. Cette révolution
qui l'avait pris pour guide, ne le voulait pas
pour maître. La mission de Cromwell était ac-
complie ; sa nation et son siècle n'avaient plus
besoin de lui : le temps ne s'arrête pas pour ad-
mirer la gloire ; il s'en sert et passe outre.

J'ai lu (dans Gui Patin peut-être) un fait curieux ; il n'a jamais été remarqué, que je crois :

le docteur affirme que *Killing no murder* fut
d'abord écrit en français par un gentilhomme
bourguignon.

Voici Locke comme poète : il fit de très mauvais
vers en l'honneur de Cromwell ; Waller en avait
fait de très beaux.

La bassesse de la flatterie, qui survit à l'objet
de l'adulation, n'est que l'excuse d'une conscience infirme : on exalte un maître qui n'est
plus, pour justifier par l'admiration la servilité
passée. Cromwell trahit la liberté dont il était
sorti : si le Succès était réputé l'Innocence ; si,
débauchant jusqu'à la Postérité, le Succès la
chargeait de ses chaînes ; si, esclave future en-
gendrée d'un Passé esclave, cette Postérité su-
bornée devenait la complice de quiconque aurait
triomphé, où serait le droit ? où serait le prix des
sacrifices ? Le bien et le mal n'étant plus que
relatifs, toute moralité s'effacerait des actions
humaines.

D'un autre côté, qui voudrait défendre la sainte
indépendance et la cause du Faible contre le Fort,
si le courage exposé à la vengeance des abjec-
tions du Présent, devait encore subir le blâme
des lâchetés de l'Avenir ? L'infortune sans voix
perdrait jusqu'à l'organe de la plainte, et ces
deux grands avocats de l'opprimé, la Probité et
le Génie.

Hobbes, royaliste par haine des doctrines populaires, se jeta dans une extrémité opposée; il dériva tout de la force et de la nécessité, réduisant la justice à une des fonctions de la puissance, et ne la faisant pas sortir du sens moral. Il ne s'aperçut pas que la *démocratie* avait autant de droit que l'*unité* à partir de ce même principe. La société qui allait selon sa pente naturelle vers l'établissement populaire, ne rétrograda point avec le système de Hobbes, malgré les excès de la révolution anglaise; elle ne fut arrêtée dans sa marche que par Louis XIV qui lui barra le chemin avec sa gloire. Hobbes enseignait le scepticisme ainsi que nos philosophes du xviiie siècle, d'un ton impérieux et de toute la hauteur dogmatique. Il voulait qu'on crût ferme à ce qu'il ne croyait pas, et il préchait le doute en inquisiteur. Son style a de l'énergie et son *Thucydide* est trop décrié. Cet Esprit Fort était le plus faible des hommes; il tremblait à la pensée de la tombe : la nature le conduisit jusqu'à l'âge de quatre-vingt-douze ans, pour le livrer évanoui à la mort, comme un patient tombé en défaillance est porté sous le fer fatal.

Sir John Denham vit encore un peu dans son poëme descriptif de Cooper's Hill. Il était royaliste et agent à Londres de la correspondance de

Charles Ier avec la reine; Cowley l'était à Paris :
les Muses servaient la tendresse conjugale et le
malheur.

L'Oceana d'Harrington, est une répétition de
l'Utopie de Thomas More. Où un gouvernement parfait se trouve-t-il ? En *Utopie*, *nulle
part*, comme le nom le signifie.

Harvey écrivit sa découverte de la *grande* cir-
culation du sang. Aucun médecin en Europe,
ayant atteint l'âge de quarante ans, ne voulut
adopter la doctrine d'Harvey, et lui-même perdit ses pratiques à Londres, parce qu'il avait
trouvé une importante vérité. Harvey fut encouragé de Charles Ier et lui demeura fidèle.
Servet brûlé en *effigie* par les catholiques et
en *personne* par Calvin, avait indiqué la circula-
tion du sang dans le *poumon* : le siècle ne fit
d'un Savant de génie qu'un Hérétique vulgaire,
lequel un autre hérétique conduisit au bûcher.

Au reste, quant aux pamphlets anglais de pure
politique, lorsqu'ils ne sont point infectés du
jargon théologique de l'époque, ce qui est rare,
ils restent à une immense distance de nos investigations modernes. Si vous en exceptez Milton,
aucun publiciste de la révolution de 1649, n'approche de Sieyes, de Mirabeau, de M. Benjamin
Constant, encore moins de M. Carrel : ce dernier,

serré, ferme, habile et logique écrivain, a dans sa manière quelque chose de l'éloquence positive des faits : son style creuse et grave; c'est de l'histoire par les Monumens.

FIN DU TOME PREMIER.

TABLE DES MATIÈRES

CONTENUES DANS CE VOLUME.

TROISIÈME ET QUATRIÈME ÉPOQUE DE LA LITTÉRATURE ANGLAISE.

Époques anglo-normande et normande-française de Guillaume-le-Conquérant et de Henri II à Henri VIII

SECONDE PARTIE.

CINQUIÈME ET DERNIÈRE ÉPOQUE DE LA LANGUE ANGLAISE.

TROISIÈME PARTIE.

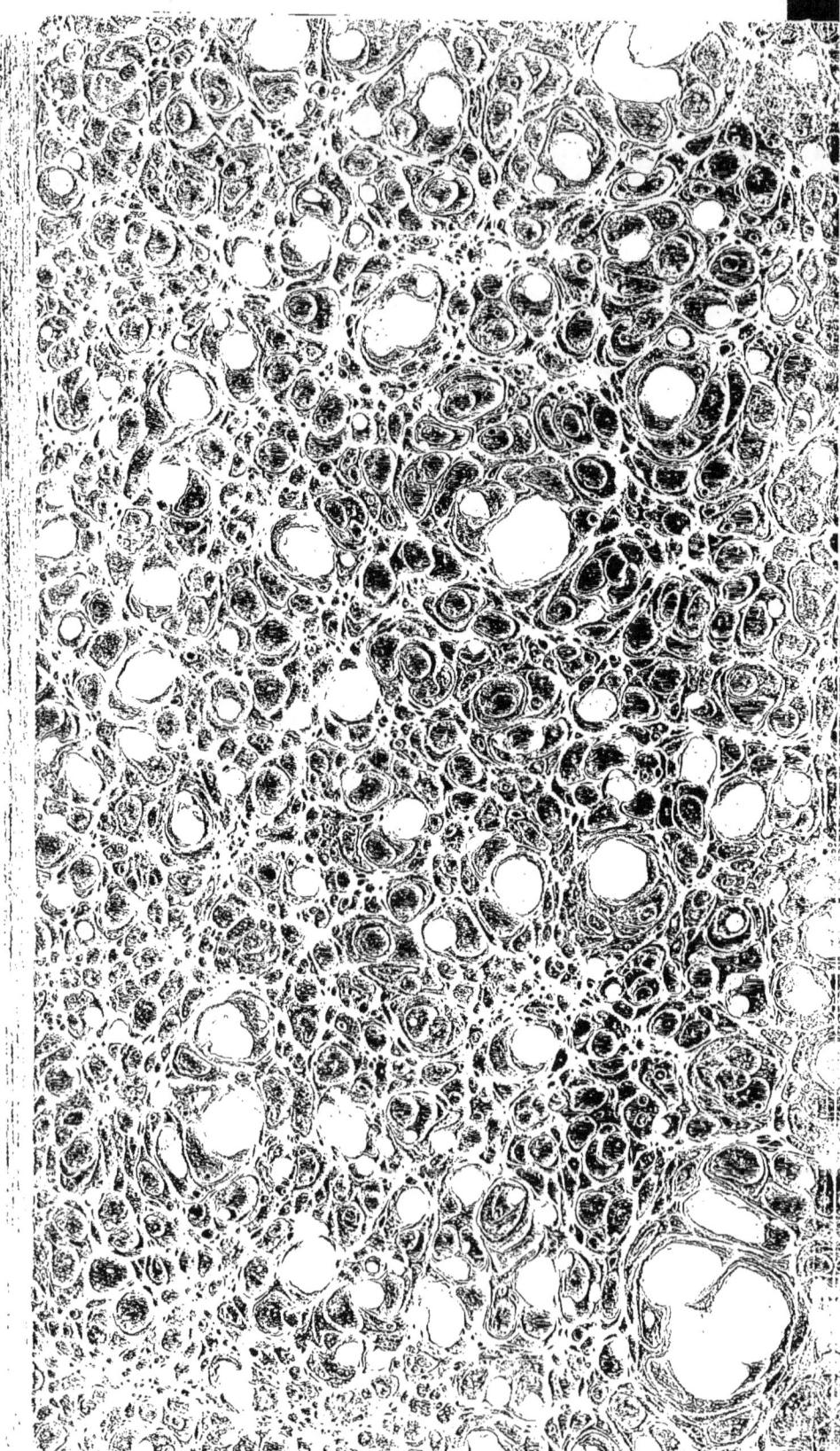

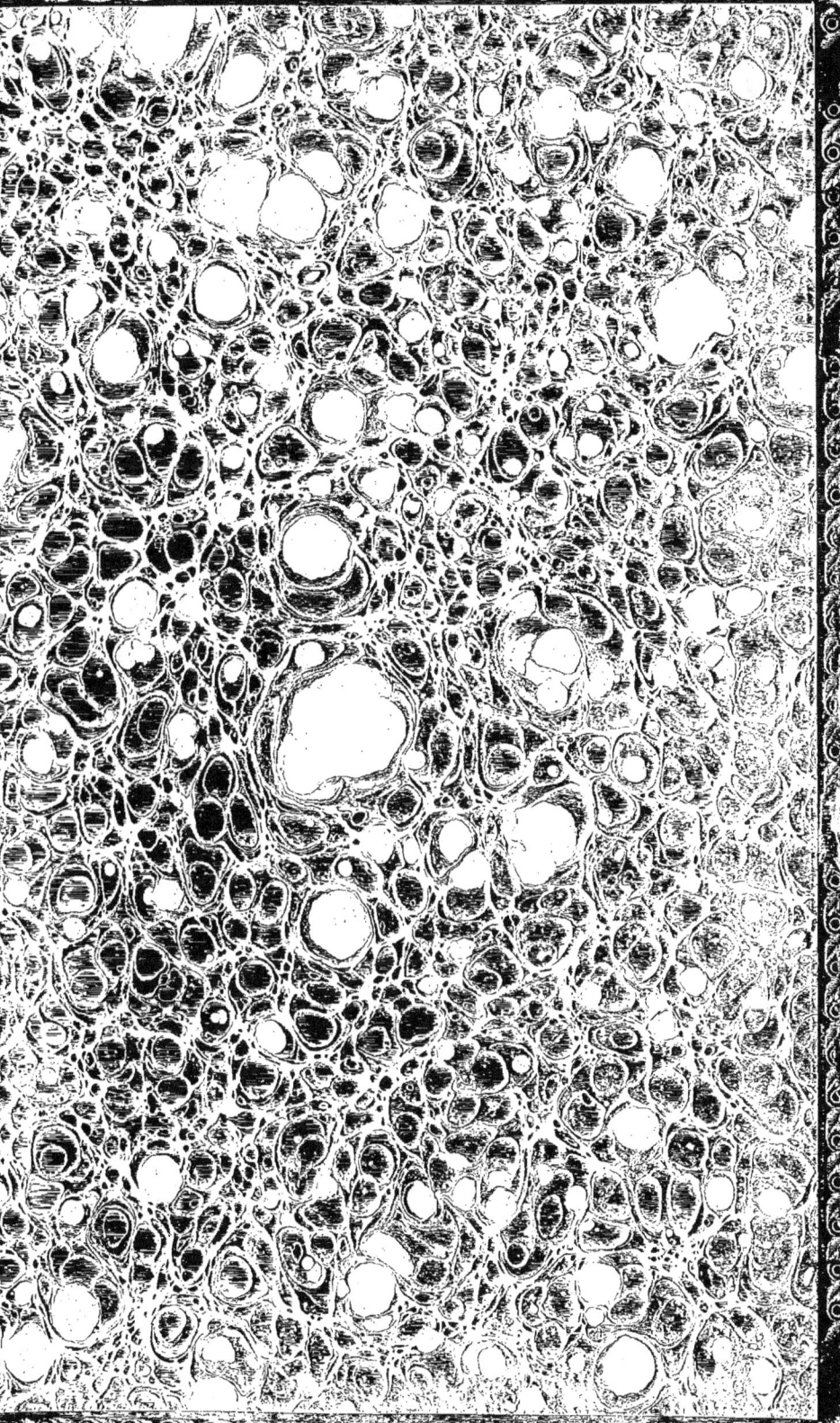

www.ingramcontent.com/pod-product-compliance
Lightning Source LLC
Chambersburg PA
CBHW050311030726
47505CB00003B/662